征行万里

游历从剑桥开始

刘征 著

江苏人民出版社

目 录

第一篇　学而优则游

　　剑桥，清清河水，典雅的学院，绵绵细雨包裹着书香……游学，从这里启程。伦敦的晨曦，格兰切斯特的午后，哈沃斯荒原唤起我的奇思妙想。去巴黎左岸喝咖啡，在布拉格城堡下感悟生活，夜幕降临，凝望繁华落尽的伊斯坦布尔。普罗旺斯星夜之画，里斯本老街的诗歌。流浪，追寻加那利岛三毛的足迹，沉醉，在西西里岛美丽的传说……

001

第二篇　文化的脊背

　　风沙吹不散帝王谷的沧桑往事，船歌里唱着尼罗河与太阳的亘古爱恋。卡萨布兰卡，一个在梦中千呼万唤的名字，我来了。在亚兹德远山守望中，与波斯姑娘谈论爱情；露宿耶路撒冷的天台，耳畔传来此起彼伏的钟声。夜色笼罩着乌干达郊野，我们听山姆叔叔讲那过去的事情。马赛马拉草原上，落霞与羚羊追逐。非洲，一片神奇的热土……

081

第三篇　　思绪缠绵

　　那年夏天，我身着淡蓝色裙子，和好友美树去伊豆，开始了唯美的心灵之旅。旅居京都四个月，经历了夏末秋冬。依依青山，幽幽古刹，艺伎姑娘轻吟浅唱，三味线音余韵绕梁。感悟花道、香道、歌舞伎和能乐，探访竹久梦二的故乡，寻找川端康成笔下的雪国，思绪如《源氏物语》中散淡的和歌，从风情万种的京都，走入阡陌恬淡的乡野……

第四篇　　快乐的蒲公英

　　美好的时光，莫过于同家人分享，从沙巴到槟城老街，洋溢着"春风杨柳"亲友团的欢声笑语。大海守护着济州岛乡村的宁静，也见证了孟买都市的喧嚣。淡水河畔，诉说友情的诗话，悉尼港口，沐浴亚热带的徐徐海风。潮来之时，是里约热内卢球迷的狂欢盛宴，潮退之后，留下寂寂的斐济小岛，花香袅袅，椰林沙沙，继续一场浪漫的约会……

第一篇 学而优则游
1

　　剑桥，清清河水，典雅的学院，绵绵细雨包裹着书香……游学，从这里启程。伦敦的晨曦，格兰切斯特的午后，哈沃斯荒原唤起我的奇思妙想。去巴黎左岸喝咖啡，在布拉格城堡下感悟生活，夜幕降临，凝望繁华落尽的伊斯坦布尔。普罗旺斯星夜之画，里斯本老街的诗歌。流浪，追寻加那利岛三毛的足迹，沉醉，在西西里岛美丽的传说……

初见剑桥

对于初到剑桥的人，这里的一草一木都有着无与伦比的吸引力，精美的店铺，热闹的酒吧，古典建筑，就连夜晚时一轮圆月悬在教堂的尖顶之畔，也给人浪漫遐想。然而，这座小城最美的还是剑河，它集中了剑桥的精髓与灵性。剑河之美又当数早晨，踏着朦胧的晨晖，穿过曲曲弯弯的小径，才到英伦的我，独自来到了河畔。

这里有一条长长的散步小路，碧绿的草坪在我身边铺展。河是曲折的，水是平缓的，如怀旧电影中拉长的慢镜头一般，恬淡，舒展。岸边垂柳婆娑，间或有几只小松鼠蹦跳过来，试探性地环望四周，然后警觉地跑了。树叶沙沙落下，染红了狭细的小径。波光水色，伴着氤氲雾气，宛若梦境萦绕。我闭上眼睛，呼吸着清新的空气，不知怎的，脑海中突然浮现出一年前清华的荷塘月色。

清华园的美在月夜，没有了白昼里的往来人群和嘈杂的自行车铃，那样安静，在安静中沉淀着思绪。而剑桥的魅力则全在早晨，学生们尚未醒来，行人寥寥，薄雾缭绕，最适合独自一人冥想。在清华，我常和友人漫步月下荷塘，我们自诩为黑夜的舞者，而到了这里，我或许又会是晨曲的歌者，冥冥中，难道是命运的安排？这东方与西方之间，非但景色亲切，便是由景生情，感悟也是熟知的。荷塘的夜，徐缓轻柔，伴着贝多芬《月光奏鸣曲》那阴沉而炽烈的葬礼思绪，又如李斯特《威拉戴斯特花园的喷泉》一般充满起伏跌宕的空间感。漫步湖边，望着星点的倒影，不禁默诵起古老的句子，"庭下如积水空明，水中藻荇交横，盖竹柏影也。何夜无月，何处无松柏，但少闲人如吾两人者耳。"而在剑河之畔，面对秀丽的晨景，竟也能联想到中国民乐中的古筝，琵琶，高山流水，闲云野鹤……

是啊，哪里没有良辰美景，花好月圆？何处又要担心茫茫人海，知音难觅？缺少的，只是洒脱淡泊的生活态度。我的清华梦实现了，却在渐渐淡去，而剑桥梦又会怎样？或许这世上根本无所谓异乡，"轻轻的我走了，正如我轻轻的来"，留下的只有永恒不变的灵魂居所。

走过这一片青草地，我来到剑河沿岸的著名学院，岸上的路被栏杆封住，只能走进圣约翰学院里才能再度到达河边。由于时间尚早，学院里空空荡荡，只剩下宽阔的庭院，高大的建筑。走入一道长廊，那感觉庄严极了，就像是翻看一部卷帙浩繁的百科全书，眼前的一切都散发着博大精深的气质。

站在沿河广阔的草坪上，四际阒无人烟，似乎这蜿蜒河畔，只有我一个清醒而欢喜的灵魂。那感觉很神秘，似乎和自然贴得很近，又能清楚地感受到历史的脉搏。我

剑桥大学女王学院的数学桥，相传是牛顿设计的

禁不住满怀激情，放开喉咙，唱起《时光倒流七十年》的主旋律。几只野鸭忽啦啦地飞起，拍打着翅膀，落入草丛中，还有两只天鹅静静浮在水中央，姿态优雅。

圣约翰学院的尽头有排铁栅栏，趁无人看管，纵身翻过，进入了三一学院的领地。三一学院是剑桥大学最富盛名的学院，牛顿、培根，还有众多诺贝尔奖获得者曾在此做学问，如此辉煌之历史，是学者们梦寐以求的圣地。与之相邻的，是同样气势恢弘的国王学院，一座教堂的尖塔耸入云霄，旁边是肃穆的图书馆。学院是学者们潜心钻研的地方，一墙之隔，则是小城的商店和市场，一个僻静，一个繁忙，和谐地构成了剑桥的魅力。

离开国王学院已经九点多，街上来来往往，行人渐多，天空中飘起濛濛细雨，粘在我的衣襟上，湿润润的。这里的天气很宜人，下雨也是小雨，人们不带雨具，神态悠然自得。我也享受着细雨，静静沉思，忽而，目光被街道角落里的书店吸引住了。透过模糊的玻璃窗，依稀可见女作家弗吉尼亚·伍尔夫的画像，想起出国前，我还在读她的传记，而在剑桥，一切的相遇和相知都像是缘分注定。一种阔别了许久的满足感油然而生，想起了徐志摩的话，我这一生的周折，大都寻得出感情的线索，或许只会爱同一种生活，同一类人……

2004年9月

004

早 春

　　一场柔柔细雨唤醒了剑桥的春天，午后阳光普照，和风拂面。走在如茵的草地间，脚下软软的，遍地是碧绿的小草，嫩黄的水仙，抬眼望去，一座教堂高耸入云。

　　我到剑桥快半年了，每每翻开初来时的日记，便想起清晨驻足在圣约翰学院草坪上的情景。那是个云淡风清的秋天，河水淙淙流淌，天鹅娴静地舒展着洁白身姿，鸽子咕咕叫着，松鼠在树间跳来跳去。我沿河走着，侧耳聆听着大自然美妙的晨曲，心想，这就是我梦寐以求的剑桥啊！草地间有紫色的野花，红色的落叶，我唱着一曲怀旧歌曲，整颗心都陶醉了。后来，下起了小雨，清凉的雨丝带着花香，明净而轻盈，整个院子，整条小河，都沐浴在湿润中。

　　至今，初遇的感觉还那样真切，仿佛是一次来自灵魂的触动，我的人生也因此而改变。在这里，我多么自由，心中总是被一股热忱所充盈，却不知从何诉说。

　　索性就说说我的学院休斯堂吧。它不出名，也不够气派，却给我许多美好的享受。我住在一幢三层小楼的一层，窗前是一座花园，绵绵茵茵的芳草如绿色的锦缎，小鸟在树荫下嬉戏，一丛丛不知名的小花欢快地绽放。我时常期待着某个午后，坐在园子里，背靠树桩，读一本心爱的小说。阳光筛过树叶的缝隙，投射下金色的影子，继而，光与影一丝丝地重合，直到黄昏降临，天边出现几抹绚烂的晚霞。这小巧的园子俨然成了梦和灵感的源泉，是我温馨而甜蜜的家。

　　是的，我的家，就像女作家弗吉尼亚·伍尔夫拥有"自己的房间"一样，在风景如画的剑桥，始终有这么一个地方，让我可以无拘无束地开怀大笑，失声痛哭，顺着漂泊的思绪读书、写作，让声音和文字填满整个灵魂世界。生活，在这里很安宁，甚至于过度孤寂也不会令我感到乏味。坐在临窗的桌前，聆听小鸟的歌声，偶尔还会有几个学生在长椅上聊天。我看在眼里，别有一种出自旁观的超然与欢喜。到了黄昏，院子很静，因而鸟儿的欢歌格外清脆，晚霞渐渐融入了树梢，那画面迷人至极，仿佛轻轻呷上一口香醇的红酒，不知不觉中微醺，脸上也泛起了霞光一样的红晕。我凝视着窗外的景色，仿佛两个淘气的孩子，寻找彼此眼眸中的倒影，又似饱经风霜的老者，诉说着岁月感怀。

说到心灵相通，我在剑桥还有一位好友，是个很有内涵的教育系女生。平日里我们很忙，唯有周末得闲，结伴去格兰切斯特果园喝下午茶，或是找一找女诗人希尔维亚·布莱斯在女子学院的故居。有一次，我们冒了一场大雨，狼狈不堪地跑回家中，煮上一锅热气腾腾的面条，一边吃，一边看电影，肆无忌惮地说笑。也有很少的时候，我们就那样静静地共处一室，我对着窗子写回忆，她靠在床头看小说，青灯黄卷，有道不尽的乐趣。

这就是三月里的一个晴天，或许可以称作早春；沉寂了一冬的花草开始萌动生机，我从小镇散步回到房间，思绪不断地涌现。我接到一封来自远方的朋友的信，心中就像流过了一汪清泉。于是，我再一次望向窗外，晴天下，草地碧绿，野花缤纷，尽是春的气息。

二

早春的剑桥是迷人的，空气中漫着青草的馨香，蓝天白云映衬着繁忙却井然有序的小镇，古老而庄严肃穆的学院。

我习惯性地向市中心走去，穿过热闹的人群，走进了一条小巷。这里狭长而幽静，如同六月里北京的胡同，两侧是几家咖啡屋，浓郁的香气在四际缓缓弥散，升

国王学院的教堂，是剑桥的标志性建筑

腾。一家名为"往昔时光"的工艺品店里摆放着小爱神造型的瓷器。

拐进一条更小的胡同，路的尽头有一家书店，我抬头一看，"1896……"，不正是我日前寻觅的旧书店吗，于是满怀欣喜地走入。

女店员苏琪认出我，会意地点点头。我们曾经在剑河的船上相识，那是我第一次听说她的书店。她在这里整整三年了，每天在忙碌的工作间隙，总能抽出时间，一边喝茶，一边读小说。

古香古色的书架上陈列着装饰精美的书，残破的书脊见证着它们经历的沧桑，似乎每一本书背后都有一段鲜为人知的故事，有些则可以追溯到几百年前。为了更好地

保护古书，一些价格不菲的绝版书都被锁在玻璃柜中，似在等待有心人出现，将其珍藏呵护。

我的目光停留在一本名为《海浪》的蓝色的书上，那是一九三一年的版本，边缘已经褶皱，字迹却还清晰。这是个多么富有意境的词语啊，那摩肩接踵的海浪，就像生活的起起落落。伍尔夫在人生最美好的时候创作了它，那些睿智而华美的辞藻就像一排排浪花，席卷而来，让多少读者感到阵阵晕眩。我读过前言，愈发决定要买下，又和苏琪聊了几句，微笑着告别了。我很想和她说，原本是盼着在四月的雨雾中光临她的书店，因为我期待剑桥最美的四月芳菲。

离开书店，我向家走去，经过一片草地，眼前出现了一棵树。是桃花，抑或是樱花，白里透红的花瓣在枝头绽放，风吹过时，落英缤纷。不知怎的，我的脑海中忽然浮现出电视剧《半生缘》中的场景，哼起了那曲优美的主题歌，"红尘中，到底浮沉多少个梦……"那是张爱玲笔下一个春花烂漫的季节，同样一棵开满花的树下，两颗徘徊已久的心走到了一起。然后是漫长的等待，直到曾经感人肺腑的话被渐渐忘却。

生命的繁华似锦不过是年轻时一个完美的梦，而剑桥的时光，就像早春无处不在的风景，给我一份从容，一份娴静。

2005年3月

我与苏

周五晚上，我和苏约好去看话剧《莫扎特和萨列里》，黑压压的戏台上，背景灯呈暗蓝色，当"安魂曲"响起，我心中莫名地感伤。

回到苏的居所已是凌晨一点，复式的房间宽敞明亮，墙上几幅印象派绘画，使得整个空间清新雅致，很像艺术家工作室，而苏本人也是个才华横溢又谦虚的女子。

一杯热腾腾的咖啡端到嘴边，她打开音响，巴赫的钢琴曲回旋式地娓娓飘出。看得出来，苏深深陶醉在这种逻辑化又不失浪漫的声音中，如同她所从事的数学研究，规律本身就是一门艺术。

我静静凝视着她，和最初的感觉一样，她就像是从古书里走出的人。所不同的是，苏自幼和父母移居英国，长着东方的脸，却习惯了西方文化。她从来不懂得寒暄，一张口便兴致勃勃地谈起音乐，或是文化。

我问她："你觉得自己到底属于哪一种文化呢，中国的，还是英国？"

"都不是，这很可悲。有时候，听到关于中国的消息，我觉得那样遥远。而英国也是一样，没有家的感觉。"

"又或许二者都是呢？"我说道："现在在中国，也很难见到像你这样熟读四书五经的姑娘了。"

"这就好比瓶子里有一半水，有人说它半满，有人说它半空。"苏平静地说。

"所谓的乐观与悲观吧。"

"我羡慕你，能清晰地说'我是清华人'之类，可我却不知道自己来自何方。"

我淡淡地笑了笑，想到刚到英国时，对凡事都感到新奇，跃跃欲试。渐渐的，看得平淡，还是回归到亲近的朋友中："或许所谓人生观是在中学和大学形成的，你在英国，我在中国，都被打上了烙印。"

"是啊，我知道我是用英文思考的，每当说中文，就要停下来，仔细斟酌。"

"那你和星在一起也说英文吗？"我的疑问脱口而出。

"起初是中文，但是，我常常词不达意。"苏微微停顿了一下，"——我们已经分手了。"

伦敦，阴天下的大本钟

我怔住了，随之缓缓说道："这或许就是文化差异，处久了就显现出来。"

苏点头道："人与人之间一定要有距离，和父母相处也一样，分别的时间长，才会让对方喜欢。我也会有一些古怪的想法，但知道不可为，便不为了。"

二

不知不觉中，已近凌晨三点，自称腼腆的苏似乎有发表不完的感慨。这样的沟通和我以往的经历很不同，似平淡，却直入灵魂。在这片熏染着书香的地方遇见她，真是奇妙之事。

我们两个最初是通过星认识的，虽然只见过两面，她却兴奋地说，"我遇到了知音。"

然而，我深深知道，相对于知识渊博，又谙熟西方文化的她，我更像一片树叶，风吹到哪里，便飘到哪里，无所谓自身的方向，也谈不上所谓的好恶，这或许也是教育环境带来的差异吧。

我思考着这些，久久无法入睡。由于是周五晚上，对面的酒吧里，不时传来狂躁的笑声。记得从剧院回来，我们曾路过那里，看到晃动的桌椅，晃动的人群，还有晃动的屏幕，似乎在放映什么电影。是关于爱情吧，痛苦的爱，激烈的爱，浪漫的爱，轻松的爱，折磨的爱，绝望的爱，到最后，都只剩下闹剧。

于是，又想到苏和星短暂而奇特的相恋。记得半年前，星向我描述苏的样子，说她平和、朴素，与寻常女子不同，她可以静静地在桌前坐上一个下午，手捧一本相对论，或是西方哲学。偶尔两个人为科学争论得面红耳赤，随后淡然一笑。

星是我的好朋友，具有最典型的清华理科生气质，有时候，我甚至觉得他会将毕生心血都奉献给科学。而苏所期盼的灵魂之爱在现实习惯的差异中，最终随风而去，我不觉感到深深遗憾。

三

"世界上最悲伤的景色，莫过于被雨淋湿的东京铁塔。"

早晨，我轻轻起床，望着窗外，圆形教堂的屋顶灰蒙蒙的，好似哭泣的脸，不知为何，想到了近日读过的《东京铁塔》的开篇。

我是个爱慕虚荣的人，总是怀抱着超大的理想主义之梦，后来发现，真正能拥有的是那样稀少。好比对电影、音乐或是文学，起初，总要慕名通读，直到有一天统统抛却，在狭隘的偏好中享受着自己独有的快乐。

冲上一杯即溶咖啡，吹一口气，那杯子好似冬日的井，泛着幽森的蒸汽，深不见底。

苏还在睡梦中，全然不知我已经醒来。昨夜长谈后，我忘却了很多话，只觉得时光似乎在某一刻停住了。苏的处事方式和英国人并无分别，友善，礼貌，却始终带有一层隔膜。可是，不知为何，我并不觉得怪异，反而潜移默化地受到她的影响，觉得很舒适。

我想，也许现在，或将来都一样，在距离与距离的牵制中，我们自由而惬意地交流，任由空气和时间的空白传播彼此的默契。

忽然间，我也不觉得苏和星的分手是悲剧，毕竟悲剧的力量太过激烈，而现实，更多的是一种淡淡感怀，无所谓悲喜，就像苏常常提到张爱玲散文中那些关于童年琐忆的描写。在她眼里，那似乎是唯一可以寄托乡思的文字了。而此时的我，面对着阴沉沉的天，再度于日本小说中特有的中年的悲情与苍凉中陷入了深思。

我又想到《国境以南，太阳以西》中的最后一句，一些久违的面孔浮现在眼前——"我一直在想这样的大海，直到有人走来把手轻轻放在我的背上。"

不知道冬天的英国，是否也能于人群间望到那一片蔚蓝的海。

2007年2月

细 雪

一

美姬剪掉了一头乌黑的长发，为了祭奠一段感情，她坐在我身边，借着微微光亮，我偷偷地看她。她的脸上涂着粉，表情优雅，散发着古典和忧郁。然而到底多了几分沧桑，仿佛冬天来临，雪花不经意间从眉间飘过。

她说，和木村分手整整一年了，每当想起，旧伤疤还是会隐隐作痛。望着她苍白的侧影，我总能忆起那年夏天初次见面的情形，我们围坐在学院的庭院里，悠闲地喝着下午茶。金灿灿的阳光穿过她的黑发，泛起层层的玫瑰色。她温柔地微笑着，依偎在木村身旁，白色的衣衫随风轻轻飘起，仿佛一首动人的诗歌。只是那一瞬间，我便记住了她。

我说："如果我是男生，也会为有你这样的女朋友而幸福，你真是个迷人的姑娘。"

美姬的脸颊涨得通红，"快别这么说呀……"

那以后，我们只见过一面，直到今天，偶然间翻开通讯录，我想到了她，她想到了看戏。美姬说，和木村度过的日子就像在文学作品的字里行间走过，他是那样富于想象才华和激情，让她欣赏，爱慕，也因此爱上了那些虚幻的东西。

她转而问我："你呢，也会喜欢从事文学或艺术创作的人吗？"

"那是我多年的梦想，可是，他们如此多愁善感，喜怒无常，"我轻叹了一声，"我一个人的情绪就多得难以承受，两份苦恼，太过沉重。"

"是啊"，她若有所思地回顾着，"那时候，如果我对他再耐心一些该多好，我总是在他潜心于写作的时候打扰，其实他多变而固执的性格也是才华的一部分。"

"艺术和文学是不适于生活的。"

美姬轻轻地点点头，然后羞涩一笑："我刚刚又有了新的恋人。他乐观，青春，比我年轻，哎，我真希望这段感情能够持久。"

我正要继续问，戏开始了，演的是英国的故事，三月天里下起了雪，片片小巧玲珑的花瓣洒落下来。分不清是戏，还是生活了。舞台上，几个优雅女人慢慢地赏花，散步。

我忽然感到欣喜，悄悄对美姬说："那穿白色衣服的，多像你。"

剑河的冬天

经我一说，她睁大了眼睛，目不转睛地盯着台上。那件点缀着兰花的白色裙子微微抖动了一下，远处的布景仿佛连绵起伏的青山，雾霭缭绕。更多颜色的衣裙在烂漫花丛中若隐若现，留下了婀娜多姿的倩影。

二

在学院里，我时常见到木村，他总是佝偻着身子，心事重重地踱着步。

有时候我会停下来，将他从幻梦中叫醒。看到他孤僻的眼神，我便想起美姬，在他心灵的某个角落是否残留着她的温柔。孤独的人啊，终日在小说与诗歌的意境中徘徊，在孤独的世界里挣扎，却始终无法逃离自己布下的幻想的桎梏。

有美姬伴随的日子，他的生活一定增添了许多艺术灵感，而她的离去，似乎更加深了他的创作激情。我喜欢和木村讨论一些文学话题，看他专注而充满稚气的眼神，虽然他兴致一来，滔滔不绝，会说上更多我听不懂的故事。

他推荐给我一些电影，还有石黑一雄的小说，可惜我都没看。故而，以后见面时，他便不再和我提及高深话题了。我想，他虽然研究欧洲文学，骨子里还是日本作家的气质。人生，也许应该在最灿烂的年华中，不断体验，拥有，然后再渐渐地失去，这便是所谓的悲哀之美吗？这像是一个不解的疑问，始终萦绕在我的脑际。

这些日子，我走得太远了，然而却庆幸经过岁月的洗礼，依然这么容易动情。每当一曲悠扬的旋律响起，一段抒情的文字闪过，或是听闻朋友的经历，我都会产生莫名的感怀。它们当中，有些是熟悉的，有些很陌生，然而出现的一刹那，便似在我的心中栖居了几个世纪。

我听了几场古典音乐会，还加入了教堂的合唱团。小提琴的奏鸣好似苍茫原野上的落日，钢琴上流淌的音符又像是夜幕中繁星的闪烁。可是谁能肯定，那便是作曲家的初衷，所有的场景，所有的感情，也许都是听者的主观臆测。

　　我想着这些事情，而我们看的戏就快进入尾声，悲剧的最后，常常有人死去，或死得含蓄，或死得壮烈。我已经忘了故事情节，分不清那些角色。

　　散场了，美姬说："咱们去喝咖啡吧。"

　　我正要回答，她又看了看表，似想起了什么，抱歉地说："我和男友约定的时间快到了，不然，下一次，我们再看戏，再聊天？"

　　就这样，我们在灰暗的灯下分别了。细细数来，从相识到重逢，从重逢到别离，总是匆匆。时间荒凉地走了，而黑暗又要来临，那些朦胧的思绪，仿佛海上的灯塔，若即若离地摇曳着，闪现着，幻灭了。

　　人生如戏，我想着在剑桥的人与事，许多都那样虚幻，如小说一般。可是，我分明记住了他们的表情。在漫漫长夜里，我默念着那些美丽的名字，祈祷着黎明与复活。

2007年3月

皮帕之歌

四月，一个周日的早晨，天空万里无云，走在青草地上，沿途樱花烂漫，粉红似霞。周遭宁静，却蕴藏着生命复苏的活力，人们三两成群向市中心的教堂方向走去。如此草长莺飞、春意盎然的一天，西方人称之为复活节。

我和皮帕夫妇约好在教堂见面，一场简约而温馨的仪式开始了，人们友好地祝福，祈祷。礼拜结束后，我们沿着河岸散步。大片的草地好似柔软的毯子，清风拂过，泥土的芳香沁人心脾，牛羊悠闲地摇晃着尾巴，低头吃草，远处零星坐落着几座维多利亚式房屋。

如此惬意，又带着几分远离尘嚣的清幽，让我想到儿时唱的歌，"春风吹面薄于纱，春人装束淡于画。游春人在画中行，万花飞舞春人下……"果真，那感觉就似看到了一幅心仪的画，看着看着，忍不住越走越近，最后自己也走进去，成了画中的风景。

皮帕的家坐落在剑河之畔，绿叶青葱之中，有一幢砖红色小楼。走进她家，顿时被一股古香古色的味道所吸引。洁白的墙壁上挂着油画，家具和灯饰简洁而雅致。皮帕去厨房准备午餐，她的先生罗伊则向我讲述起那些油画的来历。

十年前，罗伊和一位民间画家在国家画廊一见如故，这位朋友为他画了圣诞雪景，还复制了一幅他喜爱的圣经题材名画。那幅天使图如今就挂在卧室里，有一段时间，皮帕卧病在床，每天都凝视着它，从那丰富绚烂的色彩中，一天天，读到了新的内涵。

罗伊说："我喜欢古典画，皮帕也是，她常常坐在这里拉大提琴，哎，只可惜我们的房间不够大，不能放下更多的画。"

他继续叹息道："许多优秀的画家在世时穷困潦倒，可他们依旧坚持艺术理想。我的朋友就是这样的人，你知道吗，他平日只是个普通的管道维修工，勉强维持生计，真希望能有人赏识他的才华啊。"

在卧室的另一面墙上，还有一幅小小的画。画中夕阳下的城堡，看起来神圣沧桑，一位金发少女亭亭玉立，淡蓝色的裙裾在风中轻轻飘起，仔细一看，是皮帕。

罗伊说，皮帕怀念约克郡的原野与古堡，每年夏天都要故地重游，这幅画是依照皮帕的一张旧照绘制的，是他送给妻子的生日礼物。他说着，嘴角漾起甜蜜的笑容。正在

英格兰的乡村，朴素间流动着诗意

这时候，皮帕走过来，看到我们站在那幅画前，也笑了，湖蓝色的眼睛温柔迷人。

"亲爱的，布丁准备好了，你该去看看烤箱了。"皮帕的声音总是那么悦耳。

她对我说："我们平时总是这样分工，他做主菜，我做甜点，饭后他负责洗碗，我来沏茶，日子久了就成了习惯。"

午饭是传统的复活节羊肉和蔬菜，"弥赛亚"圣洁的旋律在房间里萦绕，听得人平静而温暖。我和皮帕是在三一学院教堂的合唱团认识的，她甜美纯净的歌声和娴静的气质深深吸引了我，如今到了她家，越发体会出"人淡如菊"的气质。

我们聊起了音乐，还有许多故事，皮帕忽然沉默了一会儿。她若有所思道："我常常觉得，我出生在错误的时代，若是早上二三百年，或许更能找到灵魂的归依感，当个艺术家也说不定呢。"

她的眼神中流露出少女般的天真与憧憬："我可以不分昼夜地聆听巴赫、莫扎特或是亨德尔，丝毫不会厌倦。我喜欢的东西总是过于老气，现代时尚似乎离我很远。"皮帕自幼在寄宿学校，大学又在美丽的古堡中度过，之后在慈善机构工作时遇到了罗伊，有了和睦之家。

餐厅的一角，镶嵌着皮帕亲笔抄录的罗伯特·勃朗宁的诗歌："一年正值春，春日恰逢晨，清晨七时整，山边露珠莹，云雀振双翅，蜗牛上树枝，上帝在天堂，世界安无恙。"诗的名字就叫"皮帕之歌"，和这所房子的女主人有着同样的名字，体弱多病的皮帕常以此鼓励自己，要乐观豁达，笑面人生。

在音乐声中，我目诵着她俊秀的字迹，那一行行流光溢彩的诗句，让我的心灵徜徉在深邃而纯粹的爱情童话中。我突然觉得，我面前的这对夫妇就像传颂中的勃郎宁夫妇一样，志趣相投，相敬如宾，似一对故友，又似初恋中的情侣。

饭后休憩片刻，我们散步回到了河边。回望他们渐渐远去的身影，在阳光与青草间，如诗如画。我不禁感怀，在这春光明媚的复活节，总有那一缕清香，一些人和事，让我久久难忘。

2007年4月

到格兰切斯特去

再访格兰切斯特是早春的午后，天气变暖，雨后的青草地散发着醉人芳香。远远的，依稀可见剑河的影子，一条船划过，一瞬间又掩映在疏疏落落的柳枝间。

"啊——这就是格兰切斯特。""小师妹"忘我地陶醉着，白色的围巾随风飘舞："简直太美了。"

走过一条幽静的小路，两侧是乡间别墅，家家户户窗前都吊着鲜艳的小花。路的尽头有一座古朴的教堂，周遭静悄悄的，在诗人布鲁克的笔下，它是心灵栖居的故乡。他们经过时，"当"的一声传来了钟响，只是短促的一声，唤起了每个人心中的梦。

"梦想家"在四人中年纪最长，按她自己的话说，兼有工科生的执着和文科生的浪漫。她忆起了五年前第一次来格兰切斯特，无意中闯入《坎特伯雷故事集》中的牧师古宅，花园里有精美的雕塑，正津津有味地品评着，主人出来了，一伙人灰溜溜地跑掉了。从那以后，每逢春天，她都要来此重游。

"哦，格兰切斯特的早春——"她回顾着往昔，向前望去。这是一方寂静柔美的净土，苹果树的枝头长出了新芽，有几株含苞待放，走在树下，仿佛能闻到淡淡花香。茶室静静地坐落在角落里，园子里的桌子也是清新的绿色，帆布椅浸泡过雨水，有些潮湿，细心的"工程师"赶忙将座位擦了又擦，随即，"故事会"笑嘻嘻地端来了茶点。

果酱配着甜丝丝的奶油，四个人美美地享受着，茶杯蒸腾出朦胧的水雾，将周遭渲染得如诗如画。

小师妹翻开一本格兰切斯特的画册，若有所思地欣赏着："这里曾经有好多的名人呢，拜伦、罗素、凯恩斯、伍尔夫、布鲁克……啊，这么英俊——"

"谁啊？"故事会停下手中的糕点，目不转睛地盯着小师妹。

"当然是诗人了，"梦想家道："你看这儿，和大学不过几公里，却是如此的世外桃源，要是我们也能在格兰切斯特住上一年半载，都能成为诗人。"

"那可不一定。"故事会反驳道，他不喜欢华丽的词藻，要说丰富人生，不如讲故事，说笑话，越是贴近现实的素材，越有取之不尽用之不竭的智慧。

工程师道："作诗难吗？就像推导流体力学公式一样，靠的都是灵感、思考与规律。再说，现在的诗体那么自由，怎么抒发都合情合理。你看，诗人说，'教堂的时钟/停在/三点差十分/尚有蜂蜜/掺和下午茶？'，我说，'梦想家/和小师妹/在格兰切斯特/早春/喝/下午茶。'"

"我也会了，'把/一只大象/关进冷冷的/冰箱/猜/需要/几个步骤？'"可爱的故事会开始发挥他的冷幽默，听得众人捧腹大笑。

"其实，诗人都是在挥霍有限的青春，好比昙花一现。我可不想当什么诗人，科学的美比文学更令人销魂。"工程师一边说着，一边认真地涂着果酱。

"可是——那也不错啊，总

格兰切斯特果园里，常会遇到读书或作画的姑娘

比浑浑噩噩地混日子好。"故事会面露愁容，每当说到理想与现实的矛盾，他就进退两难，纠结不堪。当别人为生活烦恼时，他为兴趣而忧虑，虽如此，苦思冥想后，快乐又总在下一秒轻松地来临。

　　几个人沉默不语，忽然，飞过一只鸟儿，金色的翅膀扇动着，看得人眼花缭乱，它倦了，不偏不倚，刚刚跳到小师妹的餐盘上。

　　"好漂亮的鸟儿。"小师妹含情脉脉地把脸贴过去，睫毛忽闪忽闪地眨动。小鸟似乎惊住了，缩了下脖子，随后也好奇地看着她，努努尖细的嘴巴，棕黑色的眼睛玲珑剔透。

一杯伯爵茶，与好友分享格兰切斯特的午后

　　梦想家望着小师妹纯真的神情，又是怜惜，又是羡慕。她想起了那年初春，金灿灿的油菜花漫山遍野地开着，采下一朵，珍藏在书页间。转眼间到了仲夏夜，她一个人骑车到格兰切斯特，坐在岸边，双脚浸泡在河水里，冰冷而清澈。抬头仰望，一轮圆月播撒着清辉。还有深秋，离别的歌声格外凄婉，草地泛着枯黄，好友们纷纷踏上了事业的征程，唯有她，独自凝望着西天的晚霞，继续留在了剑河之畔。许多的美，原来那样简单。

　　"那些难忘的往事啊——"她千回百转地想着，又伤感，又陶醉，忽然间，一股热望在她心中急剧地升腾："我们也成立一个兴趣小组吧，就像当年的格兰切斯特小组一样，谈古论今，感怀人生。"

　　"好啊。"小师妹鼓掌响应道，喜悦在她亮晶晶的眼眸中闪动。

　　"可是，我们这些凡夫俗子又能谈些什么？"故事会又开始犹豫了。

　　"你不是刚刚还在写诗吗？"工程师道："谁知道当年他们都说了些什么，是高雅的，深奥的，说不定，也是些无关紧要的闲聊呢。"

　　梦想家欣慰地笑了，她真渴望能说些什么，写些什么，留住这最后的幸福时光。因为再过不久，她也要离开剑桥，开始另一段茫茫未知的旅程。哦，时光不要过得太慢啊，让她苦苦地等待，不知何日才能实现美好的梦想，但，也不能太快了，她要放慢脚步，徘徊于一次次与世隔绝的沉思，就像此刻，她真想沉睡在格兰切斯特的怀抱中。

　　"下一次，"她憧憬着，"等到花开，我们撑船，溯流而上。"

　　小师妹的脸上绽放着奕奕神采，她闭上眼，似乎在想象，三日、五日、三年、五年后……格兰切斯特的时光，依旧静静地流淌。

2011年3月

呼啸山庄

一

早晨六点钟，天依旧黑，银色的月光在薄雾掩映中，弥散着一层近乎彩虹般绚烂的圈晕。又一个冬日来临了，我和朋友结伴去约克郡的哈沃斯小镇，即勃朗特三姐妹的故乡。

火车飞速奔驰着，窗外的景色渐渐清晰，天是浅蓝的，原野是深蓝的，既像一幅画，又有一种类似散文的气息，自由、散漫，却有着贯穿始终的神韵。我满怀憧憬，闭上眼睛，再度醒来时，只见一片云霞在天际闪现，它的下方，荒原的感觉慢慢逼近，天空缤纷，大地肃杀。

我不觉想起此行的初衷，长久以来的期盼，"那声调的苍凉幽咽，一往情深，引起我一股宇宙的遥远的相似的哀感"，我的梦就要实现了，而我是那样紧张，激动，忐忑不安。

二

从剑桥去哈沃斯小镇，要换乘许多次火车，最后一趟是旧式蒸汽火车。列车冒着白烟，"当啷当啷"地慢慢行驶，所经之处是凄凉的峡谷，干涸的小河，还有丛生的杂草。据说这条铁路常用作拍电影，当地人极力维护它，许多工作人员都是志愿者。车厢布置得古典雅致，人们坐在那里谈论着影片或沿途景致。铁轨的声音如同变幻的光影，流年岁月都铭刻其间。我想象着哈沃斯的景象，还有勃朗特姐妹走过的路，我的人生，正在成为这铁路、这故事、这历史中短短的一段。

三

　　走出哈沃斯车站，正是中午时间，四周人烟甚少，连问路都无从着手。我们沿着一条石铺的小路向高地走去，不久便来到了小镇的主街。

　　形形色色的小店遍布两侧，里面有一些关于勃朗特姐妹的纪念品。店员坐在店的角落，他们不主动打招呼，也不愿意多说话，只是那样不冷不热地看着，旅游信息台

英国科兹沃斯乡间

一位老妇人的傲慢态度还激起了我们的不满。走在那条狭窄的路上，天虽然晴朗，我们却感受不到一丝温暖。朋友问我，到底是哪里不对劲，明明是同样的景致，同样的面孔？甚至于我们还没有走入荒原，就已经觉察到寒气逼人。我也很是不解，只是小心翼翼地环顾周围。

绕过一座简陋的教堂，就是勃朗特姐妹的故居了，很可惜，故居没有开放。我走到门前，抚摸着一块石头，一瞬间似乎看到了《简爱》中主人公孤苦的境状。寄宿学校的瑟缩，人世间的冷漠，弱者无以诉求的悲哀，那灵感肯定是受到勃朗特家周围环境的影响。这所房子紧靠着教堂的墓地，在冷落孤寂的地方，三个女孩子是怎样成长的？她们小说的凄凉气质，便是这阴冷小镇生活的体现吗？

小镇附近全是丘陵和荒原，入冬后冷风瑟瑟，据说爱米莉·勃朗特生前常沿着一条步道，穿过荒原去探访一座农庄，在那里她找到灵感，创作了《呼啸山庄》。我来到哈沃斯，原本是要探寻呼啸山庄的，然而当我拿着地图，向着荒原走出几步时，不由间停住了。

四周空旷，不远处有疏疏落落的屋子，一股寒意油然升起。或许再走上一段路，就进入小说的情景了，可是，我犹豫了，许久以来酝酿的感情在慢慢沉淀。想象中的呼啸山庄，一定建在山的顶端，在那里可以看到整个山谷，周围没有任何的花草，也没有牲畜，唯一拥有的是灌木，石头和无休无止的风。我有些害怕，若是这样走下去，万一看不到想象中的景色，或是寻不到山庄怎么办？朋友也在举棋不定，商量一下，不去了。

怀着一份遐想，我们回到镇上。一家古董店里正播放着一曲名为《请别忘了我》的咏叹调，青铜般的嗓音唤起了我最深的哀思。我想起从前读《呼啸山庄》的感受，想起了许多次在火车上看到的沿途风景。

四

黄昏时，我们踏上了归来的火车，一路谈论着对英国诸多城镇的印象。伦敦是华丽的，剑桥是宁静的，牛津是繁闹的，肯德尔是诗情的，巴斯是高贵的，约克是古朴的。而谈到哈沃斯小镇，我们不约而同叹了口气。那真是个奇特的地方，那股冷漠和悲凉令人不寒而栗。

想到这里，朋友战战兢兢地说："你看到没有，先前一家小店有一张明信片，名叫哈沃斯的黑夜，画面居然是全黑的，什么都没有。"

这个温柔友善的台湾姑娘显然受到了惊吓。我们庆幸能在当天返回，而之前我还计划能在镇上住一晚，感受呼啸山庄的寒风。我和她说笑道，在哈沃斯居住是要折寿的，不然勃朗特姐妹怎么都英年早逝了呢？恐怕她们这辈子都很少离开过那里吧。

虽如此，我依然惦记着哈沃斯荒原，似乎很久之前我就看到了那里的黄昏。爱米莉·勃朗特冒着风寒，艰难地走到山前，在夕阳下孤独地站立，她想到了生的痛苦和死的无奈，于是开始书写笔下的悲情人物。人们因爱生恨，不断地折磨自己和所爱的人，以为这样就可以报复，可以解脱。可是，爱与恨同样无法拯救灵魂的孤独，就像哈沃斯小镇，经历了漫长的光阴，依然保留着悲凉的气质。真正的爱，会在哪里？千百年来，人们在寻找，是往昔的错失，还是未来某个不确定的方向？爱米莉·勃朗特去世得太早，有生之年，她的才华没有得到认可，然而，她忧郁的气质那样吸引我。我真的害怕，当我踏上她走过的路，景色忽然陌生，与故事迥然不同，那时，我会不会后悔，绝望？

我正想着，朋友冲我一笑，会意道："能来勃朗特的故乡就是一种缘分。"

哈沃斯的阴冷燃起了我的热望，我心中涌现出一股浓浓的感恩。

2005年1月

哈沃斯荒原，勃朗特三姐妹的故乡

多佛的三月

一

坎特伯雷自古充满了形形色色的传说，我还没到那里，便已经预感到它的离奇。

火车从途中某站断开了，驶向不同方向，我的对面坐着一个老人，他一上车便开始喃喃自语，然后不停地翻书包，找出厚厚的信纸和三支圆珠笔，用餐巾纸反复地擦桌子，确定干净后，就开始写写画画。那古怪的动作，孤僻的神情，让我心生疑问，他经历过什么不同寻常的事情吗？

观察了许久，忽然老人抬起头来，皱着眉头看看我："把你的塑料袋给我，我需要它，装我的东西。"随即他又侧过身，对旁边的年轻人说："我不建议你坐在这儿，你会妨碍我的工作，不好。"

年轻人一脸茫然地走开了，我则老实巴交地递上一个塑料袋，假装睡觉，眯着眼睛继续窥视。终于，车停在了坎特伯雷站，随着人流，我走入了这座中世纪小城。

坎特伯雷的历史可以追溯到两千年前罗马人的时期，小城流传了很多故事，如乔叟笔下脍炙人口的《坎特伯雷故事集》，文艺复兴时期，许多作家也将这里作为创作的背景。市中心商店林立，或许是复活节快到的缘故，行人拥挤，有游客，市民，还有络绎不绝的朝圣者。

坎特伯雷大教堂是英格兰最神圣的地方之一，步入其中，我立即被它恢宏的构造、精美的装饰所折服。适逢复活节前，人们从各地涌来，身着正装，举行隆重的礼拜仪式。我坐在一侧静静旁观，当管风琴奏响的时候，心中莫名的激动。

到底是什么力量驱使我不顾一切地来到这里，又是什么让我拥有最持久的耐心，足足停留了一个小时，两个小时？音乐是凄怆的，明天就是星期五，一个晦暗而抑郁的日子，我仿佛嗅到了某种悲哀的气味，从地窖升腾上来的旋律令我感到寒冷。几遍主旋律过去，节奏又柔和下来，仿佛流露出生命复苏的希望。我侧耳听着，心中涌现出一份惊喜，似乎宗教在我眼里，成了一种不断复兴的艺术。我想起上周日和贝蒂经过格兰切斯特，我们在小教堂后面的墓地里徘徊，那些石碑竖立在花丛中，一点儿都不阴森，反而有一种温馨的美。贝蒂说，小教堂适合与神交流，倾吐心中的话，而大教堂，则是瞻仰和朝拜的场所。

可是，坎特伯雷大教堂并没有给人拒之千里的感觉，甚至在教堂的一侧还有留言处，人们将心中所想写在便签纸上，第二天教堂礼拜时，那些心愿就会实现。我偷偷看了看那些留言，大多是祈求亲情，友爱，还有和平。于是，我也写下祝福，悄悄地贴上。

离开教堂，在小巷中看到一幢造型别致的房子，名曰"坎特伯雷故事集"，里面依照乔叟的描写分为不同场景，配合声光电效果，惟妙惟肖。小城的人们很怀旧，并为他们拥有的丰厚历史而自豪。在乔叟笔下，香客们来自中世纪英国社会的各个阶层，从骑士到修女，从磨坊主到僧侣，还有农夫、商人、学生、乡绅，人们讲述各自的经历，于是乎芸芸众生、人情世态，鲜活地跃然纸上。坎特伯雷因此而神秘，它既是宗教圣地，又有千千万万的市井生活。

二

坎特伯雷再向南，火车驶出不久就到了多佛港。恰逢雨过天晴，空气中飘着薄雾。这里是英国东南方的著名港口，几百年来，一直是英国通往欧洲大陆的海上通道。

顺着路标，我径直走向海滨山巅的古堡，那里被绿色的丛林环绕着，小路崎岖而

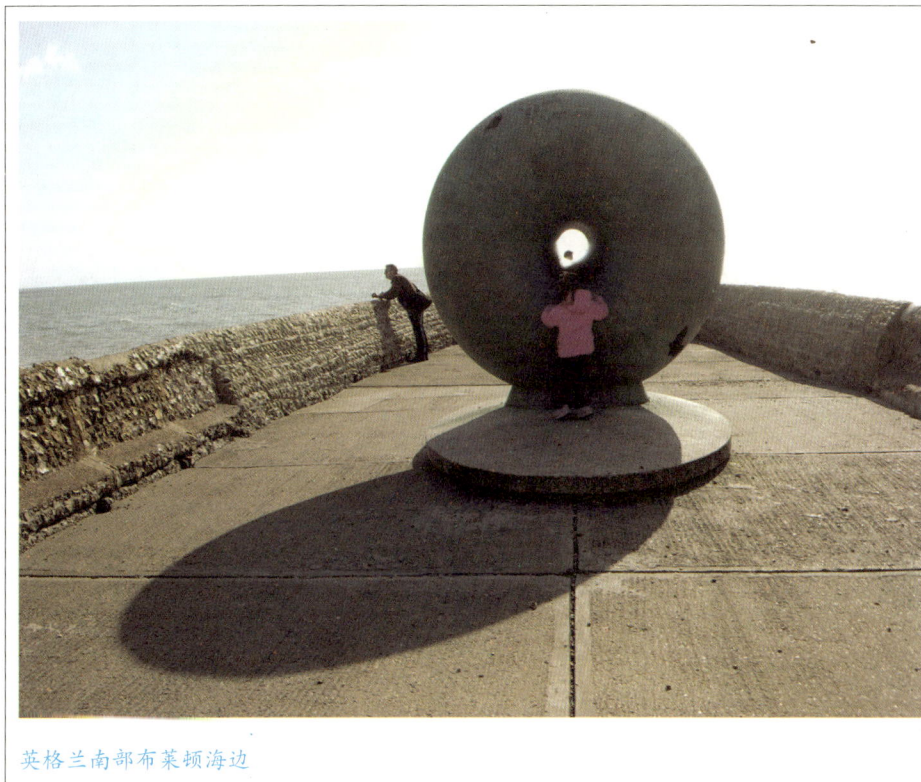

英格兰南部布莱顿海边

狭窄，举目望去，只有我一个行人，周围寂静。其实，不只是在山上，即便是在多佛港的海边和市中心，也很难见到人潮汹涌的景象，这与先前坎特伯雷的热闹有着天壤之别。

走了二十多分钟，我终于看清了古堡，之前的它一直在云雾笼罩中，若隐若现。城堡有八百多年历史，外围是两道厚墙，每道墙上都有若干碉堡和古炮台，看起来固若金汤。站在上面，俯瞰多佛，小城依托青山绿林，与大海相映成趣。市内没有摩天大厦，独特的城区布局给小城带来古典色彩。

听说多佛港的岸边有一堵著名的雪白峭壁，我从山上走下来，开始寻找它的踪影。问路时，遇到一对热心的老夫妇，陪我一路散步过去。

老爷爷自幼生长在多佛，深深迷恋二战前小城的宁静，他说："一切都变了，你觉得它整洁，古老，在我们眼里它已经又脏又乱了。你看那边，德国人轰炸后重新建的楼房和原先的风格迥异，而且到了夏季就会人山人海，各地游客都有，海边非常嘈杂。"

正说着，在我们左侧，出现了百米高的有如斧削似的绝壁危崖，垂直入海，那就是白垩峭壁了。顶端的平台上依稀可见几个男孩子，正在向我们招手。

"瞧他们多勇敢啊，我年轻时也去过那儿，还在上面的雷达站工作呢。要是晴天，从这里就能看到法国。"老爷爷得意地忆起了往事，夫妇俩风趣地喊了几句法语，并告诉我，多佛的居民都会说一些法语，商店和餐馆也有不少是以法文命名的。

和他们告别后，我独自来到了海边。多佛的海静悄悄的，甚至有些凄凉，海水的颜色富有层次，深蓝、浅蓝、金黄，依次排开，岸边则是沙滩和堤坝。一个老妇人正带着她的孙女捡石头，我被小女孩爽朗的笑声感染了，举起相机，拍下那欢乐的一幕。名曰，多佛的三月。

2005年3月

蝴蝶梦

中秋之夜，我与高中同学一起踏上开往康沃尔郡的火车，我在黑暗中求索着光明。这一侧，茫茫大海与黑漆漆的天空连成一片，那一侧，一轮皎洁的圆月在云翳间穿梭，它终于彻亮地显现在车窗前，散射着圣洁而温馨的光晕。我在车上久久难眠，幻想着一个叫做"天涯海角"的地方，一座伫立在水边的庄园。隆隆的火车声，仿佛延长了这座孤岛的海岸线。

迷蒙中，天已亮，一片汪洋大海中帆船点点，海鸥迎风翱翔，远处错落有致的房屋将崎岖的海岸线装点得明丽清新。我忘却了旅途疲劳，呼吸着咸咸的海风，张开双臂，向岸边奔去。

潘赞斯是一座安静而简朴的海滨之城，没有热闹的集市和娱乐场所，似乎连一座标志性建筑也没有。走在沿海道路上，我觉得大海如此平静，像一个相识多年的朋友，无需过多言语，也能默契地交流。

圣迈克尔山宛在海中央，中午潮水退去，露出一条石子路，沿着它一直走到山上。城堡巍然屹立，在阳光普照下更多了几分瑰丽。我沐浴在温暖的海风中，眺望远方，多么宁静的画面啊，虽是孤岛，却与天地同在。

从潘赞斯沿着海岸线乘车，不久之后，就是黄金海岸圣爱文斯。这里很繁华，到处是游客，沿海路上遍布餐馆和冰淇淋店。海水宛如调色大师，深蓝、浅蓝、深绿、浅绿，依次展现，让人惊羡称奇。

坐在沙滩上，看着堆沙的儿童，漫步的老人。忽然间，我的目光停留在不远处一个中年男子的侧影上，他也独自坐着，与我同样的姿势，手拿一支笔，膝盖上放着本子，专注地写写画画。他是作家，还是画家？还是像我一样，被生活吸引，抒发着自身感悟？

不，我很久都没有新的思索了，我过于沉浸在怀古感伤或是他人早已体悟过的事物中，走过许多的路，却很难再深入。就像此刻，我无法辨别圣爱文斯与英国别处的海有什么区别，虽然喜欢，却没有全新的爱。不知那一位独坐沙滩上的人，是否有着与我同样的迷惑？

中秋节过后第一天，下午直至黄昏，云层开始堆积，夜晚不见明月。

二

黎明前的海边空旷无人，天下着雨，我打着伞，期待天边突然出现一道光明。灯塔在远处闪着迷离的光，海浪咆哮，犹如乱石穿空，波澜壮阔。四周黑暗一片，继而，一切都笼罩在灰色的晨雾中。云渐渐散去，小城的山顶上露出微微的红色，然而太阳依旧躲藏在阴霾中，圣迈克尔山脚下帆船破浪而过，矫健的影子，映衬在广阔背景中。

三

车开在碧绿的田野间，树林和牧场一片接着一片，连绵起伏。康沃尔郡和别处一样，有着迷人的乡间景色。我想象着电影中常见的镜头，乡绅贵族们乘坐马车，在庄园间的路上缓慢行进，看到的，便是同样的景色。然而境况到底是变了，就像小说《长日将尽》中所写，人们感慨每况愈下的境遇，于是寄情于山水，或是恋爱，以求留住岁月的脚步。

车行一个小时，来到了"天涯海角"。这是英格兰的最西南，一望无际的大西

福伊是一座安静的小渔村

洋，绝壁陡峭而坚固，黑褐色的礁石巍然矗立，海水拍打过来，溅起壮观的浪花，远处，依稀可见群岛的轮廓。真是绝妙而雄奇的感受，天之涯，地之角，行走的足迹不是结束，而似刚刚开始。

四

福伊是康沃尔郡的一座小城，与想象中人声鼎沸的渔村闹市不同，这里的道路很狭窄，有如中国南方的里弄，若不是一条河通向大海，它简直可以说是偏僻的。

正是在这里，女作家达夫妮·杜穆里埃写下了小说《蝴蝶梦》（《丽贝卡》）。这些年来，文学爱好者们不断地造访福伊，找寻曼陀丽庄园的影子，而这座安静的水

边小村，也成了我的蝴蝶梦。

　　站在河边，望着对岸白色的别墅，我想，那会不会是女作家的故居，或是曼陀丽庄园的原型？水上的小木屋，莫非是丽贝卡沉船的地方？身处豪门，虽然锦衣玉食，又有依山傍水的怡然风景，人们却无法摆脱感情的空虚，生活的索然无味。

　　小说的女主人公丽贝卡在开篇时就已经死了，文中没有对她的正面描述，可古堡里到处都笼罩着她的阴影，让活着的人感到压抑。丽贝卡是个可悲而可怜之人，在旁人眼里，她举止优雅，风光无限，在丈夫回忆中，她品行轻佻，挥金如土。女作家用她的名字命名这个奇特的故事，也寄托了无限的爱与同情。《蝴蝶梦》的构思充满悬疑，然而当一切明了之时，是又一个婚姻悲剧。

　　走在小村中，不知怎的，我又想起了勃朗特姐妹所在的哈沃斯，也许同为文学故乡的缘故，给了我深刻的感触。福伊宁静而神秘，哈沃斯荒凉而晦暗，它们都有着无尽的悲剧气氛。穿过几条小路，我继续徘徊在河畔，夜幕骤然间降临。

五

　　我们在大西洋上航行，迎风破浪，好似在云雾中颠簸，四周迷雾慢慢褪去，阳光在云层的边缘镶了个金边。汪洋之中，偶尔见到一两艘轮船，或是勇往直前的飞鸟，敏捷的姿态，嘹亮的鸣叫令人振奋，虽然是在与世隔绝的大洋上，我却觉得兴致盎然。

　　三个小时后，我看到了起伏的锡利群岛，那感觉仿佛阔别人世许久，终于回归。船在圣玛丽斯岛靠岸，到处是彩色游艇和笑容满面的游客。

　　在岸上徘徊了一阵子，我们又换乘一艘去特拉斯克岛的小船。不一会儿工夫，礁石林立，四际荒芜。登上码头，沿着沙石和野草织成的小径漫步，很快人烟稀少，一位老人在山头，面对大海，沉静地作画，细腻的沙滩上隐约可见海鸟留下的脚印。

　　这一片岛鲜有人来，那荆棘丛生的树林，白色柔软的沙滩，孤独的鸟鸣，蓝天，白云，愈发给了我一种浪迹天涯之感。我想，如果有人长年在这里居住，那一定是艺术家，或许那老人就是其中一个。

　　伫立在海边，仿佛到达了天之尽头，我在沙滩上写下心愿。等到再次涨潮，我的心语就会一起融入大西洋的怀抱。

　　乘着游艇回到圣玛丽斯岛，小镇上的商店并不能引起我的兴趣，头脑里依然是特拉斯克岛的画面，不知那边的波浪是否已经涌向了沙滩……

锡利群岛

六

　　火车在黑夜中奔驰，康沃尔正在离我远去，明日一早，我将返回剑桥，回到熟悉的环境。这几日的旅行好似远离尘世的漂流。康沃尔郡地处偏远，生长在这里的人，应天生有着奇幻般的想象力与创造力。我留恋那些抽象的绘画，雕塑，并想象着《蝴蝶梦》中的场景。

　　昨夜在青年旅社，我作了个怪异的梦，似乎与蝴蝶梦相关，醒来后大为震惊。我开始反思，忍不住回顾福伊河畔，曼陀丽庄园的影子和丽贝卡的笑一样苍白。

　　"我梦见自己又回到了曼陀丽庄园。恍惚中，我站在那扇通往车道的大铁门前，好一会儿被挡在门外进不去。铁门上挂着把大锁，还系了根铁链。我在梦里大声叫唤看门人，却没人答应。于是我就凑近身子，隔着门上生锈的铁条朝里张望，这才明白曼陀丽已是座阒寂无人的空宅。"

　　我越发疲劳，不愿讲述那个梦，那感觉大多是转瞬即逝的，再回首，物是人非。康沃尔依旧灿烂，曼陀丽庄园已不复存在，我在茫茫夜色中再一次等待黎明。

2005年9月

塔桥剪影

伦敦即景

　　伦敦的一天始于雾气迷蒙的清晨，过往行人中不乏西装笔挺的绅士，或是上了年纪但依旧装扮得体的老妇人。一辆古旧的出租车驶过，昏黄的路灯在泰晤士河渐渐清晰的表情前，闭上了惺忪的睡眼。雾色散开，仿佛能看见对面大本钟闪烁的轮廓，呼吸一口冷清的空气，伦敦的生活拉开了帷幕。

　　向往伦敦是许多年前的事了，读狄更斯的小说，觉得它阴暗而充斥着发霉的味道，每个人都孤苦伶仃，被上帝所遗弃；读伍尔夫的对白，更显苍凉，拥挤的街头，人与人依旧隔着无法逾越的距离，回忆是唯一值得信赖的；伦敦在《魂断蓝桥》的

尾声，女主人公伤心欲绝的眼神中，在《查理十字街八十四号》，小街匆忙的表象下，流淌着脉脉的温情。一切都是我所期待的，是现实的，也是书本中的伦敦。

从前，我读硕士课的时候，一得闲就把自己扔在去往伦敦的大巴上，任由思绪随之颠簸，如此，一年下来竟去过二十多次。时至今日，对伦敦的爱依旧深切。我清晰地记得那些独自行走的日子，在皮卡迪里大街的早晨看着红色双层巴士急驶，耳边"刺啦"的水花格外悦耳；还有一个狂风呼啸的冬日，泰晤士河水惊涛拍岸，我凝视着它，内心的波浪也在高涨、翻腾。

伦敦大抵是灰蒙蒙的，阴霾密布，晴天则在英格兰最宝贵的夏日。天空蓝得透明，让人有一种走入古典小说的幻觉。伦敦的小巷仿佛讲述着离奇的故事，不知道脚下的路曾经被谁走过。路过的景色宛若一幅幅油画散发着圣洁的柔光，让人如此安然，又有了源源不断的灵感与希望。

伦敦的景致，每一处都蕴含着丰厚的文化内涵，怎么品也品不够。这里的人们善于创新，又不舍弃传统，莎士比亚的戏剧、韦伯的音乐剧遍布城区。一杯浓浓的午后红茶，瞬间把时光拉回浪漫的维多利亚时代；入夜后，小酒馆扑朔迷离的气氛，则随时可能上演福尔摩斯侦探故事。

这座城市没有鲜艳的童话色彩，几百年过去，它依旧缓慢又略显古板地走着，可这也是伦敦的魅力所在。它什么都可以有，什么都可以无，既不高高在上，遥不可及，也不随波逐流，沦为世俗。在这里行走，仿佛就成了生活的一部分。

弗吉尼亚·伍尔夫说："倘如你厌倦了伦敦，便厌倦了生活。"如此，当我为现实的无奈而困扰，为理想的荒诞而纠结，结束一次次漫无目的的旅行，将流浪的洒脱化为一行行文字之后，悲伤、茫然，或是索性无所事事之时，就会想起伦敦。在那里行走，然后继续生活。

2010年6月

布拉格，不能承受之轻

托马斯和特丽莎相爱在"布拉格之春"，夫妻间的关系，在历史伤痕中撕裂。他们在仓皇中流亡，最终于僻远的乡间找到了生命归宿。女画家萨宾娜带着孤芳自赏，远离了故土，当她收到托马斯夫妇的噩耗，泪流满面。就此，三个人的感情纠葛终于得以解脱。

这就是米兰·昆德拉笔下关于布拉格的故事，名为《生命中不能承受之轻》，作家用那些似懂非懂的文字，描写几个捷克男女的生活，无论是沉重感，还是轻盈的漂泊，他们都像所有人一样，在时代的洪流中，消散无踪。

向往布拉格，也出自这部小说，与其说这是又一座欧洲城市，不如说，它是个形容词，象征着最绚烂，又最忧愁的美。

初见布拉格，你不禁会惊叹，在经济并不景气的中欧，真的会有这样一座瑰丽的城市。无论是在萧条的隆冬，还是早春，伏尔塔瓦河永远在城市的中心流淌。在捷克作曲家斯美塔那的旋律中，它是那样生生不息，从涓涓细流，汇成雄浑湍流，又在布拉格的城堡下留作多情的一瞥。

查理大桥上游人如织，街头艺人们且歌且舞，俨然继续着波西米亚式的流浪与狂欢。站在桥上，无论看向何方，你的眼前都是五彩缤纷。老房子多有着红色屋顶，阳光下散发着一片柔光，偶有细雨飘来，城堡的脸又沉静下来，似有无尽的秘密要向你——倾诉。

去城堡可以走山路，或是乘坐小巧的有轨电车。这里原本是一座王宫，从外表看，神圣威严，内部富丽堂皇。沿着盘旋的楼梯登上塔顶，你的眼前不由一亮，一片接着一片的红屋顶汇成绚丽而炽热的海洋。这世上恐怕再也没有一座城市像布拉格这样，如此肆无忌惮地挥霍着美艳的颜色。"美！"只有这一个惊叹，可以形容那一刻你心中涌现的热忱。

早晨，伏尔塔瓦河沐浴在阳光中，对岸是布拉格城堡

　　城堡的后侧有一条狭窄却趣味横生的小巷，名曰"黄金巷"，作家卡夫卡的故居就在其中，如今是一家小小的书店。卡夫卡的作品是以忧郁晦暗出名，而米兰·昆德拉的小说，则带着炽热的爱与乡愁。《生命中不能承受之轻》《生活在别处》……看似漫不经心、轻松随意的语句，读着，读着，你就不觉走入了深刻的思索，然后迷惘，进退两难。米兰·昆德拉应是始终爱着布拉格的，就像他笔下的姑娘们，都迷恋着男主人公俊朗的容貌，挺拔的身材。布拉格历经战火，终于得以幸存，而作家却于

乱世中背井离乡，久久不归。他遥望着故乡的明月，念念不忘它的璀璨熠熠，写在纸上，依旧是布拉格的悲欢离合。唉，离开故土的人多么不幸……

再回到伏尔塔瓦河，过了查理大桥，进入布拉格的老城。这里小街纵横，石板路将你带入中世纪的意境，小工艺品店里有精美的琉璃、木刻，间或还有鼹鼠玩偶，一时间，让你拾回儿时的乐趣。街头艺人的歌声从巷子里传来，曲折而动听，寻声望去，只见前方餐厅遍布，顺着人潮继续走去，便到了旧城广场。

目光可及之处，各式各样的建筑交相辉映，古老沧桑的市政厅钟楼高耸入云，天主教堂前的圣母像闪闪发光。布拉格的气质，就印在那金色的塔尖、红色的屋顶、米色的石墙之上，那些颜色经过了岁月涤荡和苦难洗礼，升华成无尽的浪漫与愁绪。

天色渐暗，一盏盏路灯点亮，将夜晚烘托得迷离，那画面，那气氛，既抓不住也看不清，完全是另一种神秘的姿态。于是，你的眼前不由浮现出小说情节，特丽莎跌跌撞撞地走在夜间，几乎一刹那，熟悉的街道变得冰凉；托马斯站在窗前，蓝色的眼睛散发着魔力，全布拉格的女人们走过，都投去爱恋的目光。人们禁锢在宿命中，或欢喜，或悲伤地活着，如今似乎也一样，不知为何而忙碌，为何而陶醉在安逸的幻象中。

餐馆的壁炉烧着熊熊的火，烤肉的香味四处蔓延，搅得你垂涎欲滴。走上几步，就有身材矮胖的老板娘前来招呼，喝一杯啤酒，吃一顿烤肉，似乎忘却了更多的思索。捷克人对生活有着质朴而浓烈的爱，他们经历过苦难、战争和强权压迫，依旧乐观自在，并用独特的幽默感染着素不相识的你。

晚饭过后，你可以和热情的当地人一起跳舞，或是再度走上街头，看看哪里有木偶剧、黑光剧、斯美塔那或是德沃夏克的纪念音乐会。夜已深，从剧院走出，灯火阑珊中的老城如梦如幻，你舍不得闭上眼，离开它温柔的怀抱。

远处的小楼闪着光亮，你凝视着它，终于，布拉格的最后一盏灯熄灭了，可是作为艺术与美的象征，它永远不会睡去。

2006年1月

都柏林郊外的婚礼

一、带上雨伞与音乐

深夜，借着酒后的一丝醉意，我开始了爱尔兰之旅，心中盼望着那绿色的田野，婉转的风笛声。

曾看过一篇散文，说去爱尔兰，要带上雨伞与音乐，才能体会那里的别样风情。果不其然，初到都柏林机场，天空下着蒙蒙细雨，由于地处海湾，风格外猛烈，可是吹在脸上，却是暖暖的。

好友亮亮和她的未婚夫史蒂夫在出口处等候，两年不见了，她愈发增添了成熟魅力。史蒂夫则是高高的个子，蓝色的眼睛镶嵌在卷曲的金色睫毛之间。看到他们甜蜜的笑容，我心中仿佛注入了一束阳光，对他们的婚礼更多了期待。

从机场到亮亮家的路上，天空不断变换表情，时而阴雨霏霏，时而阳光普照，白云和我们的车赛跑。车里放着轻松的流行歌曲，我闭上眼睛，懒懒地靠在座椅上，那舒畅的感觉，好似又一次回到了故乡。

二、三姐妹

吃过午饭，史蒂夫的大姐卡莫尔到了。她身材胖胖的，白里透红的胳膊好似熟透的白薯。她在芝加哥一家咨询公司工作，讲话时操着浓浓的美式口音。

一见到我们，卡莫尔先是抱怨旅途劳累，然后不停地吃面包，喝咖啡，随后滔滔不绝地和我讲起了芝加哥的生活。

她说："住在城市真好，芝加哥的大小恰到好处，生活丰富，又不会令人迷失。"又说："爱尔兰虽美，可每次回来，都成了短暂的度假场所。"原来，七年前，卡莫尔和男友一起去美国，可后来他们分开了，周围人的友好让她摆脱了孤独，渐渐地，就喜欢上了美国。

正说着，史蒂夫来到客厅，商量起婚宴的座次事情。原来，他们有两个修女姑妈，不太习惯和常人相处。卡莫尔痛快地说："我不介意坐在她们中间啊，总要有个能说会道的调剂一下气氛吧。对了——你别忘了让琼和玛丽坐在一起，你知道琼的，她从不主动和陌生人说话。还有——爸爸妈妈什么时候到，我是不是要和你一起去接他们？"说着，她满怀期待地眨眨眼睛，看得出来，久别故土的她多么渴望与亲人团聚，可是，她又隐隐地因那些由环境与观念迥异带来的隔膜而苦恼。

卡莫尔继续和我谈着她的感受："在飞机上，我又一次看到爱尔兰的田野和海岸线，那么美丽，恐怕再也无法在别处找到。每次回来，我都会伤感，可是最终还是要离开。"她的父母是虔诚的天主教徒，对子女有许多正统教育，而个性独立的卡莫尔是现代职业女性。她悄悄告诉我，她已经不是教徒了，还叮嘱我千万不能告知她家人。从谈话中，我越发被这个特立独行，又善解人意的胖姑娘吸引了，我相信她无论走到何处，都会找到友情与阳光。

就这样，我们聊了一下午的话，直到门铃响起，史蒂夫的二姐琼和妹妹玛丽来了。她们长着同样迷人的卷发，笑起来露出甜甜的酒窝。正如卡莫尔所说，琼是个沉默寡言的女孩，她总是静静地坐在一边，听姐妹们谈话，偶尔叹一声气，或是怯怯地笑着。等到发表观点时，话音未起，脸颊先染上绯红。玛丽则头戴发卡，调皮的眼睛不时眨啊眨，和姐姐见面不到几分钟，就开始聊起亲朋好友间的趣事。琼和玛丽都在离家不远的地方上学，周末必定要和父母团聚。如今三姐妹会面，充满了温馨，她们对我十分热情，不多时，几个女孩打成了一片，吵闹着要试穿伴娘礼服。后来，我们去商店买鞋子，拎着满满的购物袋，在欢笑中，度过了我在爱尔兰的第一天。

三、婚礼

这是一场传统的西式婚礼，在都柏林近郊一座小型天主教堂举行。午后风和日丽，礼车驶来，圣洁的管风琴乐声奏起。玛丽左顾右盼地打头阵，我紧跟其后，我们四个伴娘先行入场。随后，新娘亮亮在她父亲的陪伴下缓缓步入教堂。

我望着亮亮明媚的眼神，又将目光移到她父亲沉稳的表情上，忽然间，鼻子一阵酸楚，泪花在眼中打转。史蒂夫接过亮亮的手，掩饰不住内心的欢喜。就在今晨，他还紧张得坐立不安，不断向我们确认领带是否系好。

在肃穆与祥和的气氛中，神父诵读着经文，新人们各自点燃一支蜡烛，代表着他们曾经是独立的个体，在不同地方降生，成长。最后，共同点亮中间的大蜡烛，象征从此同甘共苦，融为一体。优美的圣母颂歌萦绕在教堂的天窗之间，在神的见证中，他们起誓今生今世永结同心，不弃不离。

这一幕在电影中看过许多遍，如今亲眼所见，不禁为之动情。我想起了儿时的快乐时光，和亮亮骑行在西城的胡同里，听她讲述那些精彩的小说情节；想起了初中毕业后，她随父母移居遥远的英伦，从此书信往来，听她诉说异乡求学的经历；想起了那一年在伦敦重逢，我们别后八年，经过工作与感情的挫折，她脸上依然洋溢着那股坚毅；又想起了一年前，当她告知我在都柏林订婚之时，字里行间流露的幸福。往事如胶片一般，一张一张闪现，如今，她愈发优雅，聪慧，我从心底感到阵阵欢喜。

四、晚宴

晚宴设置在一家酒店，新人及双方父母坐在前方，宾客分坐九张圆桌。我和亮亮的几位中国朋友分在一起，碰巧大家都是北方人，说话格外投机。大连姑娘朱蒂也在其中，她披着长发，身穿素雅的白色连衣裙，好似一朵水仙。在下午的婚礼上，她曾朗诵了圣经中的一段话，声音十分悦耳。

朱蒂到爱尔兰快两年了，一边读书一边兼职当会计，她说："爱尔兰只有这点吸引人，可以边工作边上学，让人自力更生。我刚来时，身上只有六百欧元，很是不知所措呢。有一天，无意中走进了一座天主教堂，听到优美的唱诗，内心一下子平静下来。其实，宗教的意义就在于此，当人们无助孤独的时候，能够有一份心灵依托，精神鼓舞。"说着，她停顿下来，想了想："其实，都柏林在我的眼中是很尴尬的地方，论规模不及国内城市，论古典又不比正宗的欧陆文化，但不知为何，我喜欢这里。"

我仔细端详着朱蒂，想不到这个身材小巧的姑娘有着如此韧性。她被我看得有些不好意思了，微微一笑："其实，这都是很普通的事情呀，每一个在都柏林的中国留学生，都有自己的故事，真的。"

品尝了丰盛的爱尔兰式炖牛肉及美味甜点，酒足饭饱后，新娘的父亲、伴郎及新郎分别致词。在乐队的激情演奏中，彩光旋转，新人相拥着步入舞池。他们舞步优美，目视着彼此，神情温柔。

朱蒂在一旁看得目瞪口呆，喃喃道："好羡慕啊。"

正发着"花痴"，一个爱尔兰男孩走过来，笑容里带着腼腆，邀请她一起跳舞。歌曲不停地变换着，人们纷纷加入舞蹈行列，虽然许多人初次相见，然而人人脸上都洋溢着灿烂的笑容。

在这里，有朴素的乡村姑娘，有初为人母的年轻妈妈，也有事业女强人、律师、商人、学生，还有立志当导演的中国摄影师。那边朱蒂和她的爱尔兰舞伴已是难舍难分，这边又有人前来搭讪。再一转身，又看见琼跌跌撞撞地踱了过来："人们都说我和姐姐卡莫尔是相反的极端，她是直发，我是卷发，她活泼，我却这么内向，是这样的吗？"

我说："是的，可这没有什么啊，每个人都有自己的特色，这叫多元化。"

琼听后脸上大放光彩，喊着："对啊，多元化。"

乘着醉醺醺的酒意，这个到了谈婚论嫁年龄，却始终没交过男友的爱尔兰姑娘也脱了舞鞋，开心地扭动起来。在浪漫的灯光中，人们无拘无束。

不知何时，亮亮的母亲走到我身边，她欣慰地看着女儿舞蹈的样子："没想到，她嫁了个外国人。好在我们就住在伦敦，不算远，而且史蒂夫对她这么好……想想从前，你们还那么小，一转眼，时间过得真快啊。"我听着，心里深深的感怀。

舞会一直持续到子夜，到了新娘抛花的时候，当鲜花飞空的一刹那，众多单身女孩蜂拥而上，还是朱蒂眼疾手快，一把抢了过来。她激动地跳了起来："我真幸运啊！"

随着宾客陆续离席，舞会也步入了尾声，可那欢腾的气氛、欢乐的旋律依然萦绕在我心间。这一场难忘的盛宴，有人惊喜，有人羡慕，有人心中燃起希望，也有人在灯火阑珊处静静观望，然而相同的，是对爱的渴望，家的渴望。

2007年5月

如诗如画的爱尔兰乡间

里斯本诗魂

　　清晨，里斯本笼着一层薄雾。我早早醒来，带着一本葡萄牙诗人佩索阿的《惶然录》，在这座城市里游荡。

　　登上一辆旧式的有轨电车，阿尔法马区的上山路在前方蜿蜒。车厢慢悠悠地摇晃，迎面过来又一辆车，贴得很近，仿佛一挥手就可碰到。电车经过电缆交叉处，还会"咔嚓"打出火花，我猛地随之一颤，那一刻，和里斯本的心跳产生了共鸣。这里是诗人佩索阿最留恋的地方，他写道："我坐在老电车上，慢慢地观察身边的那些人的细节，一如习惯……老电车的椅子好像渐渐地带我去了那些遥远的地方，对我而言，就好像那些人，那些现实，每样东西都成倍地增长了。当我下车的时候，我往往精疲力竭，好像梦游一般，又好像过完了一辈子。"

　　过了九点钟，里斯本的阿尔法马区于睡梦中醒来，店铺的伙计们开始忙起来，清洁工扫过的小径扬起了尘土，一切都那样富有生活气息。车行到山顶，我下了车，来到一座城堡前。这里幽静冷清，不知从何处，传来了钟声。我不觉心中一颤，忆起几年前在北京的古巷中穿行，也是那样深邃的钟声，带我走入了一间古刹中。难道生活的艺术，美妙的感受，无论何时何地都是相通的？走上城堡高处，向下望去，一座又一座的小山丘起伏跌宕，金光灿灿，城市仿佛化作了房屋的海洋。

　　从阿尔法马区步行回到白夏区，拿着地图，很容易就找到了道拉多雷斯大街。街角的小酒馆前立着佩索阿的雕像，仿佛他依旧在那里，旁观着过往人群。游人们纷纷过来照相，我坐在一旁，喝上一杯酸酸的柠檬水，翻开书，那些亲切的文字忽地一下全都跳入眼帘。"有时候，我觉得我永远不会离开道拉多雷斯大街了。一旦写下这句

里斯本老城，一辆有轨电车驶过

话，它对于我来说，如同永恒的微言"，《惶然录》的开篇，就写到这条大街，接下来，人们的嬉笑声，电车铃声，脚步声，一切印象都汹涌而来。

我读着书，不时抬头观望，一位葡萄牙姑娘走过，她窈窕的背影好似刮起了彩色旋风，就要把我卷走。路人来了又走，不知不觉中换了一批又一批，中午将至，我依然坐在那里，在诗的护佑下，深深陶醉，"我打发着时光，穿越寂静，就像纷乱无序的世界穿越着我。"

午后，回到客栈休憩了一会儿，继续登高步行，来到里斯本最古老的上城。这里处处狭窄残败，如同北京皇城根脚下深藏的胡同，一些房屋上伤痕累累，另一些搭起了架子，正在翻修。酒吧随处可见，有几家门前贴着法多表演的广告，从窗口传来一曲忧伤的情歌，我忽然想起诗人那忘情的呼喊："噢，里斯本，我的家园！"

法多是葡萄牙的民间音乐，我曾听过一些，它们娓娓道着一些心事，轻易间就俘获我心，可是我却怎么也不懂。心中惆怅，想幻想，又无法想象，也许那含糊不清的声音，本身就是诗。

当我走得疲倦不堪之时，再一次回到了道拉多雷斯大街，我又坐在佩索阿常去的那家酒馆前，静静地看书，等待。黄昏，又一个黄昏降临。旅途的劳累真是一种享受，我不知道为什么会如此爱这个地方，只因它是诗人的故乡？许多年之后，我也会为它写下一首诗吗？

街上依旧人来人往，这些陌生的异乡人，恍惚间都成了我生活的一部分，唉，我真想留下来与他们在一起，尽管听不懂他们的语言，却喜欢被这样包围。我爱这里市场的繁闹，街巷的混乱，也爱这里黎明的清淡，黄昏的浪漫，在长长夏日里，再也没有什么更能打动我的内心。仿佛在这古老的城市里，我已住了很久很久，流金岁月在我身上缓缓淌过。我为拥有这样丰富的情感而庆幸，若是哪天连它都消失了，我便不再是自己。再见了，深爱过的地方，里斯本沉睡了，又会在欢愉中醒来，而我即将睡去。

2007年7月

伊斯坦布尔，一座城市的回忆

一

很小的时候，我便认为这世上存在一些看不见的事物，我不信神灵，却冥冥中感到鬼魂在我周围游荡，他们和活着的生命有着同样的表情和呼吸，甚至更加纯净。诸如暴风骤雨、电闪雷鸣的晚上，我都觉得和鬼魂的行为相关。

这是我从土耳其作家帕慕克笔下读到的伊斯坦布尔，伴着一轮皎洁的圆月，又一次远行，我的内心越来越被幻象充斥着，那股超自然的魔力似乎近在咫尺。伊斯坦布尔，多么神秘的地方，它经历了罗马、拜占庭和奥斯曼帝国的变迁，横跨亚欧，贯穿东西，一想到这些，便万分激动。

从机场出来，坐在出租车里，望着一座座红色的楼房，银白的清真寺，异族风情不断涌现。驶过博斯普鲁斯海峡大桥，进入老城区的中心，到处是破败的民宅，琳琅的店铺，男人们风尘仆仆的步履，女人们头巾掩盖下的万种风情。

开车的老大爷说，他在伊斯坦布尔生活了近四十年，每一天都在看城市的变化，这里的一切都真实而纯粹。我听着他的介绍，不由想起了土耳其人所说的"呼愁"，还有帕慕克笔下一段话："离乡背井助长了他们的想象力……我的想象力却要求我待在相同的城市，相同的街道，相同的房子，注视相同的景色。"

如今，我也能和这位土耳其作家一样，住在织毯和旧木家具装饰的房间里，听着梦幻般的奥斯曼古琴，眺望着古城中心的来往行人。这种幸福是难以言喻的，我甚至想，或许此时此刻，作家也在老城的另一端，穿透厚厚的尘埃，与我望着同样的风景。困意上来了，休息了一会儿，耳畔回响的是无休止的喧闹。

现在或是将来，当我们的文明最终成为浮华或是升华，我都能清楚感觉到伊斯坦布尔的存在，它似乎已经牵动了我心，我像一粒尘埃，依附于它。

二

早晨的古城沐浴在金色阳光中，暖洋洋的，灰色的街道和橱窗逐渐色彩斑斓，伊斯坦布尔又迎来热火朝天的一日。

一千七百年前，这座城市叫做君士坦丁堡，随着罗马帝国的分裂，它成为拜占庭帝国的首都，更一度是基督教世界的中心。那是一个繁华与古典相结合的时代，从圣索菲亚大教堂瑰丽的穹顶、金光熠熠的绘画便可窥见一斑。后来拜占庭被土耳其人征服，从此，西方人再也无力在东征中恢复君士坦丁堡的辉煌，它已经无可挽回地成为奥斯曼帝国的伊斯坦布尔。

圣索菲亚教堂的周身，一时建起了宣礼塔，伊斯兰教文化在这里生根发芽了。或许，如今的西方人提起伊斯坦布尔都会有挥之不去的伤痛，就像是自家的姑娘被外人掠去，从此改名易姓。伊斯坦布尔，当真是独一无二的西方之貌，东方之魂。

蓝色清真寺与圣索菲亚教堂隔街相对，它是奥斯曼帝国时期的杰出建筑，结构精美，气势恢宏。中午时分，正赶上穆斯林祈祷，暂时不对游客开放，然而隔着那洁白的墙壁，似乎也能感到里面的神圣氛围。二十世纪初，现代共和国建立，土耳其实行政教分离，成为伊斯兰世界中走向民主的国家。宗教信仰，更多存在于人们心中。

如果说，伊斯坦布尔在帕慕克笔下伴着奥斯曼帝国的瓦解，终难摆脱忧伤，那么它在我的面前更像是一个谜。在古老的建筑间往返，徘徊，犹如在悠久而孤独的历史往事中游走，一时间璀璨的装饰，仿佛又成了淡淡的剪影。于是，我又想起那句话，"即使最伟大的奥斯曼建筑也带有某种简单的外表，表明帝国终结的忧伤，痛苦地面对欧洲逐渐消失的目光。"

集市上绚烂的彩灯

现在的伊斯坦布尔，处处能体会到祥和、宽容和友好的气氛，我与它的灿烂和忧伤都靠得很近。

三

这两日走在旅馆到会议场所的路上，经过民宅，我总会透过棕色的木窗，想象着那里的生活。伊斯坦布尔的老区，街巷崎岖起伏，旧楼房的墙壁残败不堪。偶尔遇见几个戴着头巾的女人，坐在自家店铺前，一针一线缝着织毯，小孩子跑出来，淘气地和我打招呼。这些小巷很僻静，似乎白天夜晚都很少有外乡人打扰。

有时候，我觉得那些颓败的墙壁焕发出的独特气息是那样亲切，我甚至以为，早已和这里的生活有着千丝万缕的联系，心中既感激又欣喜。当漫天灯火炫耀，圣索菲亚教堂前的电车铃声震耳欲聋，伊斯坦布尔的大道上人潮汹涌，各种语言在夜色中交杂，这种时刻，我会情不自禁向老街昏暗的小巷张望。那里的人又在怎样地生活呢？那些垂垂暮老的印象，充满了美和诗意。

我又想到旅行，很多次，当我恋恋不舍离开一个地方，或许并没有意识到，今生今世再也不会回来，纵使重返，也已时过境迁，就像一扇又一扇门，一旦走出就再也回不来。在伊斯坦布尔，又有类似的感觉，带着炽烈的爱，我恨不得走遍这城市每个神秘的角落；可是，每到一处，又难忍内心的哀伤，知道那感情只能存留一瞬之间。而我，无法再次停驻。

四

伊斯坦布尔的又一天，依旧被清真寺宣礼塔传来的召唤声唤醒。睁开惺忪的睡眼，看看窗外，人们已经开始忙碌。随着离开的日子临近，我越发喜爱这里的一切，大街上，醒目的名牌店似乎昭示着这里和欧洲其他都市并无分别，然而每当走入其中，沐浴着和煦的阳光，听着人们热情的招呼，我又会联想到故乡所特有的温情。

　　我想，年复一年，烟雾弥漫的早晨，或是星光迷离的夜晚，伊斯坦布尔以及遍布其中的清真寺，都迎接着不计其数的异乡人，不知他们是否和我一样，坦然而欣慰地接纳着这座城市的魅力。有时候，我觉得文化或是信仰之所以有冲突，是因为缺乏了解，如果带着宽容慈悲之心去体悟，这世上总有一些共通之处。

　　夜色渐暗，独坐在旅馆顶层的天台上，一杯红茶，消解着白日行走的疲惫。不知何时，耳畔再度响起辽远清澈的诵经声，圣索菲亚教堂的周身灯火通明，蓝色清真寺的脚下店铺遍布，影影绰绰的烛火，扑朔迷离的轮廓，好似白天看到的，优美的阿拉伯文经书。

五

　　自从三年前来到英伦，我便相信，每到一处，都会遇逢新的风景和人。在伊斯坦布尔也不例外，很欣喜的一件事便是和土耳其小伙儿奥斋的重逢。我们是在半年前荷兰学生节认识的，和众多土耳其人一样，他朴实好客，在斋月的烈日下，带着我在老城里四处游逛讲解。

　　我说，真正对伊斯坦布尔感兴趣是读了帕慕克的《伊斯坦布尔，一座城市的回忆》，书里提到他欢乐并困惑的童年，笼罩在奥斯曼帝国毁灭阴影中的家族命运，还有左邻右舍的传闻，让我觉得亲切。

　　奥斋听后很高兴，说道："其实伊斯坦布尔远比书中写的精彩，我在这里呆了七年，每一天都能发现新的闪光点。"

　　他自幼生长在土耳其与伊拉克交界处的一座库尔德小镇，从穷乡僻壤考入著名的博斯普鲁斯大学。大城市给了他广阔的成长空间，他在这里读书，工作，并有了幸福的家庭。

　　我说："你在家乡一定是知名人物吧。"

　　奥斋腼腆地笑着："是啊，邻里都认识，每次回去都要调整心态和说话方式，那边的人们很传统，也很单纯。"不过，他也有许多的顾虑，因为家乡就像一个全然不同的地方，很贫困，人们说库尔德语，虽然在学校是被禁止的。

"这总是个问题，"他继续道："虽然我喜欢这里，但或许最终还要回去，因为根在那里，父母在那里。"

在临海的山上，我一边喝着红茶，一边聆听他的感言，在他坦率的表情中，我读出这个土耳其小伙儿的复杂情感，他是多么热爱这所城市，可是又惦念着遥远的家乡。

说到爱，我前日遇到一个土耳其导游，是个崇尚自由的青年，他说："在我们国家，男人都很真诚，我们照顾并保护女人，我们爱她们。"游览的时候，他一边讲述

圣索菲亚大教堂夜景

历史典故，一边夹带着自己的生活，比如因向往自由而离婚，又为某段感情而困扰。作为一个单独出门的女生，走在街上，常有人搭讪，找路时也不敢过多停留，因为总会有人殷勤过度，恨不得领着我到城市的任何地方。

土耳其人为自身文化的中西合璧、包罗万象而自豪，同时，强烈的民族感又使他们摆脱了普遍意义上的中东概念。共和国建立后，废除了一夫多妻制，越来越多的妇女走入大学和工作岗位，繁华的街市也能看到打扮前卫的年轻女性。

于是，又想到这次会议的组织者，一位女教授，不仅年轻貌美，而且做事干练，是土耳其新女性的代表。在两天开会期间，她给了我许多鼓励，说期待我明年的进步，这让我感到温暖和动力，甚至激动地以为，人生会有什么翻天覆地的变化。

六

又一个晴日，我登上游船，随着一声汽笛响，在博斯普鲁斯畅游。这是一条歌咏生命、幸福与欢乐的海峡，它将伊斯坦布尔一分为二，沟通广袤的欧亚大陆，连接黑海和马尔马海。绝无仅有的地理位置，构成了它独特的魅力。

沿岸的风景慢慢后退，仿佛旧画片一幕幕闪过，雄伟壮观的苏丹宫殿，精美豪华的别墅，残旧的城墙遗址，气派的政府办公楼、清真寺、商店、咖啡厅……在这里，不同信仰、不同种族、不同阶层的人混合在一起，又井然有序过着各自的生活。

博斯普鲁斯之于伊斯坦布尔，或许就像泰晤士河之于伦敦，塞纳河之于巴黎，伏尔塔瓦河之于布拉格，阡陌交错的运河之于阿姆斯特丹。那些城市与河流浑然一体，传达着清晰的讯息，而博斯普鲁斯似乎更为神通广大，在欧亚之间徘徊，不属于任何一种文明，却又兼而有之。凭栏远望，举目所及是绚丽的风景，而我不由想象，在那些重重的围墙背后，街巷里，又有多少鲜为人知的故事？

每一天，不计其数的人在欧亚大陆间往返奔波。悬桥上车辆川流不息，水面上船来船往，每一只都有自己的方向，就好像是生命的方向。阳光洒在我的肩上，海风吹拂，我又想到帕慕克的话："无论发生什么事，我随时都能漫步在博斯普鲁斯沿岸。"悠久沧桑的伊斯坦布尔，和它的子民一样，每天都能沐浴阳光，凝望大海，这样的城市，又怎会陷入没落的忧伤？

在博斯普鲁斯海峡上

七

离开伊斯坦布尔，又是一个晴朗的早晨，阳光照在墙上，泛着蜂蜜般的色泽。汽车行进在熟悉的路上，蜿蜒的老街，忙碌的商店，银白的清真寺，斋月特有的神圣和平气息，印在了我的脑海里。跨越欧亚大陆的时候，耳畔回响起一首激情澎湃的土耳其语情歌，博斯普鲁斯海峡在车窗外波光粼粼，那一刻，又一股浓烈的爱油然而生。

我自视有许多超凡脱俗的爱好和天赋，又是如此多情细腻，这一切都在伊斯坦布尔得到了最好的印证。离别，我不知是否还会归来，然而那份对古老文明的钟爱，对纯朴生活与友情的珍视，流浪的理想，抒情的热望，却成了永恒。当飞机起飞的一刹那，我的眼前再度豁然明朗，犹如坐在天方夜谭中的魔毯上，心飞向远远的奇幻世界。

2007年10月

佛罗伦萨老桥

看得见风景的佛罗伦萨

　　佛罗伦萨是一座古老优雅的城市，在徐志摩笔下，它还有个诗一样的译名，叫翡冷翠。作为文艺复兴的发源地，它曾见证了一个百花齐放、百家争鸣的时代。

　　下雨的时候，这座城市就像诗人的佳句一样。绵绵雨丝仿佛轻柔的丝绸，将整个城市笼罩在迷离的雾霭中。从小巷出发，向举世闻名的乌菲齐美术馆走去，你可以去欣赏达芬奇、拉菲尔、提香等画家的旷世名作。作品的年代虽然久远，却依然有着丰富的颜色，柔和的线条，它们似乎有永不停止的呼吸与脉动，将你的心也一起融入佛罗伦萨的情感之中。想到这些，你不由热血沸腾，那到底是怎样的人文盛世？让人们从黑暗的束缚中解脱，呼唤着人之本性，自由之本性。

从乌菲齐美术馆的窗廊，可以俯瞰蜿蜒的阿诺河，河畔旧堤呈灰色，和两岸的千年老宅交相呼应，一座老桥横跨河上。想象着八百年前的某个黄昏，晚霞透过云霭，将天边染成玫瑰色，桥面金光闪烁。少女身着飘逸的长裙，手捧一束鲜花，从桥的这头姗姗而过，踯躅、凝神，蹙起了眉头。诗人站在对面，那一刻，早已神魂颠倒。少女投去淡淡的一瞥，不露声色，悄悄地走开了，许多年之后，他们天各一方。

这故事听来万分伤感，却是彻头彻尾的佛罗伦萨的故事。那位诗人就是赫赫有名的但丁。在佛罗伦萨问路，人人都可以为你指出但丁的家，更有甚者，还会领着你，于小巷的迷幻拐角处，找到那座棕黄色的小屋。

还有一个发生在佛罗伦萨的爱情故事，名叫《看得见风景的房间》，英式小说的含蓄古典，加上意大利风情，别有一番浪漫。古往今来，爱情总是可歌可泣的，因为人们相信它会永恒。佛罗伦萨的圣母百花大教堂，也是爱的圣地，每逢假日，情侣们在此祈祷，当钟声敲响的一刻，得到了神灵的祝福。

平心而论，佛罗伦萨并非一个热情洋溢的城市，它的气质不同于周边的托斯卡尼小镇。这座城市就像它的名字一样，读起来，给人淡淡的寒意。老城的建筑很高，房间又往往带着压抑的窒息感，空气里，仿佛飘着无数沉淀过千年的灰尘。走在街上，你会惊讶地发现，人们衣着灰暗，面无表情，从深深的小巷走来，仿佛是从古老的羊皮书中复活了一般。这想法或许有些怪诞，但的确，我们难以接近他们的身影，就如同我们无法走入古圣先贤的内心，只好隔着遥远的时光，百般无奈地观望。真正的佛罗伦萨，只有这里的人才懂得。

他们便是他们的后人，一些沉溺在过往时光中、有着古怪脾气和怪诞思想的人。你可以称之为诗人，或是艺术家。佛罗伦萨，属于他们。

2007年12月

西西里岛的美丽传说

有一部意大利电影，名叫《西西里岛的美丽传说》，听这优美的名字，就会对西西里岛产生无限的向往。

西西里岛位于意大利本土以西，从那不勒斯港乘一艘邮轮，夜晚的海浪拍打着船身，繁星在浩瀚的夜空中忽明忽昧。多情的人儿在酒吧里唱一曲意大利民歌，人们和着音乐声，忘情地舞蹈。听着，听着，不觉中你也随着涛声一起睡去。

西西里岛切法鲁的海边

等到醒来时，一声汽笛，船泊岸了。清晨的巴勒莫小城伴着蒙蒙细雨，走下船板，人们向四处纷纷散去。趁着小城尚未苏醒，你也许会去市中心晃上一晃，等待哪家咖啡馆开了门，走进去小憩一阵。

巴勒莫是一座有着热带风情的城市，即便是在冬天，高大的椰树，色彩艳丽的房屋，也给人生活热望。随着街上哄哄的摩托车声响起，古城的街巷开始了一天的欢闹。这里有西班牙式庭院，巴洛克式教堂，还有阿拉伯风格的城堡，阡陌小街上总有意外的风景，等候你的光顾。

西西里岛有着比意大利本土还要缓慢的生活节奏，就连火车也慢吞吞地行驶。从巴勒莫出发，沿着海岸线向西，仿佛电影中拉长的镜头，很慢，很慢，直到喧嚣彻底离去，你便到了另一座小城切法鲁。

这是一个可以让人一见倾心的地方，海风徐徐拂过，街道泛着浓郁的异国风情，虽然在街上很难遇到说英语的人，但从人们的微笑中可以感受到他们的纯朴。小城中心有一座美丽的天主教堂，偶遇祷告归来的老夫妇，也许会和你亲切地聊上几句，那感觉，就像是遇到了多年前的熟知。看到老人们幸福的表情，一刹那，你会以为，他们就是《天堂电影院》中的主人公，经历了岁月坎坷，还是走到了至爱的身边。

其实，你会渐渐发现，无论是《天堂电影院》，还是《西西里岛的美丽传说》，在什么地方拍摄已不重要。岛上纯净的风光，淳朴的民风，深深感动着你。每一个到来的人，都有了自己的故事，自己的足迹。

穿过一道幽静的小街，再拐上许多个弯，冬日里最冷艳的大海展现在你面前。海风瑟瑟，涛声汹涌，带来无尽的沧桑。岸边高高垒起的石台，就像电影中，恋人们许下誓言的地方。漫步茫茫海滩之上，哼一首优美的电影旋律，人们走过你的身边，都会会心地微笑。

天色渐晚，海鸥在天空中舞蹈，土黄色的房屋在晚霞的辉映中泛起醉人的红晕。那一刻，言语如此苍白，你只想默默地望着远方，与那海天一色的风景，一起变老。

2008年1月

普罗旺斯六月

普罗旺斯，一个多么令人神往的名字，每一次念起，空气中都仿佛弥漫着花香。从电视剧《新一帘幽梦》中男女主人公的深情对白，到彼得·梅尔笔下《普罗旺斯的一年》，这里的一切似乎都与浪漫相关。

从巴黎向南，最早进入视野的普罗旺斯小城就是阿维农。许久之前，教皇在这里避难，修建了庄严肃穆的宫殿。如今教皇宫人去楼空，沧桑的城墙下，常有孩子们嬉笑的影子。小城的咖啡馆里飘来醉人的香气，沿着阳光下的石板路一直走，到了河岸，一座古老的断桥将你带入了中世纪的画廊。

小城中心，总是洋溢着节日的欢乐，人们在露天咖啡座里谈天，艺人们在广场上热情地弹唱。运气好的时候，或许还能听到一曲名为"阿维农"的民谣，旋律虽是初闻，却又如此亲切，就像是童年，唱了无数次的儿歌。

阿维农的郊野还有更多迷人的小镇，它们都有灰色石墙，蜿蜒小径，家家户户的窗前点缀着小花。石板地在脚下蒸腾着太阳的温度，浓浓的酒香熏得人飘飘欲仙。教堂的钟声传来，一转身，一碧万顷的田野呈现在面前。

那原野真是美丽，金黄与青翠交映，延绵舒展，近处是枝繁叶茂的果树，远方是青灰色的山影。这种时候，你不由惊叹道，普罗旺斯，一个多么不可思议的地方啊！它优雅、悠闲，给远方的旅人家的感觉；它浪漫、芳香，一株株初放的薰衣草，是爱的期望；它醉人、激情，自由的色彩激发了多少艺术的灵感，梵高、高更、莫奈、毕加索……都为它深深痴迷。哦，普罗旺斯，在这里，你的心情也和六月的天气一样，彻底明朗，没有一丝阴云。

普罗旺斯的乡间

　　离开阿维农，火车行驶在绿油油的原野间，当你还在找寻哪一片是梵高笔下的"向日葵"之时，已经来到了画家钟爱的阿尔勒小镇。

　　小镇很小，从城墙一侧穿越市中心，再到另一侧，不过半小时的路程。古巷深处，遗址断墙，处处是岁月的痕迹。梵高的旧居正对着一座古罗马斗兽场，周遭空寂无人，晚风拂过，似在讲述一个遥远的故事。

　　梵高的生平极为悲情，离世后，他的画作才为人们所欣赏。在巴黎的奥赛博物馆里，有一间关于他的展厅，位于二层一个不太显眼的地方。人们经过那里，只是看一看那些扭动而不安的线条，就会产生一种难以名状的躁动。展室的一扇小窗对着塞纳河，天色暗淡，街景蒙着一层失落的情绪。

　　在巴黎，忧郁的画家曾受尽了冷嘲热讽，可他依然坚守着对艺术的挚诚。离开大都市，他来到了南法的阿尔勒，面对着旖旎的小镇风光，淳朴的人情，灵感源源而来，创作出一幅又一幅传世之作。在这里，花儿绽放着笑容，一朵朵金光闪闪，辉映着太阳的光辉。年轻情侣走过，轻柔的话语，仿佛一首绵绵不绝的情诗。星夜之下，灯火迷离，艺人们唱起老歌，露天咖啡馆里满是谈笑风生。

《星光下的咖啡馆》就是在这样的温情中诞生的，画家虽已不在，咖啡馆依旧是从前的模样。黄色的挡雨篷，红色的桌椅，旁边摆着那幅名画，让过往的人留恋不舍。坐在那里，你仿佛也被带入了一八八八年，同样的菜肴，同样的人群，同样的笑声歌声，还有酒与咖啡的醇香。于是乎，树木在你的面前如火焰般燃烧，钻石般的繁星缀满了深蓝色的夜空，生命在怒放，灵感在舞蹈。

侍者从你身边经过，一张薄薄的餐巾掉了，它在风中慢慢地徘徊，就仿佛是记忆的碎片，许久，许久，终于着陆。你的眼前不由湿润了，这也是画吗？孤独的梵高终于选择了上帝，当生命之华彩燃烧到尽头，他是否会想起在南法最美好的时光？

夜不知不觉地深了，普罗旺斯的小镇，醉在艺术的狂想与回忆中。

2008年6月

薰衣草盛开的时候

南法阿尔勒小镇，梵高笔下"夜幕咖啡馆"的创作地

我把心遗失在海德堡

我把心遗失在了海德堡，当我写下这句话的时候，心中不免为行程之匆忙而遗憾。

海德堡的天空那样明媚，鸟儿在红色的屋顶上栖息，咖啡店里飘出浓浓的香气，在步行街上徘徊，心中似唱响了诗歌。也许，再也没有一座德国小城，能如海德堡这般浪漫，多少年来，它给予诗人无尽的灵感，激发哲人深邃的思考，美丽的河水静静流淌，老桥上，留下了多少故事。

除却小街，小店，这里还有闻名世界的海德堡大学。城市和学校水乳交融，过往的人群中，可以看到学生们朝气蓬勃的身姿。比之不远处另一所德国名校哥廷根，这里的氛围更加优雅，生活更为丰富。

在老城散步的时候，我不时停下来，打听"海德堡之吻"的消息。终于有人知道了，带着我来到一条僻静的小巷，迎面一家店前，青年男女接吻的标志映入眼帘。就是这里了！它是海德堡最早的咖啡店，以前有不少千金小姐来访，为了防止无聊男士的纠缠，小姐们由教母或仆人陪伴。如此，年轻姑娘们行动受到限制，遇到心仪之人，难以互诉衷肠。于是，咖啡店的主人别出心裁，设计出这款"海德堡之吻"的巧克力，作为青年们传情达意的讯号。

走出老街，向着城堡行进，一路上丛林茂密，路边偶尔出现低矮的篱笆，几间客栈，给人阵阵暖意。城堡坐落在山顶，它的周身是梦幻般的红色，站在这里，可以俯瞰全城。海德堡沿着河两岸延展，山林秀丽，街道小巧，一片片红色的屋顶令人赏心悦目。河水闪着银光，老桥如一条绸带飘在其上，对岸又是层峦叠嶂，处处漾着夏日

海德堡之吻巧克力店

的清爽。此情此景，我忽然想到一句"我见青山多妩媚，料青山见我应如是"，不由地在夕阳中舞弄长发，灵魂似要飞翔。

不知怎的，这凭栏观望的感觉，让我忆起了同样明丽的奥地利小城萨尔兹堡。那里的房屋洁白雅致，回荡着悠悠乐音，好似空谷中一朵水仙；而面前的海德堡，似娇艳欲滴的玫瑰，弥漫着醉人的馨香。我多想站在这样或那样的山顶，与古堡和音乐一起，迎接夕阳西下，余霞散成绮……可惜啊，我

俯瞰海德堡老城

毕竟是个无名的访客，爱过了，还要回归生活的原处。

我慢吞吞地走下山，坐上回程的公车，心中满是甜美的回忆。不知何时，身边坐过来一位年轻姑娘，用中文讲着电话，似乎在赴什么约会。我看不清她的模样，只看到幽蓝色的耳环在她的秀发间闪动。刚想说话时，姑娘已经起身，回眸嫣然一笑，蓝色的耳环摇晃起来。似兰花飘香，似风铃旋转，在我心中奏出了美妙的旋律。再听时，一首老歌在城市的每个角落里萦绕，似诗人低声地吟唱："我把心遗失了……"

2008年6月

托斯卡尼艳阳下

意大利中部，有一片名为托斯卡尼的乡野。也许是毗邻佛罗伦萨的缘故，这里的小镇有一股中世纪文艺气息。

如果你要去托斯卡尼，首先造访的应是锡耶纳小镇。这里以赭黄色为基调，曲曲弯弯的石子路，散发着迷幻的光芒。一座高高的钟楼矗立在广场正中，周边是书店和咖啡馆。据说这里的人们，说着最为标准的意大利语，想一想，那些语音，许是从几百年前就延续下来，光是这一点，就足见小镇对传统的珍视。

倘若到了七月，锡耶纳则一改平日的安静，住户的窗前彩旗飘扬，小镇处处人声鼎沸。从街巷远处，不时传来敲锣打鼓的声音，走近了，只见两排队伍，身着眩目的节日盛装，载歌载舞。为首的帅哥，还会扮作骑士模样，骑在骏马之上。

这便是一年一度的赛马节。选手们代表了附近的十几个地区，他们有自己的俱乐部、粉丝和徽标。赛马的传统有七百多年，每逢这一天，人们齐聚锡耶纳，游行队伍们欢乐比拼，到了晚上，再去广场上一决高下。锡耶纳人十分热情，看到游客，都会主动上前邀请。

"来吧，加入我们的队伍！"

话音未落，又有对手拥过来："不，还是我们的最棒！"

离开锡耶纳，你便进入了托斯卡尼大片的乡野。车行山路，窗外是大海般湛蓝的天空，麦田铺满连绵的山丘，树林和蜿蜒的小路交相掩映，山间散落着古朴的石头房子。如果说南法的普罗旺斯，美在一望无际的花海，那么同样闻名的托斯卡尼乡村，就好像含苞待放的花蕾。

中世纪风格的锡耶纳街道，赛马节的传统保持了七百年

面对如此灿烂的乡野，你会忍不住心潮澎湃，也许会像《托斯卡尼艳阳下》的女作家一样，跳下车，在小村里住个一年半载。托斯卡尼的生活既朴实，又充满情趣，你可以和当地人一起狩猎、采摘，和大自然的花花草草谈一场恋爱。

托斯卡尼的村落往往建在山上，周围被城墙环绕，小村的中心都有一座教堂，高耸的塔楼诉说着沧桑历史。这里的小巷和锡耶纳一样，弥漫着丰厚的艺术气息。村子很小，一不留神，你就会走到城墙边。然后登上城墙，无限曼妙风光尽收眼底，夕阳西下，微风拂来，送来花草的香气。

美国女作家弗朗西斯曾在托斯卡尼旅居，怀着一颗质朴之心，交友，写作，体验缓慢的田园生活。《托斯卡尼艳阳下》的最后，她还隆重介绍了乡里人的菜谱。的确，托斯卡尼的美食汇集了山野珍奇，就连葡萄酒，也有一股特殊的甘甜。走进一家小酒馆，你可以和当地人一样，来一盘烤野兔，或是烤野猪，酒足饭饱后，再吃上一个奶味十足的冰淇淋，一股凉爽涌来，你的心中漫溢着幸福。

　　黄昏过后，托斯卡尼小村的街道凉爽下来，几盏昏黄的灯，有如惺忪的睡眼，一眨一眨。坐在广场中央的石阶上，看着周围奔跑的孩子们，虽然听不懂他们的语言，你却能感到那种天真无邪的快乐。等到入夜，周遭渐渐安静，灯光映着老墙的影子，幽暗却温馨。这种时候，时光仿佛在你身边走过了很久，又慢慢地拉长，最后，停在了万籁俱寂的仲夏夜之梦中。

2008年7月

托斯卡尼的乡间

为了梦中的橄榄树

一

　　夕阳的余晖渐渐消失，我看看窗外的云海，从一片片彤红变成了暗黑，夜笼罩着天与地。看见了，彼岸点点的灯火，加纳利岛，这个梦中的地方与我愈来愈近。飞机降落后，我急忙奔出去，仿佛一下子，就闻到了海的味道。

　　这里太安静了，出了机场，只见零星的几辆出租车。司机们聚在一起聊天，他们皮肤黝黑，有些北非人的样子。坐上一辆车，在寂静的高速路上开始飞驰。不知怎的，一种恐慌伴着先前的新奇感油然而生。

　　两侧黑漆漆的，似荒原，又似荆棘的影子，来不及辨识。偶尔掠过几排房屋，也都矮小晦暗，闪着微弱的光。这场景像极了恐怖电影，或是三毛笔下的《荒山之夜》，瞬间令我不寒而栗。当时，她一定也是这样的感受吧。流浪，又要写作，是一件多么有勇气的事情。

　　我反复想着三毛，这些荒郊野岭，曾是她钟爱的地方，于是乎，我心中平静了许多。风沿着车窗缝隙吹在我的头上，渐渐清醒了，抛开恐惧，仔细去想此行的意义。啊，我现在是只身漂泊在大西洋之上，和美丽的非洲大陆隔岸相望，海在我的身边，撒哈拉沙漠近在咫尺，如此豪情之梦，就在这神奇的夜晚实现！

　　不知什么时候，车里响起了音乐，也许是午夜的广播台。歌声带着诱人的磁性，令我的心都要融化。我忽然觉得眼前的路灯通明了，看，这一条笔直的高速公路，不知承载过多少人的欢喜，他们之中，应有许多人和我一样，初来乍到，对这片陌生的

加那利岛地貌

土地充满了幻想。

　　周围无人，更显得内心明亮，就像是刚刚赴了一场宴会，曲终人散，意兴阑珊之时，所见所想，都别有风情。我又想起了三毛的《温柔的夜》，写的就是她独自夜行加纳利岛的经历，当时，她听到一首歌，不知是不是和今夜的一样缠绵——"请你告诉我，为什么，为什么，这世上有那么多寂寞的人啊……"

　　"夜，像一张毯子，温柔地向我覆盖上来。"

二

　　一夜辗转难寐，清晨起身，我的内心依旧被惊喜所充斥。晨雾混着海风，令人心中舒畅。我走到大路口的车站，随着旅游巴士开始了环岛一日游。

　　昨夜黑洞洞的景象，在白天分外明朗，一座座漂亮的房子出现在公路两侧，家家

加那利岛的集市

户户窗前都种着鲜花，背景则是连绵的远山。不一会儿，车行入山间，景色更加错落有致，富饶的山谷中种着高大的棕榈树，芒果树上果实累累，还有一种更为挺拔的龙血树，向着蓝天高高昂首。

我们的车在盘山路上颠簸，绕过层叠的山峦，驶入一座小镇。仿佛从缥缈仙境一下子步入了人间，我被这里的热闹所感染。由于是周末，又赶上当地的节庆，小小的白色房屋间，狭窄的小径上，到处熙熙攘攘，充满了欢笑声。教堂前的广场上，孩子们正在追跑，集市上，热带美食的香气扑鼻而来。小摊上有许多漂亮的非洲饰物，异域音乐在耳畔不断地萦绕，一切都为这僻远的小岛带来动感，让人恋恋不舍。

加纳利的地貌和天气一样，变幻莫测，一时间看到茂密的松林，浓荫蔽日，越过这座山，转眼又是棘刺满布，光秃秃的山石暴晒在烈日之下。站在山顶，眺望远处的火山在云雾缭绕之中，意境十分神秘。有些地方的山貌，好似月球的表面一样，坑坑洼洼，看上一眼，就让人莫名地肃然起敬。巨大的仙人掌，与诡秘的岩洞完美融合，荒山上星星点点的灌木在风中颤抖，真有一种地老天荒的永恒感。

这里的云变换很快，先前还是毛茸茸的聚成一团，不一会儿又纷纷散去，留下群山遗世而独立。透过山与山之间，可以望见一小片海，蔚蓝的天色下，海如此宁和，让我不住地遐想。

加纳利岛是文学家笔下的梦幻世界，青山、碧海、迷人的沙滩给予他们无限灵感。海明威在《老人与海》中曾这样写，"长长的金色海滩和白色海滩，白得耀眼，还有高耸的海岬和褐色的大山"，"闻到早晨陆地上刮来的风带来的非洲气息"，"看见群岛的白色顶峰从海面升起"……据悉不少科幻题材的小说，也提到了加纳利岛。而所有关于加纳利的故事中，我最牵挂的，莫过于三毛的经历。那个如诗一般、谜一般的女子，究竟住在岛的何处？我眼前的这些风景，她一定也来过，爱过。那一缕浓浓的乡愁和走遍万水千山的洒脱，是那样吸引着我。

关于在加那利岛的家，三毛在书中只是只言片语地提到："荒僻的小岛，有荒野，有大风，撒哈拉就在对岸，铺满青石板的小路，一周一次的热闹集市，离家很近的海滩……"听起来，倒有些像我今日经过的小镇，然而，女作家的住所似乎是人迹罕至的。我相信，来此寻找三毛的人，一定不在少数，可她还是她，一袭长发，随风飘散，永远潇洒地走在远方，无论生或死，所爱在不在身边……

回程的路依旧崎岖，阳光普照，让人莫名感动。我哼唱着那首《橄榄树》："不要问我从哪里来，我的故乡在远方，为什么流浪，流浪远方，流浪……"记住了加纳利的一切，无论身在何方。

2008年9月

巴黎，追忆逝水年华

巴黎，每当写下它的名字，那朦胧曼妙的回忆便会涌现，印象中再也没有哪座城市像它一样浪漫多情，蕴含着如此深的人文情怀。

最初认识巴黎，也许缘于你从前读过的小说，《巴黎圣母院》那中世纪的阴森，《红与黑》里尔虞我诈的名利场，还有《茶花女》中纸醉金迷的狂欢……这座城市的浮华、忧郁都成了挥之不散的影子，然而愈是这样，愈是向往，因为它一刻也未停止思潮的自由，艺术的繁盛，情爱的源远流长。

巴黎的美由塞纳河贯穿着，河水平缓舒展，漾着古往今来诉不尽的情

巴黎圣母院钟楼上的一只怪兽像，俯瞰着广场上的人群

话。漫步在它身边，随着它跳动的旋律一起呼吸，仿佛你也浸入它缠绵深情的怀抱，融入那传奇之中。晴日的塞纳河映着湛蓝的天空，也融合着宫殿富丽堂皇的身姿，一座座优雅的拱桥横跨其上，游船经过，满载欢笑，整个城市也随之沸腾。

倘若在雨中，巴黎又有了诗人般的忧郁气质。不要打伞，让沥沥雨丝抚摸你的发

梢。塞纳河上雾气腾腾，对面的人与风景好似飘忽摇曳着，于是你的眼前浮现出莫奈的画，光与影的错落，梦与现实的流动，让你迷醉而神往。

散步的时候，脚步要放得很慢很慢，仿佛在品味过往的岁月。梧桐树叶交织出阳光的幻影，某一个闪烁的瞬间，记忆中的灵动随之清澈，那甘甜的感觉让你想起《追忆逝水年华》中的散淡文字。原来它们一直沉睡在你的心灵深处，舍不得唤醒，一旦醒来又迫不及待地想要留下。童年的野花，初恋的笑靥，还有每次梦醒时，母亲放在枕边的蛋糕……在塞纳河畔回味，别人的故事也成了你的故事，河水在你脚下缓缓流淌，间或跳动着，微弱而散漫，仿佛演奏着一曲德彪西的《月光》。

塞纳河以南是闻名遐迩的巴黎左岸，索邦大学散发着庄严的学术气质，隔墙之外，圣日耳曼街飘着浓郁的咖啡香气。走入一家小店，不期之中，你就可能与乔伊斯、萨特，或是海明威的足迹邂逅。老街的房子有着精美的屋檐，偶尔垂落下雨滴，溅起绚丽的水花。坐在屋里，咖啡的味道浸入你的体内，迷醉，又夹带着清醒，晕眩感来了，仿佛在火车上颠簸，看着沿途的风景。一位长发女子走过，蓦然一个回眸，令你魂不守舍，思绪随着她微微张开的风衣飘荡了很久很久。左岸是闲静的时光，是怦然的心动，随着吃语般含混不清的香颂曲，时光静静流逝。

巴黎的右岸则是纵情欢歌的天堂，红磨坊的笙歌永无休止，一代名媛茶花女安息在不远处的蒙玛特公墓。就着喧嚣，画家们可以肆无忌惮地发挥想象，流浪汉、异乡客，也开始寻欢作乐，挥霍着仅有的青春。

夜幕下，埃菲尔铁塔周身闪烁着迷离之光，凯旋门巍然挺立在车水马龙之中，香榭丽舍大街流光溢彩，人影浮动。巴黎，又进入了另一个不眠之夜。

2010年6月

第二篇
2 文化的脊背

　　风沙吹不散帝王谷的沧桑往事，船歌里唱着尼罗河与太阳的亘古爱恋。卡萨布兰卡，一个在梦中千呼万唤的名字，我来了。在亚兹德远山守望中，与波斯姑娘谈论爱情；露宿耶路撒冷的天台，耳畔传来此起彼伏的钟声。夜色笼罩着乌干达郊野，我们听山姆叔叔讲那过去的事情。马赛马拉草原上，落霞与羚羊追逐。非洲，一片神奇的热土……

金字塔下

在开罗的宾馆里休息了一晚，天蒙蒙亮，听到清真寺宣礼塔传来的召唤，看看窗外低矮的房屋，漫天沙尘中，破旧的汽车驶过，几个小贩赶着马车，我告诉自己，真的到了埃及。

早晨，我们的大巴来到位于萨卡拉的梯形金字塔，漫漫沙漠之中，一座孤零零的建筑显得格外远古，沧桑，金字塔周围有几处残垣，全都坍塌在沙尘中。法老的墓建在塔下，低着身子走入，里面幽森阴凉，石壁上刻着象形文字，别有一番凄凉。

继而奔赴开罗近郊的吉萨，在这尼罗河的西岸，坐落着举世闻名的大金字塔。古埃及人认为日出东方，落于西方，因此西方象征着后世，法老们将陵墓置于河西，以期待重生。听着导游的解说，忽然间，我的身旁已是一片黄沙和骆驼的影子，抬眼望去，金字塔就在前方。

大金字塔共有三座，分别是第四王朝胡夫法老和他的儿子、孙子的陵墓，小的还有若干，有的已经毁掉。金字塔前方是赫赫有名的狮身人面像。眼界所及，全是黄褐色的。我不禁想，这片空旷的沙漠，竟蕴藏了人类四千年前的文明！直至埃菲尔铁塔的建成，大金字塔一直都是世上最高的建筑，塔身的构造和工程技巧即便在当今也如此不可思议。关于金字塔有众多传说和谜团，一直困绕着人们，难道古埃及人的数学、工程、天文、地理水平都达到后人难以企及的高度了吗？我甚至开始怀疑，四千年前的人类社会，早就有了至高的繁荣，只是由于某种天灾，瞬间毁灭，而后，人们在废墟上重建家园，文明重新诞生，再想想今后吧，说不定有一天我们的时代也突然结束，一切又会归于混沌，再复活，再衍生。

与大金字塔的石块相比，人们那样渺小

　　而这，也是前世来生的另一种解释吗？这怪异的想法一直围困着我，敬畏之心油然而生，金字塔巨大的身影将我笼罩，抚摸着那些大石块，我觉得我是那样渺小，卑微。

　　苦涩的风沙掩盖不住四千年的辉煌，关于金字塔的疑问在我心中不断滋生，拾起沙地里的一块石片，放在耳边，静静地，倾听那亘古的呼吸。

2008年12月

一曲船歌游阿斯旺

　　经过十几个小时的火车颠簸，第二天中午，我们来到了埃及南部的城市阿斯旺。这里阳光明媚，万里无云，粗犷的热带植物延伸在尼罗河两岸，到处是充满异族风情的房子和度假酒店，看得人心情格外明朗。

　　午后，伴着欢快音乐，我们的车开上了雄伟的阿斯旺大坝，站在上面俯瞰，一

菲莱岛一景

边是清幽的尼罗河，点点白帆在远方闪耀，另一边则是蔚蓝湖水，那湖像极了海，平静，开阔，将群山树木全都映在上面。

走下大坝，乘一艘小游艇南下，水声和着船歌荡漾着优美的旋律，风徐徐掠过，让人悠然惬意。不多时，就到了菲莱岛，这里有一座伊西斯女神庙，在古埃及神话中，她代表美与魔力。神庙是在阿斯旺水坝建设时迁移过来的，四面环水，廊柱在花丛映衬中十分优雅。

公元前三百多年，亚历山大大帝占领了埃及，他的后人成为埃及的统治者，即托勒密王朝。这个希腊血统的王朝尊重并发扬光大了埃及文化，它们在尼罗河的上游修建大大小小的神庙，其中就包括这座伊西斯女神庙。这里的石廊上有迷人的雕刻，人物花鸟栩栩如生，让人陶醉而惊叹，透过墙上的石洞，可以看见夕阳映照下的山水，如此浪漫唯美，让我不由地想起托勒密末代王朝那段最美的故事，埃及艳后克里奥佩特拉和她的恋人或许就在这样仙境般的岛上幽会，望着阳光铺洒的尼罗河水。埃及在她美丽的身姿中如此妖娆，又随着她离去时哀伤的眼眸而永远销迹，留下许多传奇，为人们津津乐道。

回途中，天色渐晚，菲莱岛散发着柔和的金光，夕阳的余晖映在我们脸上，红红的，周遭浸着凉意，一切都凝固了，唯有水声、船歌，分外缥缈。

2008年12月

阿布辛贝神庙

　　埃及和苏丹的边界处有一座雄伟的神庙——阿布辛贝，之前看一部纪录片，讲述神庙被后人发现的故事，于是对这个地方神往之至。考虑到安全原因，去阿布辛贝的车由警卫护送，凌晨三点多就要从阿斯旺出发，在沙漠公路上行驶，约四个小时才能到达。

　　走在沙路上，早晨的空气混着潮湿的水气扑面而来，顿时清醒了许多。不多时，面前出现了广阔的湖，湖水碧波万顷，如大海般深沉，走到湖边，侧身一望，两座石山映入眼帘，神庙清晰可见，那样巍峨壮丽，我的内心顿时热血沸腾。

　　神庙依山而凿，门前四座巨石雕着拉美西斯二世的坐像，每座高二十米，第二座在建成后毁于地震，其余形象及周围的小雕像无不鲜明生动，经过三千年的风蚀依然完好无损。神庙的建造充分体现了古埃及人天文、星象和地理学的精湛程度，因为每年只有在拉美西斯二世生日和祭日的时候，旭日霞光才能穿越六十多米深的神庙，撒在尽头的拉美西斯二世雕像上，这种精确程度让后人叹为观止。

　　拉美西斯二世生活在十九王朝，堪称古埃及最伟大的国王，在寿命相对短暂的古代，他活了九十多岁，在位六十多年，创造了空前的太平盛世，与此同时，他娶了三十四个妻子，生育了一百多个儿女，成为传奇人物。在埃及，看到最多的就是他的巨型雕像，头戴王冠，笑容自信而不失威严。阿布辛贝神庙的建立将他本人也提升到近乎神的高度，这在从前的王朝是不可想象的。神庙内部满是大气的壁画，其中最为波澜壮阔的是以卡迪须战役为题材，国王英姿飒爽，打仗时威武的形象十分逼真，在他身边还有千军万马。看着壁画，我似乎听见了铮铮铁蹄，隆隆军号，厮杀声，兵器撞击声。这场战役历时多年，埃及人以寡敌众打退了赫梯王国，最终以两国的友好协议和联姻而告终。虽然，拉美西斯二世的显赫战功被千古传颂，可他在位期间对埃及的最大贡献却是和平。

在拉美西斯二世神庙旁边的小山上，还有一座为他的王后娜菲塔丽建造的小神庙，听闻那里的壁画精美细致，流露出国王对妻子的深情，可惜没时间探访了。

离开阿布辛贝，心中依然激情荡漾。

2008年12月

庄严的神庙甬道

帝王谷

　　清晨，我们的邮轮在卢克索靠岸，这里曾是古埃及的首都底比斯。随团乘车至尼罗河西岸，太阳刚刚升起，周遭冷冷清清，只见群山峻岭，格外荒凉，下车后一行人骑着驴，晃晃悠悠进了帝王谷。

　　法老们沉睡千年的地方，想起来心中十分敬畏，钻到一个个洞里面就是陵墓了！十八王朝法老图特摩斯三世的墓以狭窄纵深著称，它位于一座山后，必须要爬越高高的扶梯，随后一进洞口，我就被扑鼻而来的热气熏得快要窒息。这位有着"古埃及拿破仑"之称的法老，陵墓也同样精彩，墙上的彩绘描绘了国王死后升天，拜见神灵，

哈特谢普苏特女王殿前

从而复活的情景。在古埃及，法老统治一切，法老死后复活，子民也能随之重生，因此将他们的遗体制成木乃伊，葬于河西。

我还去了两个十九和二十王朝的陵墓，比先前年代的宽敞，阴冷，里面的壁画结构严谨，同样是诸神引导法老的灵魂，通过太阳船，获得重生的故事。古埃及人对神灵之崇拜，可见一斑，再想想那些神庙殿宇，无不表达着人们对幸福与永生的渴求。不知道这些法老究竟有没有复活，如果有的话，他们现今又在何处呢？我只知道帝王谷几个世纪以来屡遭盗墓，财宝被掠夺一空，法老们的遗体也流落他乡，实在是可悲。如今的帝王谷，共有六十二个被发掘的墓，唯有图坦卡蒙的安好，因他的墓在另一座法老陵墓下方，随着山石风化，风沙侵袭，隐藏得越来越深，得以在盗墓狂潮中幸免，直至二十世纪初才被考古学家发现。为保护古迹，如今的图坦卡蒙墓只在有限时间对外开放，而我们还要继续赶路，只在门口稍作徘徊，未能参观。

走在帝王谷间，我觉得脚下一片空寂，连山石都在哭诉，和那些饱经风霜的守墓人一样，老泪纵横，低声呜咽。

在帝王谷山的另一侧，是哈特谢普苏特女王的祀殿，它座落在半山腰，气势恢宏又简洁大方。在繁荣的十八王朝，出现了这位古埃及历史上唯一的女法老（后来的克丽奥佩特拉属于希腊王朝）。她是法老王的女儿，嫁给了同父异母的弟弟，丈夫死后辅佐继子，也就是骁勇善战的图特摩斯三世，再后来，这位女中豪杰不甘心垂帘听政，索性自己登上了国王宝座。这故事听起来颇像中国的武则天，可哈特谢普苏特是早在三千年前的人物，那时的埃及在她统治下富饶显赫，邻国都前来朝圣。从宫殿的壁画中，可见女王的美貌。哈特谢普苏特死后，继位的图特摩斯三世成就了帝国霸业，但他对后母怀恨在心，下令抹去了所有神庙和方尖碑上有关哈特谢普苏特女王的痕迹。然而历史没有忘记女王的业绩，她的故事还是流传了下来。

富有传奇色彩的是，哈特谢普苏特死后不以法老身份，而是作为女儿，安息在父亲的墓中，身后的她或许并不在意什么荣耀吧，这让我想起了武则天的无字碑，是非

功过留给后人评说。于是在这荒芜的崇山峻岭间，伴着死亡的阴影与复活的渴望，在面目狰狞的男权斗争中，有了这么一分妩媚，一个不朽的传奇。

2008年12月

帝王谷

伊玛目清真寺夜景

伊斯法罕的微笑

　　有这么一座古城聚集了宏伟建筑，壮丽山河，享有"世界之半"的美誉，它便是伊朗的伊斯法罕。这里的繁华始于公元三世纪的萨珊王朝，七世纪后被伊斯兰化，又经蒙古入侵，直到十六世纪萨法维王朝的复兴，都城之繁华达到极致。

　　初到的晚上，我和同伴向市中心走去，一路上人们穿着保守，车来车往，好不喧闹。伊玛目广场是仅次于天安门广场的世界第二大广场，正中有一片人工湖，宽广平静，如大海般豁达，西面是皇宫，东面是蓝色清真寺，北面则是无与伦比的伊玛目清真寺，深蓝色的基调，浑圆的穹顶，庄重美丽，动人心魄。

走进清真寺，我正四下看着，不远处有个中年男子招手致意，他身旁的女子一个回眸，黑袍舞动的瞬间，一双温柔的眼睛令我失魂落魄，冲口便问道："可以和你们照相吗？"男子点点头，随即递上名片，原来他在一家国际志愿救济团体工作，负责欧洲地区与伊朗人相关的事务，那位美女是他妻子。他带着我们走进一些隐秘的祈祷室，有为儿童祈祷的，还有纪念两伊战争中阵亡将士的主题。临行前，他又请我们喝茶。寒夜渐冷，广场上古兰经诵读的声音响彻四际，几辆马车经过，仿佛丝绸之路商

夜幕下的三十三孔桥

队的铃声，这里浓浓的文化底蕴和亲切的风土人情真令人迷醉。

趁着夜色灯火，穿过繁闹的商业街，来到静谧的宰因达河畔，河水缓缓流淌，古老的三十三孔桥横跨其上，昏黄灯光下妩媚多姿。伊朗姑娘们坐在桥洞间翘首张望，似在等待心上人前来幽会，看见我们莞尔一笑。穿着时尚的几对男女走过，大声喊着："中国！欢迎来伊朗"，"我爱你"，说完友好地笑着。陶醉在其乐融融的氛围里，我们走到桥墩旁一家露天茶座，刚坐下，只见角落里几个人正打量着我，咯咯笑个不停，不时还拿出相机偷拍。我决定走过去加入他们的聚会，这是来自亚兹德远郊的一家人，有热情风趣的母亲，内敛稳重的父亲，大女儿和女婿与我年龄相仿，还有一位十三岁的小女儿眉清目秀，楚楚动人，他们不大会英文，比比划划间能感到他们的纯朴友善。

在路上，不时有人前来问候，说中国是伊朗的朋友，这让我忘却了身在如此陌生的异乡。我忽然觉得，这里的人们多么可爱……难怪说，伊斯法罕是世界之半呢，不仅仅是风景之半，更是人情汇集的地方，这座城市属于每个人，他们和我们，一半是他们的微笑，一半是我们的快乐，所有的东西都在这里交流传递，让幸福无限漫溢，不是吗？

2009年12月

相会风雨中

　　周五的早上，天蒙蒙亮就听见清真寺宣礼塔传来的召唤，想象穆斯林们早已沐浴整装，走在朝圣的路上，时间稍早，旅途的劳顿让我又倒下入眠，再度睁开眼已经九点，窗外下着零星小雨。

　　擎着雨伞，按图索骥，走入小路。这里处处是低矮房屋，墙壁剥落了，有一些尚在重修加固中，路的崎岖并不会让人迷失，因为古兰经的声音高亢嘹亮，回荡在每个角落，呼唤人们去小巷深处一座小小的清真寺。

　　清真寺有七百年历史，狭窄的入口排满黑衣人，他们没有打伞，被雨水淋得透湿，目光依旧淡定。问问门口的工作人员，说可以去祷告室门口，但由于是什叶派穆斯林最重要的宗教活动，外人不能加入，即便如此，我也喜出望外，匆忙间脱掉鞋子。穿过一道门帘，刹那间怔住了，眼前小小的清真寺里挤满了人，一片片黑衣黑头巾连成黑暗的海洋，肃穆至极，正前方的毛拉正抑扬顿挫地诵读古兰经，也许是觉察到不速之客，突然间，一排排黑袍人齐刷刷转过身来，看着我，目光惊诧，我窘迫地点点头，退了出来。这时工作人员端过茶来，记不清这是第几次伊朗人请喝茶了，只是这一次特别神圣。

　　走出清真寺，寒风中，我不住打着寒噤，这才意识到刚才的一幕多么震撼。我不禁感慨，宗教之力量真是不可估量，人们冒着雨这么虔诚，把我这局外人也感染得热血沸腾。

　　周五是伊斯兰教的周末，店铺营业到很晚，原本熙熙攘攘的集市门可罗雀，冷冷清清，绕了许久，又来到伊玛目广场。几座巍峨的建筑在蒙蒙雨雾中缥缈似仙境，诺大的广场似乎只有少数的游客在闲走，人们应该都在室内集会吧。走近伊玛目清真寺，忽然听见此起彼伏、噼噼啪啪的声音，想起昨夜寺里的回音石，定是人们在那里击掌祷告，仰望高高的穹顶，不由地心也飞向了那里，与天相接。如果说伊斯法罕的夜让人沉醉，它的白昼则令人敬仰膜拜。

雨中的伊斯法罕

离开广场，走在宽阔大街上，梧桐叶落，飘零在雨水之上，汇成怅惘的诗意。突然对面有人在大喊，定睛一看，竟是昨夜桥头遇到的五口之家，他们欢跳着跑过马路，我也惊喜得说不出话，这一切只能用缘分来解释了。小女儿羞涩的笑容好似含苞

待放的花朵，大女儿和母亲爽朗的笑声好似欢乐的小鸟，她们的父亲赶忙又帮我们合影，在雨中问长问短。

分别的时候到了，小女儿依依不舍，说了许多次再见，又忍不住回首张望，一家人为这寒雨天带来绵绵暖意。我一路上回顾着他们，忽然想到他们所住的亚兹德远郊正是《倚天屠龙记》中明教波斯圣女的故乡，说不定那个女孩儿就是圣女"小昭"啊。这么一想，竟有些后悔没有留下联系方式，真如故事所写一样，短暂的邂逅后，两地相隔，从此相见无期了？想想有些伤感，然而细细体味，更多的是相逢的甜蜜，小女孩清纯的模样再度在我眼前浮现，希望她们全家和美幸福。

雨，渐渐变成了雪，一片片袭来，腿脚早已僵直，然而心中的热望不熄灭，有太多美好的人与事，怎能令我止步，伊斯法罕的邂逅，令我难以忘怀。

2009年12月

远山的守望

经旅店安排，我报了个团游览亚兹德周边，天空湛蓝，离开市区，进入西北郊的城堡废墟，这里原是公元前米底王国同期的城镇，破败的泥土墙几经翻修依然伤痕累累，提醒着人们它所承载的悠久厚重的历史，登城而望，景色沧桑。

正逢一群女孩子在老师带领下参观，黑衣下俏丽的容貌让人喜爱。经老师允许，可以一起合影，女孩子顿时叽叽喳喳闹成一团，胆大的窜到了我身边，更多的则羞怯地抿着嘴躲在后排。伊朗社会从小学时就将男女隔开，避免接触，女孩子则要戴头巾穿长袍，在这个传统的小镇上，她们似乎从来没见过外乡人，更别说是千里之外的中国人了，因此既好奇又害羞。

导游玛丽亚也在一旁欣赏着这幅可爱温馨的画面，我说："从前对伊朗了解太少，原来这里的地貌这么离奇，文化这么丰富，人们这么友好。"她点点头："是啊，我相信人们来过就会喜欢我们的国家，我见过不少西方游客，美国英国的也有，政治是复杂的，可我从来都把人们当作朋友来招待。"

乘车继续行路，路边荒野上一座座褐色的山峰拔地而起，没有丝毫平缓的过渡，山上寸草不生，更给人一种全然的严酷感。山越来越近，不知不觉中我们已在山中，心情很是豪迈。这里是拜火教的圣地恰克恰克。拜火教即《倚天屠龙记》中明教的来源，是古波斯的国教。这里远离人烟，在山的深处，抬眼望去有几排简陋的房子，便是教徒们朝圣聚会的地方。

拜火教在公元前便盛行于波斯，相传公元六百多年阿拉伯人入侵，强迫人们改信伊斯兰教，当时的萨珊王朝灭亡，末代公主逃难至此，前有险山，后有追兵，她在绝

望中的祈祷感动了上苍，山门神奇地开启又关闭将她藏起，等到敌人退夫，公主感激涕零，泪水化作涓涓泉水，如此，后来仅存的拜火教徒为躲避灾难在此依山建庙，山上有泉水流淌，恰克恰克的意思就是滴水声。

从半山爬到火庙，已累得气喘吁吁，想想几百年来教徒们翻越群山峻岭，冒着杀身之祸，那是多么坚定的信仰啊。终于来到圣地火庙，只有一位老人在守护圣火，他看起来饱经风霜，目光有些呆滞。地板冰冷，微微的火光照着阴暗的石壁，水滴从岩缝中流淌，静得让人悲上心头。我忽然想到故事中的小昭，在那落寞的年代，或许她就在这深山中终老守望，孑然一生吧。最远古、最正宗的宗教却是最孤独的，如今拜火教在伊朗是合法的，教徒们千年来恪守教规，不与外部通婚，渐渐的，拜火教人数微乎其微，前景令人堪忧。

离开恰克恰克，穿过沙漠到达另一侧，来到一座村落。这里的房屋用传统的干草泥土盖成，屋顶为圆拱形，道路似迷阵，狭窄只能通过一人。在玛丽亚的带领下，我们向山的更深处跋涉，沿路的枯草堆间种着棉花和石榴，走了十多分钟山路，眼前出现一座拱桥，桥下的河水已经干枯。坐在石桥上歇息，吹着小风，我和玛丽亚闲聊起来，也许是年龄相近的缘故，很自然说到女孩子的话题。玛丽亚说，在伊朗的传统地区，是没有恋爱概念的，婚姻由父母决定，女孩子十几岁就成亲生子了，亚兹德附近的小村更是如此。玛丽亚已经二十三岁依旧单身，在当地实属另类。她常常能感到家里的压力，曾有几家提亲的都被她拒绝了，因为男方要求她相夫教子，不能抛头露面当导游。

"可是，我爱我的工作啊，每天都能接触新人新事，多么有趣。"她说："如果要嫁人一定要文化教育相当、能理解支持我的人，可是在亚兹德，这几乎不可能。宗教的束缚有时候对人太残酷了，人们很难自由选择，追求自己的幸福。"说着，她面带愁容，心事重重，犹豫了片刻和我讲述了她的经历，原来她曾偷偷有个恋人，不久前分手了："在伊朗，年轻人有恋人是不能光明正大的，我们只是想恋爱，可是被我家人知道了，极力反对，还去威胁他，他便放弃了。哎，多希望我们能够冲破束缚，可这是不可能的。"

提起曾经的男友，她凝视着远方，声音有些哽咽："我依然很爱他，可我们已经结束了。也许也应像周围人一样听从家里安排，结婚生子，一辈子平平稳稳，可是，我总想寻找些不同的东西，属于我自己的。人和人相爱是美妙而珍贵的，不是吗？"

我点点头，宽慰着她："你是个有思想的好女孩，都怪那个男孩子太怯懦，如果真心爱你，就应该勇敢一些。"

远山的守望

　　玛丽亚无奈地笑了笑，只是说："我们彼此都曾真心地爱着对方⋯⋯"。

　　我仔细看着她，黑头巾下褐色的留海儿在风中飘动，衬着蓝天远山。玛丽亚的名字在波斯语中是兰花的意思，那一刻，她好似空谷幽兰，在荒寂之中绽放芬芳。忘不了这一席关于爱情的倾诉，我在心中默默期盼，愿她能走出失恋的阴霾，找到灵魂的另一半。玛丽亚说，她想找时机走出山城，真正独立于家庭，走自己的路。

　　遥望走过的崎岖山路，我忽然觉得似乎刚刚才明白这些山，这些人，信仰的坚守，信念的执著，爱情的守望⋯⋯

2009年12月

波斯帝国的背影

古代波斯史有两个最为辉煌的朝代，一为阿契美尼德王朝，一为萨珊王朝，设拉子近郊就有阿契美尼德王朝两位杰出君主居鲁士和大流士的都城遗址。

我们的司机莫斯正在大学学计算机，利用考试前的假期打工。汽车在荒郊野岭间穿行，所经之处荒无人烟，我不禁慨叹，伟大的君主们居然将国度建在如此险峻之处。莫斯很健谈，一路上滔滔不绝，说居鲁士是他的偶像，因为他不仅是帝国的缔造者，更是一位仁君，不像亚历山大、成吉思汗只知道征服。

"两千年前居鲁士就提倡了人权社会，而现在的伊朗还未实现。"他叹息着："我们的国家原本是能源充足的富国，可如今越来越闭塞，经济衰落，民不聊生，失去了竞争力。"

我问到他毕业后的计划，他说想去美国工作或留学："虽然美国政府制裁我们，但他们民主先进的东西就要学，早在从前，先知就教育人们去中国学习，因为那时中国有科学技术，人们应该有这样开放进取的眼光。"

说着说着，只见面前荒山脚下，旷野茫茫中独立一座石台，这便是居鲁士的墓了。站在陵墓面前，凝神仰望，一只飞鸟经过，落在台上，蓝天为背景，远山为依托，诺大的苍凉空间里只剩下了这尊孤墓。是不是伟人都这么孤独呢？居鲁士是古波斯帝国的开创者，地位相当于我们的秦始皇，他的国度曾经气壮山河，称霸世界，可是，他并不是单纯的征服者，而是一位治国有方、体恤百姓的仁君。居鲁士释放了巴比伦城中的犹太人，尊重不同民族的习俗信仰，让人们得以安居乐业，如此，即便是经历现代伊斯兰革命、君主制不复存在的今天，伊朗人民依旧从心中敬仰他，他们教

育自己的小孩："成为居鲁士一样的人。"在王陵不远处残存着几根石柱，是当年帕萨尔加德宫殿的废墟。一切都归于寂静，荒山沙土，连枯草都难以生存，这么几根柱子依然屹立着，象征一代伟人，一个王朝的不朽精神，似乎还在守护这方土地。

自居鲁士后，阿契美尼德王朝逐渐衰退，直至大流士二世夺权，将国土规模迅速扩张，国力达到登峰造极的高度，他在波斯波利斯建立了新的国都，远近邻国前来朝圣，一片欣欣向荣。从帕萨尔加德到波斯波利斯，路过大流士的墓，它依山而建，格外气派，由此可以想见这位帝王生前的显赫地位。

到达波斯波利斯已是午后，斜阳挥洒，废墟的影子仿佛在晃动。首先跃入眼帘的是一道巨型门廊，上有武士和凶猛野兽的形象。走进去则是宫殿遗址，一百根石柱有着坚实的地基，柱子高耸入云，经历千年风雨岿然不倒，这真是建筑史的奇迹。绕过柱子，走到宫殿的一侧，是一幅幅精美绝伦的浮雕壁画，它们描绘了各国使节朝奉波斯的盛况，人物服饰各异，神态栩栩如生，一幅画中，威武的波斯武士还将长刀刺入了狮子的胸腔。整个宫殿规模之大，走马观花也要一个多小时，一个王权至上、武力至尊的古帝国跃然眼前。宫殿后方是山，到那里可以感受波斯波利斯的全景，我望着群山，又坐下来翻看资料，耳畔回荡着悠扬的波斯古乐，一瞬间，仿佛回到了两千年前的辉煌岁月。

回程的路上，继续和莫斯聊天，他叹息道古波斯的辉煌一去不复返。波斯波利斯据说是被亚历山大毁掉的，而他的庞大帝国也在死后瞬间土崩瓦解，从那时起，伊朗在异族统治下几经朝代更迭，动荡不安，虽然有过萨珊王朝的短暂复兴，也好景不长，不比往昔。伊斯兰革命于上世纪七十年代最终废除了君主制，也斩断了伊朗与西方社会千丝万缕的联系。

讲到这里，莫斯说："其实每一种社会都是有着核心和表象的，从前的王朝，虽然外表花天酒地，极尽奢华，内部却很稳定，人们有自主公平的机会，而革命后的现今，看起来已经将社会规划得井井有条，自制自律，核心却在瓦解。特权阶级享有

波斯波利斯古城遗址

财富，人民则在水深火热中默默忍受，这不是当初革命的宗旨，也有悖于伊斯兰教义。"他又说："我渴望复兴，渴望改变……"

这句话给了我莫大的启示，想想几天来接触的伊朗人，无论上层精英，或是普通民众，都开诚布公地谈论对政府和社会的看法，其中有许多深刻的思索。这里的人们自重自爱，朴实善良，这使我相信他们一定会复兴，他们可是有着远见卓识的居鲁士与大流士的子孙啊。

我想象着此时的帕萨尔加德和波斯波利斯古城，也许正沉浸在夜幕之中，与星月相呼应。帝王们在险山荒漠中建都，或许旨在告诫人们不忘创业艰苦，外人也要跋山涉水方可一睹大国真颜，这真是一种壮举。今人不见古时月，今月曾经照古人，我觉得，那些远去的帝国影子依然笼罩着这里，凝视着这片土地。

2009年12月

德黑兰之夜

　　经过十几个小时汽车的颠簸，我于十二月二十四日早晨到达伊朗首都德黑兰，七天前的凌晨，便是从这里出发去伊斯法罕，回到起始点，来时的迷惑全然不见，内心装满了旅途回忆。等候片刻，朋友希纳开车来了，他是我在剑桥的同学，长得十分英俊。德黑兰是座庞大而拥挤的城市，北部的山路更是混乱，好在拥而不堵，在希纳高

德黑兰街景

超的车技下我们顺利前行，城市的色彩暗淡似笼罩在雾中，雪山上的银光依稀可见。

希纳的家位于北山上，和旧王宫一墙之隔。家里宽敞明亮，每个屋子的装饰都别具匠心，阳台上可俯视德黑兰全景。他的家庭属于伊朗上流社会，父亲是全国数一数二的神经外科医生，母亲也是见多识广的女商人，家庭氛围民主和谐。三个孩子中除长子希纳在剑桥读博士，次子苏鲁士和女儿索哈都是德黑兰大学的高才生。苏鲁士体型魁梧，不修边幅，他很贪玩，房间里堆满了游戏和电影光盘，其中诸如"美国派"等影碟令他爱不释手。他说，在伊朗许多欧美影片是禁止销售的，要通过电话暗地定购。索哈则是一位淑女，说话时略带腼腆，一吃完饭，她就躲在房间里读书，几经提议才答应和我们一起外出，临走，还要和母亲依依不舍地吻别许久。

日落后，我们开车出门，因为是伊斯兰教什叶派先知侯赛因受难的纪念日，街上随时可见黑色的哀悼旗子，人们排队等候仪式并端着茶饭分发给路人。绕了整个老城，我们来到一座清真寺去感受这一特殊仪式，谁料门口的守卫忽然拦住我，说只准男士入内，无奈中，我和索哈只好到侧室等候，透过彩色玻璃窗看着庭院里隐约的灯光。

索哈说："在伊朗，男人为所欲为，女人则处处受限制。"她的家庭很西方化，不执着于宗教，许多亲朋都在海外，她本人会弹钢琴并喜欢时尚杂志。我们正说着话，只听得一声高喝，进来几个人，端着热汤和卷饼递给我们。汤是羊肉末和蔬菜炖成的，红红的，尝了一口，味道很膻，强忍着喝了半碗。索哈小心翼翼地撕着饼，这样的经历她也是第一次，平日里，她像小公主一样不染市井风俗。当年什叶派穆斯林的先知侯赛因遇难，追随者因抗争和饥饿而死去，如今，人们用分享圣餐的方式表达哀思，希望不再有人挨饿。如此一想，这圣餐吃着心里沉甸甸的。索哈默默地许愿，说："如果愿望能实现，我们也要将食物分给更多的人，如此将温暖和祝福传递……"

走出等候室，和男士们会合，门外的礼仪队伍依次走过，壮汉们用铁链捶胸以铭刻先人承受的痛苦，他们高唱着，在街灯下，仪式更为圣洁，我忽然想起，今天也是圣诞平安夜，无论是基督徒的欢庆，还是穆斯林的哀悼，都期盼着和平安详，不是吗？

回途中，我们去希纳的外祖母家吃晚餐，老人家精神焕发，看起来很年轻。听希纳说，外祖母有四个孩子在欧洲定居，三十年前的革命，他们都是主张改革的学生运动领袖，可是革命后，看到诸多弊端，对伊斯兰政党失去了信心，又投身到新的民主事业中。然而事与愿违，危险的处境使他们背井离乡，无法再返回伊朗。说到这里，希纳不由地慨叹："革命总是先杀掉自己的孩子。"

如今，老人家的身边只剩下了一个女儿，即希纳的母亲。此刻正是家人团聚之时，老人家正在思念在外的儿女吧。望着窗外的万家灯火，我的眼前有些湿润了，想起了千里之外的父母。和许多次出行一样，我怕他们担心没有告知，此刻，趁着夜未央，许下一个心愿，让寂寂晚风飘送去遥远的故乡。

2009年12月

德黑兰夜市

卡萨布兰卡

　　卡萨布兰卡，这一美丽的名字伴随着电影中浪漫悱恻的爱情多么令人神往，那里有海风蓝天、清真寺的圣洁光芒，人们在战乱中逃避至此，在苦苦希冀中今朝有酒今朝醉……

夕阳中的哈桑二世清真寺

从马德里飞到这片令人心动的土地，不过一个多小时，眼前全然是另一番风景，碧蓝晴空下郊野绿油油的，仙人掌密密丛丛，小村如洁白的珍珠点缀其中，其间牛羊吃草，孩童奔跑，一派祥和。到了卡萨布兰卡城区更觉赏心悦目，滨海大道宽敞明亮，棕榈树遍布两侧，一路走下去，不多时就到了哈桑二世清真寺。这是一座高耸入云、通体洁白的建筑，宛如一朵纯洁的百合盛开在大西洋之畔，雄伟之余，更显尊贵雅致，让人情不自禁地爱慕。

落日即将入海，于夕阳绚烂的瞬间，我来到了清真寺一侧的海滩，从这里回望，余晖染红洁白的清真寺，似玫瑰，又似郁金香，散发着醉人魅力。清真寺前的广场上到处是欢乐的人群，海滩上情侣们热情地拥抱，孩子们追跑嬉戏，年轻姑娘三两成群坐在礁石上窃窃私语，许是诉说着什么细腻心事吧。站在礁石上，面向大海，浪潮一排高似一排地涌来，耳畔是欢声笑语，海涛翻腾，和宣礼塔传出的祈祷声，交融在一起，优美动听。

夜幕初上，清真寺周围的灯点亮，深蓝的背景下如此清明皎洁，如仙女下凡披着神圣的银装。由于不是穆斯林不能进入清真寺，但我还是从敞开的门口看见了寺内富丽堂皇的柱廊。再看看广场上欢闹的人们，真难想象这里是信仰伊斯兰教的北非，如此自由自在，不亚于欧洲。

晚饭时间，我走入了老城一家名为"里克咖啡"的餐厅，不为别的，只因这名字与《卡萨布兰卡》千丝万缕的联系。当年的电影是在好莱坞摄影棚拍摄的，可是依旧有许多沉迷于故事中难以自拔的人们，来到摩洛哥感怀。餐厅的主人便是这样一位女士，她曾是美国驻摩洛哥大使，据说她看了一百多遍电影后，决定在卡萨布兰卡建造这个怀旧之所。餐厅里摩洛哥传统风格的拱门和柱子，布局和电影中颇为相似，一楼中厅摆放着一架老式钢琴。室内回放着缓慢的爵士乐，一下子将人带入了老时光，感受着殖民时期特有的靡靡情调。

夜深后，里克咖啡店的女主人出现了，她优雅地走来和客人一一问候，钢琴师开始了忘我的演奏，当一曲"时光流逝"响起，泪水模糊了我的视线。"这世上有这么多家餐厅，为什么我偏偏走入了这家？"电影台词在耳畔不断回响，我问自己同样的话。宾客满室，都是异乡旅人，都带着千万种的思绪，无论明天身在何处，也要享受此时此刻，在这里聆听，等候，等候，再等候……

伴随着经久不衰的旋律，我在灯影模糊的餐桌前写下一段话，今夜的卡萨布兰卡又是一个不眠之夜，月圆，异乡……我来之前，我来之后，也许这座城市并无分别，可我的心已经留在了这里。

2010年2月

咖啡馆里，钢琴师在弹奏"时光流逝"

特拉维夫

说到以色列，印象中总是浓烟滚滚，危机四伏，六日下来所经之处，平静的表面下依然掩藏着战争与宗教冲突的痕迹。可我想说的是，是的，我真的到过那里，并且平安归来了。

飞机降落在特拉维夫机场，夜色降临，入境大厅宽敞，石壁雄伟，有如古犹太王国的圣殿。入关的队伍缓慢前进，金发的女官员一脸严肃，详细盘问每个人的行程。她翻阅着我的护照，突然停在一页："刘女士，你去过伊朗吗？什么时候去的？停留了多久？为什么要去那里？"

我一五一十地回答，她将信将疑，和旁边的同事商量，时间一分一秒地流逝，我心中焦急，忐忑不安，终于过了半小时，一个入境章盖下，放行了。通关经历有惊无险，也让我领略了以色列强烈的忧患意识。其实，他们对于游客还算宽容，至少在我去过伊朗、埃及、摩洛哥之后，依旧可以来此，反之，如果护照上有以色列签证，将难以进入大多数伊斯兰教国家。

走出海关，只见迎面的喷水池旁一位身着蓝色连衣裙的姑娘正在挥手，她叫巧智，在中国驻以色列大使馆工作，一个偶然机遇，我的同伴通过朋友认识了她。女孩名如其人，聪颖伶俐，不多时她就开车上了宽广的高速路。天黑漆漆的，忽然车停在了一处岔路口，她大喊道："呀，这是哪里？我怎么迷路了。"她七拐八拐，在红绿灯处挪到了一辆车旁，猛地摇下车窗，扯着嗓子喊道："喂，我要去特拉维夫，走哪条路？"几经这样豪放的问路，我们回到了平坦大道。看着路两侧灯火通明的大厦，我心中不禁感叹，以色列的首都如此现代化。

由于周五晚上是安息夜，作为犹太人与上帝的约定，男女老少都要停止工作和娱乐。可是在特拉维夫，除了街道上车辆较少，丝毫看不出安息的影子。露天咖啡屋坐满了年轻人，夜总会的鼓点"咚咚"响着。传统的以色列菜散着浓浓的奶酪味道，海鲜配上戈兰高地的葡萄酒，不失为美味佳肴。再看看价钱，贵得离谱，甚至超过了伦敦。晚风吹拂，带着白日的热气，身材姣好的犹太女侍者在餐桌间晃来晃去。借着浪漫的灯光亲切交谈，也许是年龄相仿的缘故，巧智格外坦诚，她在硕士毕业后考入外交部，后被派到以色列，至今已有两年了。为了工作，她与新婚不久的丈夫分隔两地。她说，只身在异乡，凡事都要依靠自己，真非易事。

翌日早晨，艳阳高照，蔚蓝的地中海之畔满是欢悦的人群，姑娘们晒着身材，小孩儿们堆着城堡，如此惬意的享受，与想象中以色列人紧张的生活方式大相径庭。我光着脚，在柔软的沙滩上散步，海浪温柔地涌上来，凉凉的，再看远方白帆点点，不知是渔船，还是游船，我猜测着，那也许正开往塞浦路斯，或是地中海的更远方。

绕过沙滩，一座小山上屹立着古老的城堡，那便是雅法老城。拾级而上，狭窄的山路泛着岁月的沧桑，墙壁上不时挂着色彩鲜艳的油画，为老城带来年轻的气息。在半山腰坐下来，喝着清爽的柠檬汁，眼前是苍老的回廊，远方海水连天，那种感受真是舒适。

午饭后，热情好客的巧智执意开车送我们到耶路撒冷，历经两个小时的车程，当我渐渐接近这座想象中的圣城之时，她也将返回特拉维夫。依依不舍地告别，这个身材娇小却坚强独立的中国姑娘，为我的以色列之旅写下了美好开篇。我在心中祈祷，愿她的驻外生活一切顺利，也希望她能早日回到爱人身边，幸福，平安。

2010年10月

走近耶路撒冷

走近耶路撒冷，是在周六的午后，阳光炙热地烘烤着青石板路，雅法门里里外外挤满了人群，小商贩、游客、身着礼服的犹太人、裹在厚厚黑袍中的阿拉伯妇女，还有众多形色匆匆的朝圣者。

入城不多久，便是狭窄的小路，由于耶路撒冷建在山上，几乎每走几步就要上下台阶。两侧是琳琅商铺，绣着大卫之星的小圆帽，基督徒的十字架圣物，还有花花绿绿的头巾。左顾右盼，走走停停，穿了几条小巷，来到了青年旅店。旅店内部有如一座窑洞，登上屋顶，眼前顿时一亮，举目望去，是起伏的穹顶，一片接连着一片，远方的金顶清真寺闪着耀眼的光芒，一瞬间，将我的热望提升到最高点。哦，真的是耶路撒冷！这座饱经沧桑，从远古年代便吸引着全世界目光的神圣之城。正想着，耳畔传来了钟声，高低相间，此起彼伏，汇成音乐的海洋。

西墙（哭墙）是犹太人最重要的圣地，公元前一世纪犹太大卫王的儿子所罗门在这里建造了华丽的第一圣殿，后毁于巴比伦军队。之后，被囚禁在巴比伦的犹太人回到耶路撒冷，在废墟上重建了第二圣殿，然而好景不长，圣殿又遭到罗马人入侵。那以后，犹太人背井离乡，他们世世代代铭刻着祖先的心愿，期盼着重回故国。当他们历尽磨难，终于结束了近两千年的流亡，重返耶路撒冷，昔日的圣殿只剩下了这堵残破的墙。面对着它，多少犹太人泣不成声，他们头触墙壁，悲痛地诵经，"耶路撒冷啊，我若忘记你啊……"

由于安息日尚未结束，哭墙前的警备格外森严，广场上，小街上，可见荷枪实弹的犹太士兵。他们无论男女，全民皆兵，看似轻松地不时说笑，而一旦出现异常，随时准备奔赴战场。

　　跟随祈祷的队伍，我走到女士一方的墙前，在我身边是身着传统长裙、缠着发网的犹太妇女，还有一队女学生，在老师的带领下读着经文。墙缝里塞满了密密麻麻的纸条，据说那是写给上帝的，寄托着深切的心愿。我伸出手，轻轻地触着墙壁，那一刹，指尖冰冷，内心疼痛。女士离开哭墙，是要倒退的，我遵从她们的习俗，慢慢退着，目光久久凝视着斑驳的石块，还有上方丛生的杂草，圣洁、悲哀、沉重的心绪反复纠结。

　　离开哭墙，走入阿拉伯区的集市，这里人声鼎沸，脏乱不堪，小贩的吆喝，讨价还价的争吵，混在烤肉和香料的气味中，热空气让人窒息。就在这嘈杂的阿拉伯世界中，忽然传来了歌声，寻声望去，只见一队人走来，为首的弓着腰，扛着十字

庄重肃穆的哭墙，犹太人在此祈祷

架。原来，不觉中已来到了耶稣的苦路。耶稣诞生在耶路撒冷城外的伯利恒，而他生命的最后时光是在这所圣城度过的，他在这里被捕、判刑，背着沉重的十字架，走过崎岖的路。

苦路共有十四站，每一处都在墙上刻有标记。第一站是耶稣被宣判死刑的庭院，如今是一所古兰经学校，周末的院子里空空荡荡，教室的玻璃窗上贴着阿拉伯小孩的绘画，清新活泼的氛围洗去了原本的悲情色彩，透过院墙的窗网，可以看见圣殿山上的金顶清真寺。耶路撒冷便是这样包容万象的城市，犹太教、基督教、伊斯兰教的踪迹处处可见，往往一座教堂的隔壁坐落着清真寺，热闹的阿拉伯集市过去便是安静的犹太会所。我也依照地图，逐一寻找耶稣的足迹。在转弯的台阶处，耶稣又一次摔倒了，几步之遥，看见了母亲玛利亚……苦路的最后几站在圣墓教堂内，通往这里的小径格外狭窄，教堂前的台阶上坐满了西方人，他们当中或许也有像我一样热衷于文化的自由人，而更多的，是随着教会的朝圣团而来。这种热忱就像他们的祖先，在遥远的十字军东征时期一样。在耶路撒冷，人人心中都有一个理想，一种信仰。

圣墓教堂比想象中简约得多，没有宏伟的穹顶，林立的塔楼，也没有金光闪闪的壁画。右侧的门被石头封住，人群只能在左侧的木门挤来挤去。走入教堂，扑鼻而来的是浓烈的烟香，基督教的不同派别将教堂分隔成大大小小的礼拜间，黄昏前正值弥撒，我登上二楼，只见身着黑衣的教士们，一手捧着圣经，一手擎着蜡烛，在最前方神父的指引下，整齐地吟颂。他们走过耶稣被钉上十字架的地方，一阵烟熏火燎后，来到最中间的停尸处，分成两排站立。忽然间，管风琴响彻四际，教士们走了，后面浩浩荡荡地跟着大批信徒，齐声歌唱，场面甚为壮观。队伍刚一离开，群众瞬时从门口涌入，争相扑向正中，跪拜着，亲吻着停尸板。这一幕或许是我见过最为狂热的情景了，看得我热泪盈眶。虽然整个弥撒耗时不长，吟唱也不够华美，却感人至深。

走出圣墓教堂，天色已晚，夜空中传来嘹亮的诵经声，那是伊斯兰教的毛拉在召唤穆斯林祈祷，宣礼塔就在教堂的不远处，高耸入云，再看看眼前，来来往往的教

士、修女，不同的宗教在这方圆一公里的老城里相互独立，又相互融合，人们分区而居，刻意回避着冲突，在皎洁星空下，共享着局促而宝贵的和平。

晚餐吃的是阿拉伯式烤肉夹饼，走了一整天的路，有些疲倦，可心里还惦记着那些圣地。我又一次想到哭墙，于是绕道回到了犹太区。白天的犹太教相对于基督教和伊斯兰教，显得格外安静，可夜里，远远的就听到了欢歌。只见人们围成一圈，载歌载舞，从希伯来语的歌词中，我分明听到了一句"耶路撒冷"。历经两千年的辗转，命途多舛的犹太人始终坚信上帝，保持着祖先的风俗，他们默诵同样的悼词，庆祝同样的节日。如今，终于回到故土，犹太人凭借智慧与勇气创造财富，捍卫尊严，此时的哭墙不再是昔日悲伤的悼念，他们有理由在这里欢聚一堂，热烈庆祝。看，小孩子无拘无束地奔跑，老人们长长的胡须一抖一抖，笑容如此灿烂。夜晚的哭墙令我感动，不由地对犹太这一看似弱小却坚忍不拔的民族，产生出深深的敬意。

入夜，通往亚美尼亚区的台阶小路灯光昏暗，回到旅店，看到几位欧洲人背着睡袋，我也改变了决定，搬了垫子，就在天台上和人们躺在一起了。我从未有过这样的露宿体验，更何况是在举世无双的耶路撒冷。四周很静，起风了，我裹上头巾，撑起一把伞挡住头部，心中感慨良多，辗转反侧，感受着白日褪去后的余温，不时地睡去又醒来，直至黎明时分，伊斯兰教的经文飘荡四际，基督教堂的钟声响彻云霄，阳光再一次撒在这片被上苍眷顾的土地。

耶路撒冷的又一天开始了。

2010年10月

116

死海行记

从小学课本里读到死海，我就一直向往着能去漂浮，直到很多年之后，才意识到它位于中东冲突最激烈的巴以地区，好在如今局势相对安稳，旅游也开发得便利，一清早，便跟团出发了。

车驶出耶路撒冷不多时，两侧出现了戈壁，枯黄色的丘陵连绵起伏。过了一会儿，有一座石碑，刻着海拔零米的标志，此后的路越来越低。我们首先参观的地方是马萨达，它是犹地亚沙漠与死海谷底交界处的一座岩石山，在犹太历史上具有举足轻重的意义。早在罗马军队占领以色列之时，就有犹太人迁徙至此，在山顶安家落户，依靠粮食存储和周围的水资源为生。后来爆发了犹太人反抗罗马的起义，众多犹太人被屠杀，马萨达便成了他们最后防守的堡垒。当势不可挡的罗马军团包围住这座山城，筑建高台，最终攻破城墙之时，他们惊愕地发现，城里尸横遍野，犹太人已经集体自杀了。从此马萨达成了犹太民族精神的象征，宁为玉碎、不为瓦全。

通向山顶的路很曲折，和大多数游客一样，我乘坐了缆车，沿途可见山体险峻陡峭，寸草不生。到了山顶，残垣断壁中依旧可以看到从前的民居、会所，还有战争痕迹。似乎透过扬起的尘土，依旧听得到罗马人的铁蹄铮铮。山头上，飞过几只乌鸦，让人想起犹太人就义的那个月黑风高夜。两千年过去了，如今，据说以色列的新兵入伍仪式就在此举行，为了铭记历史，保家卫国，他们宣誓："马萨达永不陷落"。想到这些，我的眼睛有些湿润了。

在山顶可以望见死海，它如同沉静的湖泊，泛着明晃晃的白光，没有一丝波澜。再向远方看去，是一片接着一片荒芜的丘陵。我想起有人说过，在人类历史上，以色

从马萨达山上望死海

列从未有过古埃及的繁荣经济，古希腊的卓越文化，古罗马的强大军事，然而在灵魂的领域，它是那样神圣，不容侵犯。

从马萨达离开，我的心情久久不能平静，直到来到死海边，被人们的笑声感染，才回到小学时的憧憬。换上泳衣，跌跌撞撞地下水，脚下不是沙滩，而是软软的泥，深浅不一，刚走了两步，一不留神陷进泥洞，一个跟头摔倒，海水溅到嘴里，味道咸得发苦，仿佛火一般灼烧着舌头。再走几步，一仰身，浮起来了。这真是奇妙的体验，人轻飘飘地被海水托着，想要翻身像平日那样游泳，却被一股强大的力量弄了个人仰马翻，于是水再度进入鼻子里，格外疼痛。不知何时，我旁边多了几位阿拉伯妇女，她们蒙着头巾，全黑的紧身裤将身体遮得严严实实。岸上还有不少人在身上涂黑泥，据说死海泥有很好的养颜功效。

漂了一阵子，上岸冲凉，肚子饿了，我抓起面包大口吃着，补充好能量继续上路。下一站是杰里科，这是《圣经》上提到的古老城镇，如今它在巴勒斯坦境内。

想到即将步入另一个国度，我心中又紧张又好奇。谁知到了边防处，只有两个士兵，问了句话直接放行，容易得很。我睁大了眼睛，仔细看两旁街景，午后的杰里科人烟稀少，许多旧房屋的窗子都破了，一片死气沉沉，偶尔有几面巴勒斯坦国旗，无精打采地垂着。即便是在最热闹的市中心也难见商店的影子，看着叫人忧心。登上杰里科的山

巴勒斯坦小孩儿

头，我看着远处的绿洲和密密的棕榈树，这片肥沃的土地早在几千年前就孕育了人类文明，可是如今的它穷困潦倒，人们甚至还在为最基本的人身安全而担忧。

停车休息的时候，我和司机山姆谈起刚才的通关过程，他说："边防人员问我车上有没有犹太人。我说没有，都是游客。""你平时能自由往来吗？""可以，我有以色列和巴勒斯坦两本护照。""那么，你觉得自己是哪国人呢？"这位腼腆的阿拉伯小伙子笑了笑，不假思索地答道："我是耶路撒冷人。"这个回答让我有些惊讶，又陷入了沉思。国家、民族、还有宗教，常常引发仇恨，而且随着年代越积越深，可是作为普通民众，他们向往的或许只是一个和睦的家，一份稳定的职业。山姆说，他虽然是穆斯林，也会和犹太人打交道的，而且尽量友好相处，因为都是同事。

正说着，路旁来了几个巴勒斯坦小孩儿，骑着驴一摇一晃，调皮地做着鬼脸。同团中，有人为他们拍照，并给了一点以色列谢克尔，小孩儿嘎嘎地乐着。在这片没有自身货币的国土上，作为游客，我们能做的唯有如此了。

2010年10月

在耶路撒冷老城天台上露宿

伯利恒归来

从大马士革门出来，乘上一辆巴士，颠簸着出了耶路撒冷老城，大巴是阿拉伯人运营的，因此关卡几乎毫不设防，没等我反应过来，已经进入了巴勒斯坦境内。

车停在半山坡上，拿着地图，走入闹市里。这里有着浓郁的阿拉伯市井风情，商店摊位遍地都是，小贩们不时用"你好"招呼，道路中间时常围着些胡子拉碴的男人，抽水烟的、聊天的，看起来闲散慵懒。走了近二十分钟，到了马槽广场，这便是伯利恒的正中心。早在公元前数百年，就有预言说救世主将在伯利恒降临，童贞女玛利亚因圣灵感孕，夫妇二人来到伯利恒，因旅店早已住满，他们只好在马厩里过夜，当晚，玛利亚诞下了耶稣。牧羊人从天使处知悉，赶往马槽，并将福音传播出去，一时间人们前来朝圣。当政者大希律王怕撼动自身的地位，下令杀尽全城男婴，约瑟和玛利亚夫妇出逃避难，在一座山洞里，水滴落下来，变成白白的乳液，哺育了年幼的耶稣。

后来，伯利恒久经磨难，直至罗马君士坦丁大帝携母亲来此，心生崇敬之情，在耶稣出生的马槽处建造了圣诞教堂，千百年来，它一直是基督教徒顶礼膜拜的地方，每年的圣诞夜，都将广场挤得水泄不通。教堂的门口是一堵矮小的门，需要弯腰才能进入，以此表示谦卑。教堂内部简单朴素，回廊里早已排上了长龙队。等了许久，走下台阶，只见一座圣坛的下方，红白相间的大理石中央镶着银色的十四角星，这便是耶稣的诞生地。圣坛上火光通明，烤得狭小的洞室无比炙热，圣徒们一个接着一个趴在地上祈祷。

离开教堂，又去临街参观了乳洞，很快到了中饭的时间。这里的烤肉夹饼比耶路

撒冷城便宜一些，餐馆老板也很热情，街上一户住家前挂着阿拉法特的照片，一切都表明了这是一个迥异的国家，虽然伯利恒离耶路撒冷不过十公里。

回程的路有了些疑惑，听耶路撒冷旅店的老板说，应乘坐犹太人经营的巴士，才能减少通关障碍，可问了周围的人，丝毫不知这辆巴士的信息。而来时乘坐的阿拉伯大巴，只从耶路撒冷单向开往伯利恒，不载人返回。最终信息中心的人说，必须要打车至关口，过关后再换乘以色列巴士。

"这太不方便了。"我说道。信息中心的工作人员也无奈地摇摇头，不用说，都是政局所迫。于是，只好拦了一辆出租车，司机驾驶得很熟练，英语也流利，看得出旅游业为这座城市带来显著发展。快到关口了，只见高高的围墙严严实实地拦住道路一侧，墙上的涂鸦表达了巴勒斯坦人对人权和自由的渴望。类似的情景我曾经在柏林和北爱尔兰见过，那两地渐渐成为时代的遗迹，而眼前的高墙正在密不透风、实实在在地隔绝。再往后看，墙壁曲曲折折拐了许多弯，绵延到很远的山坡上，看得人心生恐惧。我忽然想到前几日在高速路上，常看到两侧也有围墙，恍然大悟，原来那些高墙的后面都是巴勒斯坦领地，以色列占据的只是中间的公路，巴以国土你中有我，我中有你，错综复杂，根本无法分割。

司机开始愤愤抱怨起来："你看他们有多过分，这墙，还有那边，都是他们建的，我们根本拿不到签证，去不了我们的圣城耶路撒冷。"是啊，犹太人两千年前离开故国，终于重建家园，是可喜可贺之事，可是相同的土地，巴勒斯坦人也居住过一千多年，如今的他们同样成了失去祖国的孤儿，这样的苦楚又应向何处申辩？两个民族各执己见，矛盾一触即发，而一切都掩盖在看似安稳的分治、隔离之中。

穿过护栏围成的小路，我就要离开巴勒斯坦，回望着高墙，心中有说不出的感慨。在以色列的边境处，我战战兢兢地过了一道又一道安检门，总算是过关了，乘上犹太人的大巴返回了耶路撒冷。

巴以边境，令人触目惊心的围墙

　　晚上，我坐在旅店的天台上，望着远近高低不一的塔尖，竟难以分辨哪些是清真寺，哪些是教堂，想想白天在伯利恒的经历，与其说是慕名寻找耶稣诞生地，倒不如说触及了敏感的政治话题。看这座圣城，经历了多少改朝换代，犹太人、巴比伦人、居鲁士大帝、亚历山大、犹太人、罗马人、基督教徒、阿拉伯人、十字军、萨拉丁、奥斯曼帝国、大英帝国，最终又回到了犹太人手里。多少军事家、政治家、伟人、先知曾在这里留下了足迹，真是你方唱罢我方登场，如此争夺，有多少名垂千古，多少昙花一现，而这一切究竟为了什么？这小小的土地竟承担着如此重负？我思索着，在耶路撒冷，所见所闻，都是被浓缩的历史，宗教、政治、文明……就其中任何一点都可以无限延伸，而每个话题又休戚相关。

123

正在感怀中，在旅店前台工作的罗宾也登上了天台。他是威尔士人，每年都会有几个月在耶路撒冷度过，白天去教堂祈祷，或是在旅店里帮忙，晚上露宿天台。我问他："你觉得犹太人、阿拉伯人、基督徒，还有众多曾经占领过这所城市的国家、民族，耶路撒冷到底应属于谁呢？""这个啊，"他的回答很轻松，却出乎我的意料："在我看来，它是神的地方。"

是啊，正是为了信仰，人们对耶路撒冷朝思暮想，不顾一切地靠近它，哪怕付出生命的代价。罗宾说："我到这里是为了祈祷和平，为以色列人，也为巴勒斯坦人。"随后，他解释着《圣经》中的预言："一切早就命中注定了，犹太人离开家园，又在两千年后返回，此后虽然会有战争，但他们永远不再离开了。""他们真的不会离开了吗？"我问道。"不会了。总有一天，这里的人们会摆脱战乱，共建幸福的，这也是神的旨意。"罗宾坚定地说着。

那一刻，我愿意相信，他说的都是真的。

2010年10月

尼罗河之源

此次访乌干达，是一个英国慈善机构组织的，带队者是该机构创始人伊恩，共有七位剑桥大学学生参与。本来是三周的行程，由于时间略有冲突，伊恩带着几人先行一周，我们其余的从第二周加入。

早晨，当地人弗兰克来机场接我们，他体格强壮，幽默风趣，一路上，滔滔不绝地讲述自身经历。弗兰克出生于贫苦家庭，很小时去了刚果工作，一呆就是十四年。后来他参军了，并作为美国雇佣兵去过伊拉克和阿富汗战场。他说，在那边随时都会遇到生命危险，因此练就了坚强的性格，回到乌干达后，他成家立业，有了三个女儿。

提起孩子，弗兰克说："在乌干达，女人的地位很低，看路边店铺里卖东西的都是女人，男人都去哪儿了呢？他们没日没夜地赌博、喝酒、闲聊，游手好闲，女人挣钱养家，还受到轻视。可是，我的女儿们不一样，我会平等对待她们，尽可能给她们最好的东西，她们是我最珍贵的宝贝。"

从弗兰克不凡的经历，可以看出他是个喜欢挑战的人，他去过很多国家，又有生意头脑。他说："从前我很爱冒险，比如开车吧，我就喜欢超速超车，但自从有了家，我意识到责任，要努力工作，健康安全地为她们而活。"现在，他从事导游工作，也从国外进口二手汽车，最近还产生了上大学的想法。和弗兰克同车，很有安全感，无论路上与小摊贩还价，遇到警察盘问，或是有地方一霸拦住去路，他都能轻而易举地解决。

眼前的非洲，并非我想象的寸草不生，这里的土地是红色的，蔬菜水果长得茂密

夜幕降临在乌干达的河上

苗壮。对此，弗兰克坦诚地说："外人总是难以想象我们如何生活，可是，我们的祖祖辈辈就这样过来的，你看，谁说我们本应穷困的？我们有很多资源，却懒得好好利用。这也许只能怪上帝吧，他赐给我们肥沃的土地，让我们原本衣食无忧，可是，正因如此；人们拙于思考，贪图安逸，慢慢地就倒退成这样，在很多偏远山区，人们依旧迷信巫师，无可救药了。"

我思考着他的话，非洲，看起来几乎是被遗忘的地方，它背后的重重问题，归根结底还是人。教育和思想的进步，或许比单纯的资金援助更能改变它。我看见许多衣衫褴褛的孩童，在街头载歌载舞，他们的眼神那样纯真可爱，真希望他们能茁壮成长，在上天眷顾的土地上，创造精神财富。

午后，下起了小雨，雨中的香蕉树林泛着绿色，格外赏心悦目，跨过一座大桥，我们来到了尼罗河的源头——维多利亚湖。乘船游湖，我不禁将手伸进河水，感受它的清凉。尼罗河水孕育了人类伟大的文明，它的源头如此清澈，湖水伸向遥不可及的远方，地下的泉水不断涌现出来，一派生生不息的景象。成群的鸭子游来游去，不时将头扎入水中，叼起一条小鱼，千奇百怪的鸟儿在岛上栖息，一条蜥蜴趴在石头上晒太阳，树上还有嬉戏的猴子。我深深为这和谐画面陶醉了，心中默默地期许，愿尼罗河水的智慧，给予人们力量，让澄清雨水，降临这片美丽的土地。

晚饭时间，伊恩带着先行队来了，一行十人终于会合，分外亲切，席间听大家谈论几日的见闻，心中充满了期待。乡间小路，漆黑黑的一片，行走其间，心中却格外澈亮。

2011年7月

秩序背后

　　早上，我们按计划参观卡其拉糖厂，由糖厂的工作人员卡雷拉斯接待。从坑坑洼洼的土路转入平坦的水泥路，进入厂门，立刻是一番井然有序之象。高大的厂房，现代化的机械，冒着白烟的锅炉，设计布局和控制系统都和西方工厂没有区别。卡其拉糖厂是一家印度公司，有八十年历史，生产全乌干达一半以上的蔗糖，公司还从事旅游保险业务，创始人和高管都是印度人，共有七千多名员工。

　　参观结束，卡雷拉斯和他的舅舅山姆带我们前去尼罗河西岸，于高大的玉米林中，一路颠簸着，路间还有棕色的小狐狸跑过。车开到山坡上，沿着土路，靠树枝的支撑，我步履维艰地走到山坡下，一条小河波澜不惊，渔船漂在远方，夕阳西下，大雁飞过，恬静如画。坐在小船上，望着碧水青山，我们与山姆舅舅聊天，他腼腆地笑着，亮亮的额头反射着夕阳余晖，弗兰克在船边游泳，时而站起身，展示强健的肌肉，新加坡姑娘碧慧在岸上漫不经心地钓鱼，英国女孩萨拉则含情脉脉地给未婚夫发短信。

　　夜幕降临了，山姆舅舅熟练地用小刀削芒果和木瓜招待我们，芒果吃起来甜中含酸，带着乡土鲜味，忍不住一连吃了好几个。坐在木屋外，野草丛生，玉米地的剪影高低起伏，萤火虫的微光隐约可见。没有路灯，点上一盏蜡烛，聊着白天的见闻，说着说着就谈到了英国统治时期的乌干达，还有印度、中国在乌干达的公司。山姆舅舅说，其实他内心深处还是欢迎英国人回来的，因为他们在的时候，带来了信仰、教育、医疗，虽然英国人掠夺财富，但也指导人们如何有序做事，印度人管理下的卡其拉糖厂也是如此，多少年来都保持高效科学的运作方式。山姆叔叔的想法，出乎我的意料，却也不无道理，对于发达的西方社会，他们曾排斥，现在又希望靠近，其实和我们一样。

　　我又想起昨天晚餐时和伊恩的谈话，伊恩是英国人，是此行的组织者，他从前做土木工程师时参与过非洲项目，后来就成立了一家慈善机构，致力于帮助乌干达、卢旺达等地建学校和基础设施。伊恩今年近六十岁，头发银白，精力却相当充沛。在他看来，乌干达在英国统治时期远比现在好。我问："如果英国殖民那么好，为什么你们走后，乌干达这么穷困？""那是因为我们走得太早了，他们的社会还没能力继承。"伊恩不假思索道，神态中流露着大英帝国的骄傲。伊恩又对比了

卡哈罗乡间

英国人和中国人来非洲的差异，他说："你们中国人只知道挣钱，从不去想能为非洲人做些什么，可我们会花时间和他们交朋友，帮他们建立一套能够持久下去的系统，这就是为什么我们作为殖民者走了之后，还被人想念的原因。"听了他的话，我沉默良久，想想他这些年深入非洲，和最偏远贫困的人交流，不断宣传筹款，非一日努力所能达到，而他所说的中国人的弊病也令我哑口无言。不过，伊恩还是笑了，他感动地看着我和另一位中国队员："真没想到你们会加入，在我印象中，中国留学生大多只顾自身，不关心外物，缺乏世界眼光。"伊恩的言辞有些偏执，但他的诚挚感染了我，令我肃然起敬。

2011年7月

知识与梦想

　　离开金甲市，行驶在乡土路上，眼前所见是破烂的房屋，草棚上甚至没有完整的屋檐，小孩子光着脚，脏兮兮地追跑，除了贫穷，依然是贫穷。

　　弗兰克说，乌干达的农村就是这样，疾病、贫苦、各式各样的问题，可一切都是人的原因，说着，他指指窗外整齐的玉米地："你看那些地，明显有人精心看护过，耕作的人懂得劳动的意义，所以，他的家庭不会穷。而那些四体不勤，终日只想坐等

顽皮淳朴的孩子们

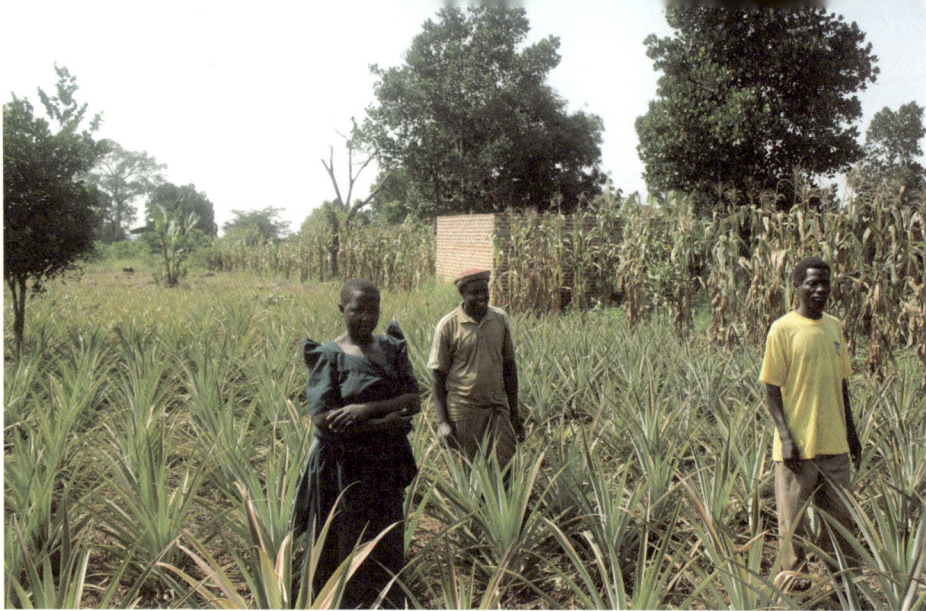

菠萝地里的乡亲们

命运的人，肯定生活得不好。其实我们的土地不难耕种，只要勤劳，都能有所收获。只是很多人没有自强自立的意识，总希冀于外部援助。"究其原因，弗兰克说，一是缺乏教育，二是很多人都是孤儿，缺乏家庭温暖，成长环境恶劣，三是文化原因，懒惰是一种劣根性，当大人们企图不劳而获时，孩子就学会了乞讨。而归根结底，还是教育。

　　经过一个小时的颠簸，我们来到了卡木里，这是个偏僻的县城，中心只有短短一条街，稍事休息后，动身前去附近的村庄。茂密的庄稼地间有两间平房，房前一块空地，一棵挺拔的大树遮住炎炎烈日，我们坐在木板凳上，忽然间从屋后走出十多个非洲妇女，穿着花花绿绿的连衣裙，头上扎着头巾，用一种极其尖锐的原生态嗓音反复喊唱着，欢快又带着诡异，原来这是当地欢迎远客的习俗。为首的紫衣妇女用英语向我们介绍，原来这里是妇女读书识字的地方，该社团成立于三年前，紫衣妇女是其中的老师。每逢周二，她们从邻近村落赶来，学习读书、缝纫，并建立了类似于农村合作社的集资方式，把编织缝纫的工艺品卖掉创收，买课本，年底还能分红。妇女们情同姐妹，一年前有几个得了艾滋病，被丈夫赶出家门，全由大伙照顾。她们当中有的鬓角布满了皱纹，有的抱着熟睡的婴儿，脸上都洋溢着喜悦，是知识让她们在传统单一的家务之余，有了梦想与爱好。我被人们的自强和执着打动了，一席谈话受益匪

132

浅。坐在树荫下，吃着她们煮的玉米和芋头，心中很是感激。

像这样以社区和村落为单位的学习方式在乌干达有许多，都是慈善机构帮助建立的。在另一个村落，我看到人们聚集在一起学习先进的耕作技术，从种玉米到多元化蔬菜，发展快的家庭两年之内就能买得起牛了。村民们还自编自演了小品，展示日常生活，如此多才多艺，声情并茂，让我很是惊讶。

说到这些社团的来历，就要问罗斯女士了，她是伊恩的好朋友，来自乌干达东部与肯尼亚交界的小村。罗斯今年五十多岁，她从小便是孤儿，她说，那时看到小朋友们上学多么羡慕，自己却没钱受教育，直到十九岁时她偶然认识了一位好心的老师教她读书。罗斯很勤奋，她报名参加培训，考取了职业教师资格。想到自身经历，罗斯说乌干达有许多和她一样的妇女，渴望知识却没有途径。于是她通过朋友和教会，跑到邻近村庄，宣传并帮助人们建立读书社团。从无到有的过程，罗斯经历了太多困难，比如陌生人对她的质疑，来自学员家庭的阻拦，缺乏资金和设备，社团开始运作后，管理和教学方面也遇到问题，可她没有放弃，五年时间里，她在乌干达组织了十六个团体，接纳了三百多名妇女读书。就在后天，她即将和我们告别，然后北上，到另一个村落考察。罗斯脸庞宽宽的，穿着黄色条纹衣服，走路时一扭一扭，好似一丛丛树叶在摇摆，她的声音略带粗犷，讲话时表情十分坚毅。

离开村庄，天色渐晚，我们去了一座基督教堂，在这里有位名叫苏珊的小姑娘，几年前因一场疟疾导致下身瘫痪。苏珊坐在轮椅上，穿着紫红色衣服，略带羞涩地看着我们，在罗斯和教会的帮助下，她学会了编项链，每三个月能编好一条由教会代为卖掉，因此有了自食其力的成就感。苏珊喜欢唱歌，她为我们清唱圣歌，嗓音甜美而稚嫩，听得我热泪盈眶。正值晚上七点钟，太阳落下，教堂前的草地渐渐黑暗，唯有苏珊的紫红衣服格外醒目，闪动着生命与希望。

2011年7月

133

在非洲路上

　　从坎帕拉一路向西，开出一小时后就看到了赤道标志。弗兰克一路风趣地讲述他的情感经历，还提到与情人约会，引来女生们强烈抗议。他争辩道，深爱自己的妻子，但是在男女极其不平等的非洲，男人有多个女人是家常便饭。弗兰克说，他很认真工作，还盖了房子出租，以防有一天又被招去前线参战，妻女们能有收入来源。

　　想起昨天我们去他家吃晚饭的情形，一家人其乐融融，弗兰克的妻子很漂亮，静静坐在一边，两个双胞胎女儿一胖一瘦，胖一些的名叫楚丽，目光炯炯，在相机前机敏地摆着姿势；瘦一些的名叫娜塔莉，总是羞涩地远望着我们，当我们招呼她时，又害羞地扭过头去，扶着椅子转圈圈。最小的女儿那丽刚刚一岁，剃了个假小子头，十分俏皮可爱。我们走的时候，楚丽乖巧地跟过来，主动摆摆手，娜塔莉腼腆地躲在后面，弗兰克对她说："快说再见啊"，小姑娘迟疑地站着，一旁的楚丽大大方方拉起妹妹的手，使劲地挥动，逗得我们大笑。后来听弗兰克讲，娜塔莉对他说："我不希望他们走"，听着，我们心里甚是甜蜜。看到弗兰克的家庭，又想到他的辛勤付出，觉得身为一家之主，责任之重，实为不易。可是，这并不能代表他可以对婚姻不忠。

　　最为反对的是同车的萨拉，她是个虔诚的基督徒，在剑桥大学学医。弗兰克说，他一定会改邪归正，等我们下一次来乌干达，会看到焕然一新的他。萨拉说，在英国有类似情况，夫妻一方出轨后恳求原谅，再办第二场婚礼，重温誓言。这一说，我们都来了兴趣，筹划着如何为弗兰克办婚礼。说着说着，萨拉就绘声绘色地讲起自己订婚时的场景，她有个信奉伊斯兰教的埃及未婚夫，明年四月，二人即将步入婚姻殿堂。莎拉胖乎乎的，运动起来有些笨拙，前几天走小路下山，一直都要靠弗兰克支撑

短暂休息后，继续上路

在路边吃西瓜

协助；还有那次坐船，山姆舅舅示意她坐在木板中央，她没反应过来，一屁股翻倒在船上。可是到了当地医院，萨拉则异常认真，记录每一个细小布局和卫生环境，她向护士医生不停地询问，比如得疟疾的妈妈们怎么治疗，如何照顾孩子，往往一队人走远了，她还在那里问长问短。离开卡木里前，萨拉和服务中心的工作人员一起，查看小姑娘苏珊的病例和药物，逐一拍下来，希望能带回英国研究。她说，她突然想在非洲住上一段时间，带上未婚夫，让他了解曾令她感动过的地方。我相信，她将来会是个敬业而有爱心的好医生。

同车的还有一位新加坡女孩儿碧慧，和我同是天蝎座，初见时言语不多，等到混熟后，才发现，也是个机灵鬼。她说自己是男孩子，手脚粗大，在路上，碧慧不时讲个冷笑话，或是模仿各国的蹩脚口音朗读宣传册子，有她在，车里总是充满笑声。看碧慧这调皮劲儿，谁能想到她是学政治的，将来还要回新加坡当警察呢。

从东向西，路途遥遥，有了默契的同伴，心中很是舒畅，打开车窗，风猛烈地吹过，那混着尘土的非洲味道，让我如此迷醉。在路边丛林里，我们还看见了斑马，清晰的黑白条纹，唤起我无限喜爱。时间在笑谈与激情洋溢的非洲歌曲间度过了，一轮红日渐渐落下，在广袤的草原上，那样遥远宁和。

2011年7月

136

山村即景

　　这是个别致的周末，乌干达西部的卡哈罗群山连绵，到处可见高大的香蕉树和芒果菠萝田，风景怡然，令人眼前一亮。我们住在伊恩的朋友格斯特牧师家，房屋朴素，周围花团锦簇，石榴树枝上果实累累，一群鸟儿在上面栖息，听见脚步声，呼啦啦地飞起。沿着山路缓缓攀爬，牛羊在不远处吃草，我们在林间品尝野果，有一种返璞归真的快乐。

孩子们在教堂门口欢送我们

卡哈罗地处偏远，山区没有电，晚上点着蜡烛，我聆听着草丛里蟋蟀的鸣叫，继而走出房间，只见一轮明月悬在远山之巅，稀稀落落的星星将周遭渲染得浪漫温馨。天气很凉，不像赤道的感觉，或许是山间的缘故，披着一件外衣，露水很快浸透了袖子，沐着银色月光，这样的夜，让我想到宁静淡雅的文学意境。

到了周日的早晨，翻越山头，我们来到了另一座山巅，一座橙色的教堂光彩夺目。这里空间很小，却很热闹，远近村民穿着盛装，前来做礼拜。教堂前绿草如茵，孩子们在其间玩耍，看到我们又是兴奋，又是羞涩。一个蓝衣服的小男孩，圆圆的大脑袋，微挺着肚子，十分惹人喜爱。

礼拜开始了，小小的教堂挤满了男女老少，我们坐在最前排，看着人们载歌载舞，歌曲中即有基督教的圣洁，又融入了浓郁的非洲风情。有两家人为婴儿洗礼，格斯特身着白色牧师长袍，他身材高大，表情慈祥，站在最前方主持。欢迎词中除了感谢英国朋友，格斯特还加上了一句"欢迎中国的客人"，十分细心周到。

在人们热烈的掌声中，我们起立做自我介绍。我说："虽然我听不懂你们的语言，但能从心灵深处感受到你们的友谊、温暖和充实的精神。我来到这里，为了看非洲的发展，更为了结识更多的朋友，学习你们的文化。"一系列欢快的仪式之后，伊恩又一次上台，讲述了自己对基督教的理解并引用圣经章节，他提到了他的家庭，话语亲切诚恳，拉近了心与心的距离。在全场洪亮的合唱声中，人们纷纷上前募捐，接受祝福，有的村民还带来了蔬菜瓜果，现场拍卖后捐给教会。伊恩更是慷慨解囊，为了答谢，人们为我们欢歌跳舞，学生鼓号队奏乐，格斯特也加入其中，他的舞姿夸张，引来阵阵欢笑。周日的卡哈罗，洋溢着节庆的欢快，看着人们喜气洋洋的神情，我心中深受鼓舞。

回来的路上，我们向格斯特询问卡哈罗当地的教育和收入情况，山民们虽不富有，却懂得自力更生，家家户户种田劳作，田地开垦的程度明显比平原区要高。问到他对英国的看法，格斯特说，肯尼亚是被英国殖民过的，乌干达则受英国保护，而今，依然有许多英国人通过教会帮助这里的教育医疗。格斯特又带我们见了他的父亲，老人家年近百岁了，看起来精神矍铄，他曾在战争中和英军并肩作战，对大英帝国感情很深，再次看到伊恩时，他竟激动得说不出话来。伊恩说，如果要体验真正的乌干达，卡哈罗才是最佳选择。的确，这里远离尘嚣，交通不便，设施简陋，没有现代化的水电来源，反而能生活在至纯至美的环境中。

卡哈罗的午后，阳光照在山坳里，山对面的教堂散发着绚烂光泽，层层叠叠的绿树环绕远山。坐在户外，捧上一本书慢慢读着，如此安逸的时光，谁能想到这是在非洲……

2011年7月

卡哈罗山间景色

关于慈善的思索

　　卡巴里是一座群山环绕的小城，听弗兰克说，再往前就到卢旺达了。城市布局很简单，从宾馆到安妮经营的网吧，不过一个转弯。安妮坐在轮椅上迎接我们，她穿着讲究，戴着金项链，作为卡巴里地区残疾人的代表，她在县政府工作了五年。访谈中，当问到她为残疾人做的具体事宜和二次竞选的纲领时，她都轻描淡写，一笔带过了。一旁的伊恩补充道，安妮是他多年的朋友，他们的慈善事业深入当地人，比许多大型非政府组织都实在。坦白说，安妮的敷衍了事和伊恩的以偏概全，让我心里略有不快。

　　短暂交流后，我们的车开上了崎岖山路，黄土飞扬，看不见前方的路，几经辗转，来到一座山坡上。一群人前来迎接，所不同的是，多为拄着拐杖的残疾人。他们表情茫然，再加上身残的缘故，看着让人心酸。这个残疾人组织五年前成立，最早有二十五人，如今只剩下十二人，人们通过安妮向政府申请援助，买种子集体种地，也做些力所能及的手工艺品。为首的乡领导、乡代表和组长先后致辞，其中并没涉及乡民们如何互相帮助、创造财富的具体事例。倒是每个发言人都着重强调困难，列出一长串需要援助的东西。乡领导说，山间的交通极为不便，为了买卖产品，需要自行车，而事实上，这些老幼病残中，唯有他本人可以骑车；其他的还有种子、医疗、蓄水罐、轮椅等要求，说了许久，听得伊恩脸色沉了下来。几个代表开始用本地话嘀嘀咕咕，安妮在两头牵线搭桥，缓和气氛，村民们坐在草地上不言不语，看样子，根本无权参与讨论。这时，妇女们做好了饭，烈日炎炎，暴晒之中，我觉得快要晕厥。

　　伊恩一直在沉默，最后，他终于决定了，大声道："你们或许认为我是上帝，但我不是，我和你们一样，甚至我也曾有眼疾，有过痛苦。你们给出的清单太长了，让我觉得你们不知道自己到底需要什么，下一次不要向西方人要这么多东西，我们不喜欢复杂，我们喜欢简单的东西。不过这一次我满足部分要求，我原谅你们，因为你们不知道如何和西方人打交道……"

话音未落，我和碧慧不约而同向对方使了个眼色，不用说，伊恩强烈的优越感已经令我们滋生反感，甚至开始反思慈善的意义了。村民中有一位穆斯林老人，由于一次火灾，腿大部分溃烂。萨拉关心老人的身体，顾不得吃饭，让弗兰克当翻译，详细聆听老人的诉说。正在她建议带老人去城里就医时，伊恩却淡淡地说，咱们走吧，时间不多了。

回程车上，萨拉满心失望，愤愤道："我越来越彷徨了，到底此行是为了什么？

静静的布永尼湖边

我们和伊恩来，看他的慈善工作如何开展，可现在我觉得像是在作秀。你看刚才那个老人，没有人帮，只会越来越差，甚至死去，伊恩坐视不管，却把援助之手伸向那些并不急需的人。"

碧慧也满腔怒火，天蝎座爱憎分明的性格顿时显露："或许因为那老人是穆斯林，不是基督徒，一个老人因自家火灾烧坏腿，不会有多少人在意。而伊恩想帮助聋哑小姑娘学手语，宣传起来更为动听。"

莎拉赞同道："咱们回去吧，我想帮帮那个老人……"

弗兰克猛地刹车，想要掉头，可再一想，我们连老人的联系方式都没有，如何去找呢？又想到安妮，作为政府工作者，穿金戴银的她，如何能真正深入穷苦大众呢？听弗兰克说，安妮很富有，却总在伊恩面前哭穷，以此索要资助。我想，伊恩、安妮，或是政府、教会，都或多或少做了贡献，因为过去，这里的残疾人常被家庭抛弃，自生自灭，现在至少有了组织，可以相互勉励。可是，一切还远远不够，作为弱势群体，应如何自尊自爱，争取权益；作为政府，应如何提高效率，聆听人民心声；作为慈善机构，应如何抛开狭隘的自我形象塑造，真正尊重当地人，或许都值得深思。

弗兰克最是性情中人，他同情弱者，擅自给了村民钱，为此遭到伊恩的严厉批评。作为军人，他身上无所畏惧的男子汉气质越发被激起，他说："这次我就任性一回，带你们去布永尼湖畔，你们来到乌干达，应更好地了解我们国家。"正说着，伊恩打来电话，传达晚上任务，弗兰克大声吼道："不管了，随你去吧，我们这一车要去湖边。"语气之果断，令我目瞪口呆，要知道此行弗兰克受雇于伊恩，多少是要迁就他的。

我们的车依山沿湖行驶，湖水潋滟，映着落日。湖中坐落着大大小小的岛屿，岸边牛羊成群，一派旖旎的田园风光。居高眺望，我和碧慧唱起了《音乐之声》的开篇，张开手臂，好像可以乘风飞翔。

2011年7月

小人国

从卡巴里出发，不多时进入弯曲山路，天气干旱，尘土漫天飞扬，山里人推着满满当当的行李，运到城中，赶赴一周一次的集市。老人们佝偻着腰，女人和小孩头顶着水果篮子，没有公共交通，道路破旧，走着很是艰辛。

绕过一座又一座山，颠得有些晕了，只见一汪湖水，如明镜般镶嵌在山谷之间。如果有便利的公路和交通，如此世外仙境，是可以开发旅游的。我正想着，车停了，只见一群面色黝黑、身材矮小的孩童站在路边，这就是我们要访问的巴特瓦部落了。部落最早生活在热带雨林，世世代代同族通婚，过着原始伐木狩猎的生活。二十年前，由于出台保护热带雨林的政策，政府强令他们迁移，经过长期的适应，如今他们在山间安家落户了。巴特瓦人的身体比常人矮小，成人身高一米五左右，部落很保守，很少接触外界。三年前，伊恩是在朋友帮助下，来到这个"小人国"的，听他说，从前许多妇女都没衣服穿，而今虽然大多依然赤足，但至少可以遮体了。不一会儿，男男女女都来到车前，夹道欢迎我们，几个身体稍结实的抬着安妮的轮椅。经过一条小溪，隐隐看见几间小屋，黄色的菜花在风中摇曳着，这就是他们群居的地方。

坐在板凳上，又开始了自我介绍，担任翻译的名叫扎道克，是当地一所学校的历史老师，当我说来自中国时，他用本地话向人们解释道："就是那个非常遥远的国家，咱们用的手机，衣服，很多产品都是那儿生产的。"村民们听罢，热烈鼓掌。

听扎道克说，在伊恩的慈善机构帮助下，巴特瓦人学会了耕种，并有了教育培养的意识，现在不少孩子都上了小学中学，还有一个刚刚考上大学，是全族人的骄傲。对人们的成就，伊恩赞许不已，许是因为我们昨日提议，他的语气十分谦和："我们来自英国，还有中国，都有自己的想法和背景，你们巴特瓦人同样很特别，有自己的文化和传统，希望你们能学习我们先进的，同时保留你们优秀的。"伊恩刻意从市场买了几十把铲子，赠送给人们，还给了每个孩子一本练习册，鼓励他们读书上学。在巴特瓦人纯真的歌声中，我看到他们发自内心的喜悦。

离开"小人国"，我们开车到山顶野餐，伊恩在一旁为大家切蛋糕，望着他的背影，我忽然感到淡淡的辛酸，老人家年近六十，放弃清闲生活，执着于自己的信仰和事业，他事必躬亲，真的很辛苦。此次，伊恩组织我们来乌干达，也想从反馈意见中为非洲做更多贡献，一路上他忙忙碌碌，体力极度透支，想想我便于心不忍。没有伊恩，我是无法接触到非洲民众的，更别说是农村和弱势群体。昨日的小分歧后，他主动找了我们谈心，坦诚地说，他不是全能的，有所不为，才能有所为，利用有限的资源，他只能帮到一部分人，而无形中忽略了另一些，这也是没有办法的事情。还有安妮也是，后来得知，她出生于穷苦人家，八岁时便下肢瘫痪，承受了常人难以想象的苦难。在透明度极度不高、低效的卡巴里县政府中，安妮能获得一席之地，并为弱势残疾人争取权益，实属不易。非洲之行，遇到的每一个人都有不同寻常的故事，缘分让我们相聚于此，在理解与思索中，我也不断成熟，对未来行程充满了期待。

卡其拉糖厂职工的孩子们

2011年7月

144

校园的午后

　　暖暖的午后，来到蒙巴拉拉附近的一所中专，走过一条狭长小径，是宽阔的校园。学生鼓号队奏乐迎接，几百名师生齐聚操场，女孩子们叽叽喳喳地笑。

　　校长彬彬有礼地接待了我们，他曾经在公立中学当老师，工资不高，又整日清闲，觉得是虚掷光阴，于是便筹钱创建了这所学校。学校刚开业的两天无人造访，第三天来了两个学生，以后规模逐步壮大，发展到今天，有近七百名学生。听校长说，乌干达虽然有普及教育体制，但很多公立学校师资投入不多，而他的学校收费不高，又于普及教育体制的必修课之余，教给学生一门技能，因此很有吸引力。作为寄宿学校，学生有更多的时间发展特长，比如木工、计算机等，毕业后，成绩优异的考入大专甚至大学，其他的毕业生也能凭一技之长找到工作。

　　我们参观了学生宿舍，条件极为艰苦，四十多人挤在一间屋子里，床单上泛着汗臭味。午饭时间到了，学生们有序地排成长队，每个人分配到一块玉米饼和一勺豆汤。听老师说，他们从来没吃过肉，稍微想改善伙食的可以到小贩那里买个牛油果。作为宾客，我们吃着鸡肉，想到学生们日常的艰苦生活，我感到难过。

　　午饭后，在校长建议下，我们的团队两两一组，来到不同班级，和学生一起户外交流。由于担心如果全班出动会破坏秩序，我们决定让学生自愿参与。我和一位男生分在一起，班上有七十多名学生，平均年龄十四岁。当班主任问道："你们谁愿意和两位剑桥大学的客人一起远足？"，学生们齐刷刷地举起了手。我喜出望外，跟他们说："我来自中国，刚刚毕业，今后也想当老师，我希望了解你们的学习和生活，成为朋友。"学生们呼啦啦地围上来，很快上路了。

学校周边是起伏的山坡，踩着丛生的草，男孩子们跑在最先，女孩子则紧紧贴在我身边，不时看看我，抿着嘴笑。我逐一问了她们的姓名年龄，喜欢的课程和运动项目，她们立刻抛开先前的羞怯，争先恐后地回答，英语很流利。有个声音稚嫩的小姑娘说，长大后想当护士，还有几个高个子说要当老师。走过一片田地，一个腿脚灵巧的小姑娘弯下腰，摘了一串绿色小果子，说是茄子，送给我做纪念。这下子一发不可收拾了，又有几个女孩拾来了花生、西红柿和石榴，还有一个把麦穗样子的草插在我发间。她们教我如何辨别地里的蔬菜水果，如何用当地话叫那些五颜六色的花。经过一段木栅栏，我低头钻过去，长发在木头上扫了一下，学生们咯咯笑个不停。我说："我的头发和你们很不一样啊，像不像马尾巴？"话音未落，又是笑声一片。没等我反应过来，已经有几个上前摸我的头发了，于是，女孩子们蜂拥而上，又是摸头发，又是摸胳膊，挠得我浑身痒痒，心中却有说不出的愉快。我讲起中国，她们很是好奇，问中国的季节、颜色，还有动物，每讲到一样，学生们都睁大了眼睛。下坡的时候，我们拉起手，一鼓作气冲下去，超过了班上的男生。

和学生们的交流让我感到无比幸福，虽然远隔重洋，有诸多文化差别，但她们和其他地方的学生一样，热爱学校，奋发图强，有美好的理想。一个小时烈日下的行走，我丝毫不感到疲倦，只觉得交流过于短暂。当我们全体回到学校时，上百名师生又一次集合坐在草地上，我们如众星捧月般走到最前方。我说："谢谢你们的热情和友谊，刚才走在路上我觉得很开心，我手上有你们送的茄子，还有各种各样的花，我会记住它们的名字。你们都是聪明勤奋的学生，有些人英语讲得比我还好，你们都会有美好的未来。"同伴们也纷纷激励道："我听到有人说想成为音乐家，心里特别高兴，只要有梦想，持之以恒的努力，就一定能实现。"轮到碧慧讲话时，场上一阵哄然大笑，只见她手里拿着一根粗壮的甘蔗，不用说，定是热心的学生们送她的礼物。

校园的发展依旧面临资金缺乏的问题，同时还需要广泛宣传，为此伊恩和他的朋友们依然在努力，操场一侧还在施工盖教室，看着日新月异的面貌，我心中也充满

校园的午后

了希望。后来，和碧慧分享远足的经历，她说学生们竟然用手为她擦汗，这让她很惊诧，但随之而来的却是久久回味的甜蜜。她说，身上的衣服不想洗了，因为想保留被非洲孩子们摸过的感觉。

2011年7月

伊丽莎白女王公园

　　历时两周的乌干达之行就要进入尾声了，周末清早，迎着灿烂的朝霞，我们驱车去伊丽莎白女王公园。这里和东非裂谷地带距离很近，在车上能看到一望无际的草原。邻近公园，青草丛生，高大的仙人掌错落有致地生长，忽然路边窜出一只小鹿，灵巧地奔跑，舞动起我心中欢乐之弦。放慢车速，向远处望去，几只黑乎乎的动物若隐若现，弗兰克说那是野猪，是素食主义者，不会攻击我们。

　　进了公园，听管理人员说这里偶有狮子出没，非常难找，要看运气，于是顾不上饥肠辘辘，我们决定先去找狮子。萨拉坐在前排，碧慧和我各负责一侧。刚刚开出几百米，突然萨拉大叫起来："狮子！"弗兰克说："错觉，不可能这么容易。"萨拉拽着弗兰克的方向盘，坚持要他倒车。向草丛深处细细看去，果然有一簇橙黄色藏匿其中，再睁大眼睛，真的是狮子在睡觉！我们兴奋万分，来不及多想，弗兰克已经把车开上草丛，向狮子靠近。狮子忽然惊醒了，一翻身站起来，背后还藏着一只小狮子，小家伙略带埋怨地望了我们一眼，转身跟着狮妈妈走了。

　　我们回到主路上，依旧心潮澎湃，议论着刚才的精彩画面，似乎只忙着拍照，顾不得害怕。又过了一阵子，只见右前方的树叶不停晃动，经验丰富的弗兰克停下车，说有大象，它们身体庞大，一旦受到惊吓奔向车子，后果不堪设想。他示意后面的车也慢慢回退，几秒钟后，那丛树叶渐渐散落，于空隙之间，看见灰色的耳朵一扇一扇，洁白的象牙在阳光照射下格外耀眼，不一会儿，整头大象出现在眼前，好似一座移动的房子，体积足足有我们两辆车大。我心里又是惊喜又是害怕，大象迈着笨重的步子，晃着长鼻子，一摇一摆地走向树林深处。我们倒吸一口气，赶快向前冲，一路上还见到成群乖巧的小象。

快到中午了，我们在公园深处的宾馆美美地享用自助餐，坐在露天座位上，面前是广阔清澈的湖水，泛着潋滟波光，水岸还有一些黑色的点子在晃动，是河马。在伊恩建议下，大家去码头上船，微风拂面，凭栏眺望，欣赏着远近美景。不一会儿，看到象群饮水，成年大象将小象团团围住，精心呵护，还有的用鼻子吸水，再扬到身上淋浴。象的周身还有成群的水牛，长着"圆月弯刀"式样的角，贪婪地饮水。河马潜伏在河里，突然身体浮上来，张大嘴巴呼吸，肥胖的身体笨拙可爱。几只漂亮的鸟儿在岸边栖息，它们丝毫不知道，危险快要降临，因为不远处的沼泽里潜伏着一条鳄鱼，灰绿色的，不细看根本找不到它。

船开出了近一个小时，在树林里看见两个人影，再过去有了几座房屋，孩子们在河岸洗澡，大人在撒网捕鱼。原来他们都是当地居民，和野生动物们同处一片土地，靠打鱼为生，看到游船经过，友好地招招手。

游船归来，已是午后，阳光烤着大地，让人有些倦怠，想到还有两个多小时的归程，我们决定即刻返回蒙巴拉拉市。谁知这时，其中一辆车出了故障，伊恩很是烦恼，喋喋不休地埋怨起弗兰克。两个人修理了很久无济于事，只好呼叫求助，不多时，管理处的小货车来了，司机想赚外快，建议直接雇他去蒙巴拉拉，而习惯于英国秩序的伊恩执意要见他的上司，结果上司给出更高的报价，被伊恩拒绝。双方僵持着，还是弗兰克机灵，和其中一位司机套套近乎，私自谈了个价钱，答应把车开出公园大门，再想办法。

天渐渐凉爽，很快就要黄昏了，忽然间一个刹车，正前方一只豹子走过，这也是极难遇到的景象，我们赶快按动手中的相机快门，闪光灯亮起，豹子愣了一下，敏捷地跑到草地里，伸出爪子挠着痒痒，花色的斑点十分炫目。落日在树梢上慢慢滑落，将草原映得一片玫瑰色。

到了公园门口，天黑了，管理处的车要返回了，我们一行人只好挤到一辆小车上，前排两个苗条的英国女生抱在一起，我被分派在闷热的后排，十个人拥挤不堪，在黑暗中心惊胆战。这时，有人说了一句："我们终究还是一个团队。"一下子缓和了气氛。

是啊，虽然此行诸多插曲，有时意见分歧，但我们同来自剑桥大学，同体验乌干达。夜越来越黑，弗兰克看到前面一辆中巴后排有几个空座，赶快超车上前拦下，和司机商议能否载人去蒙巴拉拉。于是男生们转到中巴上，和当地人共处一车。一路上，我不时盯着中巴的背影，不知道坐在那辆车上是怎样的经历，夜太黑，看不清楚，可是凭直觉，我相信淳朴友善的乌干达人。我们和他们，是如此不同，又是如此相似。月的清辉格外明亮，今夜是月圆，枕着晃动的车窗，我竟安然睡着了。

2011年7月

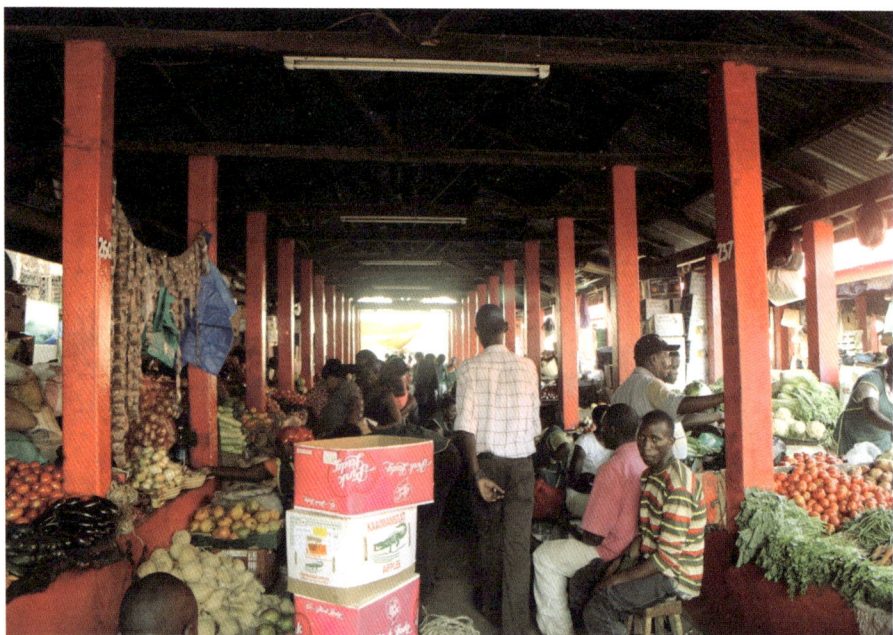

乌干达首都坎帕拉的农贸市场

同在乌干达

在乌干达的最后一天，依旧在赶路，从蒙巴拉拉驱车到安特比机场需要六个小时，最先要送别的是碧慧。小姑娘昨日中暑，身体尚未恢复，她要经伦敦飞回新加坡，共三十多小时，想着就让人心忧。临行前，她送给我一个小本，扉页上画着清新漫画，还有九零后特有的留言："碧碧真的要爱死你啦。"这位聪明又体贴的女孩子，带给我们一路的欢歌笑语。告别后，我心中很是不舍，想想不久后她将去美国读硕士，而我又要去日本开始人生新篇章，不知何日再见了。

送走碧慧，两周前在飞机上认识在华为工作的小李邀请我和同行的中国队友去他朋友家晚餐，他的朋友都是在乌干达做生意的华人。谈到生意和中国，弗兰克十分好奇，决定开车同往。

穿过脏乱的市区，来到坎帕拉北郊，这里的西式别墅到处可见，道路平坦整洁，一看便是富人区。主人家藏在庭院深深处，一下车便有五六个华人出来迎接，再看里面，早已围了两桌，热闹非凡。为首的一个女子瞄了一眼弗兰克："黑人司机啊，给点儿钱让他去外面吃吧。"我愣了一下，想起之前伊恩说过的话，中国人的种族歧视真是最露骨的。不过，这不奇怪，就是我此行之前，也未想过了解乌干达的文化。我解释道，弗兰克是我们的朋友，想认识中国商业伙伴，这才消除了隔阂。

饭桌上摆着几盘炒菜和饱满的蒸饺，顿时有了故乡的感觉。人们多为江浙人，在乌干达卖手机、五金产品和小商品。其中有两个女子已经到坎帕拉八年了，听她们讲，初到非洲时人生地不熟，一切都靠自己，如今她们已经把这里当成家，回国反而不适应。由于华商的壮大，现在乌干达社会也会有反华情绪，据他们说，使馆是顾及

不到私营小商贩的权益的，有了困难都要靠朋友，如此我看到的这四五家人情同亲人，逢年过节欢聚一堂。作为一直寒窗苦读的我，和他们的共同话题并不多，可他们那种顽强和团结，让我觉得感动。中国人就是这样，无论身在何方，遭遇何种艰险，都能吃苦耐劳，开辟出生活新天地。

吃完晚饭已经九点多了，返回安特比的路上我的电话忽然响了，原来是剑桥工程系的校友莫赛斯，之前邮件联系，还有过一面之缘。得知我们要离开，这位热情的乌干达小伙儿执意要来告别，如此真挚，真让我感激不已。

从坎帕拉到安特比有一个小时的车程，弗兰克的话依旧很多，两周来他对我们的照顾无微不至，结下了深厚友情。他的个人经历实在是个传奇。弗兰克年幼丧父，寄居在姑母家放牛，十四岁那年，他在深山迷路了，被叛军包围，被迫加入了武装组织，后来他们幸运地推翻了前任政府，确立了新政权。之后，他好不容易考上大学，又因刚果、卢旺达和乌干达之间的混战而辍学。为了养家糊口，他又去了伊拉克和阿富汗前线，他经历的生离死别、血雨腥风，是我无法想象的。弗兰克说，很庆幸能坚强地活下来，而且依然是真实的自我。和他在一起的时光，总是那样开心，在我心中，他伟岸而亲切。

到了安特比宾馆已经十点多了，伊恩还在计算两周来的开支，老人家过度操劳，面露憔悴。他起身和我告别，因为明日他和其他组员一清早就要返回英国，而贪玩的我又额外安排了肯尼亚假期。想想此行，虽然他那样执拗，有时不近人情，但对非洲人做的慈善事业，以及对我们毫无保留的分享，是绝对值得尊敬的。到了晚上十一点，莫赛斯终于来了，我们都有些困倦，但依然话题不断。

终于到了分别的时候，弗兰克和莫赛斯一起开车回坎帕拉，看着宾馆的铁门慢慢开启，他们的车驶出，我心里有说不出的难过。黑暗中，我大声喊着："弗兰克，你不许哭！"弗兰克用我教他的东北怪腔回应道："谢谢你，北京，弗兰克爱你们。"我使劲地挥手，直到他们的车渐渐走远，铁门紧紧地关上了……

月夜下的乌干达

安特比又是一个晴朗的夜，庭院里映着银白色的月光，有些冷了，有些乡思般的难过。不知怎的，我想起了昨夜碧慧安慰我的话，无论日后我们身在何方，邂逅何人何事，至少我们拥有非洲的共同回忆。也许有那么一天，我和碧慧将再次回到这片激动人心的热土，那时候，弗兰克的女儿们早已是亭亭玉立的大姑娘了。

2011年7月

153

马赛马拉草原

　　离开乌干达，我来到了肯尼亚的马赛马拉，草原如此辽阔平坦，一棵棵树如撑起的巨大遮阳伞，太阳猛烈烘烤着，大地干涸得似要断裂。这里地处东非大裂谷之中，每年七月可见到规模壮观的动物大迁移，当地的马赛人身披红色格布，带着硕大的耳环，他们祖祖辈辈靠狩猎为生。如今马赛马拉的旅游开发很完善，我们的越野车有高高的敞篷，可以站起来清楚观景。

　　旅途开始了，车刚进入野生公园，迎面而来的是广袤草原，背后是低矮丘陵，一群黑脸怪兽和斑马在安静地吃草，怪兽嗅觉灵敏，斑马擅长听觉，它们是难兄难弟，生死与共。每年七八月大迁移的时候，它们都会在河畔聚集誓师，然后一鼓作气趟过河去。行进途中，随时可能被鳄鱼咬伤，到了对岸，还有凶猛的狮子。动物们为了生存，历经艰难险阻，我看到的这些，是为数不多顺利存活下来的。我喜欢斑马，它们身姿优美，神情温柔，让我想起小时候妈妈讲的童话故事。

　　再往前行，一群小鹿卧在草地上，棕黄色的身体，耳朵一动一动，听着四周动静。这时，前排的威尔士大婶杜丽喊起来："快看啊，那只雄鹿在追雌鹿，啊，她跑得多快啊，别跑了傻姑娘，早晚都会被追到的……"她边说边笑。我寻声望去，果然见到两只鹿在奔跑，雌鹿淘气地躲避，雄鹿锲而不舍，一定要将佳人征服，正在这时，从远处又跑来一只雄鹿，似乎要第三者插足，先前的雄鹿望了望它，昂起头，展示强健的体魄，那第三者迟疑了一下，自愧弗如，灰溜溜地退出了争夺。看着它们乐不可支的样子，我也十分开心。

　　我们的车子在坑坑洼洼的路上前行，忽然，地平线的远方出现了雄壮的身影，导

游说那是狮子，我赶快睁大眼睛，开近时看，果然是两只狮子，不紧不慢地走着，它们之间还有一只身材矮小的豺狼，据说豺狼是最狡猾谄媚的，总是唯唯诺诺地跟着狮子，好在吃剩的野味中分上几口。顺着狮子前进的方向看去，有两只小鹿，起先还无忧无虑地坐在地上，忽然间意识到危险，飞快地起身逃跑，狮子懒懒的不愿去追了。听导游说狮子白天散漫，晚上才行动捕猎。在草原里，偶尔能看到白白的骨头，便是被狮子吃掉的水牛和鹿，动物界的生存法则很残酷，也很简单。

正当我庆幸看到狮子的时候，不远处有近十辆越野车把一个小山头围得水泄不通，我们也前去凑热闹，定睛一看，竟是两只母狮和两只小狮，母狮子张开嘴，露出锋利的牙齿，分外威猛，小狮子则满足地躺在狮妈妈怀里打盹。在它们旁边的树丛里另有两只小狮子渐渐地露出脑袋，小巧可爱，好像初生的小猫，它们并排前行，不时望望四周，似乎走散了，要去找妈妈。车开到离母狮子很近的地方，它们不屑地瞥了我们一眼，打了个哈欠，又将头扭向另一边。

黄昏降临了，不知不觉中，已在草原上行驶了三个小时，归途又遇见许多斑马和水牛。我说："它们看着咱们的车，或许也在诧异，这些移动着的圆圆腿是什么动物，怎么每天日落时就一队队地迁徙走了呢？"陶醉在夕阳的美景中，树的剪影在苍茫草原上分外优雅，我深深为自然的魅力折服了。

晚上在营地，钻进帐篷，听见外面虫鸣声，仿佛就在我耳边，贴得很近很近，清晰之极，让我不敢相信，真的来到了非洲大草原。

2011年7月

纳库鲁湖畔

连日来晕车中暑，加上饮食不当，我的肠胃如翻江倒海，受尽折磨，在帐篷里静养了一天，稍有好转，又加入了纳库鲁湖一日游。

进入纳库鲁湖公园的正门，迎面的森林散漫着氤氲晨雾，绿油油的青草地上淌着晶莹露珠，天有些阴，晨风凉爽，泥土地上时有积水。忽有一群猴子蹦到车前，另有几只在树上荡秋千，我丢了一块饼干，它们敏捷地跳起来争抢，抢到的美滋滋地享用，没抢到的眼巴巴地看着我。不一会儿，又来了一家三口狒狒，狒爸和狒妈听到车子声，牢牢地将小狒狒挡住，关爱至深，深暖我心。

穿过一片接连一片的森林，到了湖畔，远山蜿蜒，如水墨画般朦胧，深黑色的泥沙印着湖水退去的波痕，鸟儿在湖与天之间嬉戏。它们有洁白的翅膀和金色的嘴，起飞时先向后扬翅膀，再挺着胸脯，双脚连续向前三连跳助跑，然后扇翅腾空。在空中，它们又如滑翔机一样平缓，划着优雅的线条，时而单独表演，时而比翼成双，或群起群落，发出吱吱的声音，好似唱着欢乐的晨曲。看着它们精湛而滑稽的飞行，会忘却所有的烦恼，和着鸟儿金色脚丫蹦跳的节奏，仿佛自己也要高飞。

纳库鲁湖是咸水湖，没有鳄鱼，鸟儿可以无忧无虑地享受时光，这里草地湿润，营养丰富，动物们可谓养尊处优，连斑马都略显肥胖，比起马赛马拉草原上为生计奔波的同伴们，真是掉进了福窝里。在静谧的树林里，还能看到长颈鹿，身上长着龟背图案，不时甩甩尾巴，津津有味地嚼着树叶，面对我们的镜头，它们表情懵懂稚气。成群的水牛只顾低头吃草，雄鹿们闲得无聊了，角对着角，比试力量。草地的远方走来一头乳白色的犀牛，身材庞大，令人惊叹，它旁若无人地一路吃草，丝毫不在意路边游人频频的闪光灯。在一棵大树下，还卧着一头雄狮，半睡半醒地眯着眼睛。不远处，正有几个工人在修路，我们的车子经过时，他们问道："那头狮子醒了吗？"导游提醒他们要格外小心，工人们却笑谈道："不要紧，让它再睡一会儿吧，等它睡好，我们也收工了。"

绕着湖行驶，不一会儿到了对岸，那里有数以千计的火烈鸟，通体粉红，在湖上静静地栖息，衬着青山和明镜般的湖水，汇成一道明丽风景。不同于先前活泼好动的白鸟，火烈鸟是那样娴静，望着它们，我心中也平和淡泊，仿佛时间就要停滞。纳库鲁湖的清晨，如一个梦幻，和动物们一起，慢慢享受时光。

午后，我们的车返回内罗毕，在高速路上，忽然有几只斑马拦路穿行，一个急刹车，只见它们欢快地奔跑到对面草丛里，黑白相间的条纹屁股对着我，扭过头来，俏皮地摇着尾巴。我不禁冲它们挥挥手："再见了，小斑马，你们真可爱！"在童话般的心情中，继续上路。

2011年7月

可爱的小斑马

158

第三篇 3　思绪缠绵

那年夏天，我身着淡蓝色裙子，和好友美树去伊豆，开始了唯美的心灵之旅。旅居京都四个月，经历了夏末秋冬。依依青山，幽幽古刹，艺伎姑娘轻吟浅唱，三味线音余韵绕梁。感悟花道、香道、歌舞伎和能乐，探访竹久梦二的故乡，寻找川端康成笔下的雪国，思绪如《源氏物语》中散淡的和歌，从风情万种的京都，走入阡陌恬淡的乡野……

漫步哲学之道

　　初到京都的早晨，伴着晴朗阳光，我乘车至银阁寺道，沿着上坡路，进入了哲学之道。它毗邻京都大学，从前常有学者在此漫步思索，故而得此名。

　　三年前的炎夏，我和友人游京都，曾经路过这里，被其葱茏之景所吸引，然而，我们还是像诸多初游者一样，把有限的时间留给了银阁寺。哲学之道，就像是古都中的隐士，唯有同样在此安然久居之人，才会与它有真正的心灵交汇。

　　这里有一条由琵琶湖疏导而形成的溪水，听着水声，我心中倍感清凉。岸边的小径铺满石子，树木参差地伸展，几株柳树垂下绿绿的枝条。还有不知名的小花，姹紫嫣红，尽情绽放，好似要留住夏日的时光。阳光时而灿烂直射，时而透过树叶，撒下斑驳的光点，将石子路映得如夜晚的星空。偶尔听到鸭子叫声，侧身看去，有那么几只不紧不慢地游过，在粼粼水面上划出曼妙的纹路。

　　路边有几家西式咖啡屋，时间还早，尚未营业，一只小鸟飞来，落在露天餐桌上，叽叽喳喳地唱个不停。见这情景，我心中怦然而动，想想昔日哲人们来此，远离俗世纷扰，坐上一坐，聊上一聊，听着潺潺水声，看着落英纷飞，世间万象一瞬间豁然开朗。如今，我也是京都大学学者中的一员，依传统也应常来此，说不定某一天悟到了什么，与那些深邃的思想有些许的共鸣。

　　我这样美美憧憬着，眼前的花草仿佛也绽露出笑颜。小路每走过一段，就有一座小桥，桥的对岸有为数不多的民居，一位老人家在房前修剪花木，慢悠悠的，乐在其中。不远处，又出现了寺庙，门虚掩着，墙角里两只黑白相间的小猫懒懒地躺着，看到我经过，耸了耸耳朵，然后继续闭目养神。迎面来了游客，手中拿着旅行书，遇到

哲学之道一景

　　我，相视而笑，在如此幽深宁静的世外桃源，相逢真有种别样的默契。

　　哲学之路共蜿蜒两公里，走到近半途时，民居不见了，路的一侧山势起伏，"法然院"的路标出现了。沿着山坡向上走，密密丛丛的树木将天完全遮住，带来一阵凉意，仿佛置身于空茫无我之境。寺门静静敞开着，门前一位老人正在扫地，听见脚步声，稍稍停下，又从容地扫着。走进寺中，更是古木丛生，满目阴凉。一方小小的池塘上山泉流淌，走近细看，鱼儿在水中游来游去，一瞬间，它们在幽暗中寻到了一丝阳光亮点，呼啦啦地，全都拥去。树丛间有两座上了年代的木屋，门前长满幽幽青苔，正所谓"苔痕上阶绿，草色入帘青"，古今中外，文

人墨客对美的探索原来如此相通。

法然院之静美，是与谷崎润一郎的名字连在一起的，这位将日本美学发挥到极致的作家，生前是哲学之路的常客，死后又安息于此。放眼望去，似乎再也找不到比这里更适合灵魂栖息的地方了。伴着东山的暮鼓晨钟，年年岁岁，春花秋月，继续着文学清梦。

从法然院另一侧下山，又回到了哲学之路，再向南行，溪水流向了幽谷深处。我拐入民巷中，顺着路标折上几个弯，就到了永观堂。这里的庭院开阔明朗，佛堂建筑庞然耸立，令方才还沉睡于玄幽禅意中的我，一下子如梦初醒。赤足走在凉凉的木板地上，不时看看内室的屏风画，有精雕细刻的花木鸟兽，还有众神仙腾云驾雾、畅游于山水间的胜景。一对母女从我身边走过，身着颜色暗淡的和服，母亲在观音像前默拜良久，女儿在一旁等候，许完心愿，二人轻言轻语，娴静的背影经由一扇褐色的木窗，消失在回廊尽头。

庭院里有一小片水潭，上面漂着浮萍，可以想象莲花盛开，娇艳欲滴的样子。本堂之外还有一片池塘，小桥弯弯，岛上几只鸭子正弯着脖子梳理羽毛。我观赏着晴日下的怡人风景，忽而从远处传来音乐声，寻声而望，原来永观堂之外是个幼儿园，正值课间活动，孩子们竞相追跑，好不欢闹。

离开永观堂，心中满是喜悦，继而前行，不多时便到了哲学之路尽头的南禅寺。南禅寺有一道厚重古老的木门，我去的时候正有人坐在门槛上，凝望着远山。那情景很像电影《初雪之恋》中的镜头，苍老的山门之下，隔着淅淅沥沥的雨帘，即便不言不语，也能感到心灵的慰藉。南禅寺是极适合谈情说爱的，看看周围，有不少青年男女，或携手散步，或点上一炷香，许下长长的心愿。在这里，我还碰上了一家电视台录制节目，女主持人手持话筒，站在林荫路上，工作人员分头忙碌，观众们好奇围观。如此，南禅寺真可谓雅俗共赏，既适合一人沉思，也不拒绝世俗的美意。

南禅寺外有几家豆腐料理店，据说是这里的特色，只是价格不菲，令初来乍到的我望而却步。不过，食欲也就此激发出来，遂走入超市寻找食物。突然，我的目光落在一只小巧的木碗上。碗的外围漆黑，绘有一枝梅花，内侧则全然朱红，除此，并无旁的装饰。不知怎的，想起了谷崎润一郎所写的《阴翳礼赞》，说到日式风格，大到房屋建筑，小至日用餐具，都喜欢黑漆，因那黑色好似明丽色彩的阴影，暗淡神秘，给人无限的立体幻觉。想到这里，我兴致顿增。用这只碗，盛上热腾腾的味增汤，或是小葱拌豆腐，于香浓美味中，也能品出一番雅致吧。

2011年9月

南禅寺山门外

秋是傍晚时分好

京都之东，从银阁寺经由哲学之道、南禅寺、知恩院，再到清水寺一带，最是钟灵毓秀之地。三年前，我曾去过银阁寺，适逢庙宇维修，未能尽兴。如今在秋高气爽的午后，弥补了这一遗憾。

走进银阁寺，迎面巨石耸立，下方铺着白沙，我心中念道，又是一座枯山水庭！我从前并不知晓枯山水，可自从游览了龙安寺的石庭之后，一下子来了兴趣，觉得那流沙竟比自然之水更加活灵活现。

和龙安寺石庭不同，银阁寺的沙石没有细腻的涟漪，而是顺着一个方向齐整地延伸，仿佛是溪水流淌，又似江河奔流，不舍昼夜。有人坐在一旁的石台上凝望，"江"之彼岸，松树掩映中，一座寺庙泛着木材最质朴的暗色，不着雕饰，配上清一色的沙石，很有禅意。

庭院的路曲折往复，时而经过石桥，时而湖水映着树木。在一方山石上有涓涓细流，名曰"洗月泉"，顾名思义，夜晚时分，皎洁之月照在深潭之上，泉水流过，溅起片片水花，月影打破了先前的宁静，漾起波纹，月光如洗，透着曼妙诗意。再向前继续散步，竹林幽静，小路迂回，绕行一圈，有一座茶室供人们小憩。

离开银阁寺，游兴正浓，渐近黄昏，何不就此去大文字山一游？于是，我沿着路标，向一条小路深处走去，绕过几道弯，找到了登山入口。大文字山是连绵东山中的一座，山顶上写有一个"大"字，每逢夏日五山送火节，人们在那里燃起熊熊火光，以此祭奠祖先亡灵。其实，它不过是一座普通之山，没有古迹，也少有人烟。正因此，偶遇同行者，都会打个招呼。

银阁寺

山间树林茂密，乌鸦飞起飞落，明明近在眼前，叫声却又遥远。森林远方不知何处有人在吹黑管，旋律悠远，撩起我的乡思。沿途溪水淙淙，山回路转，水声缓急相间，时强时弱。走过不多时，转向台阶路，流水在身后渐行渐远，直至全然无声。

我继续迈着步子，腿开始发酸，身上也汗流浃背，忽而听得背后节奏规律的呼吸声，回看时，一个身穿短衣短裤的青年正在小跑，他快速说了声"你好"，没等我回答，便矫健地跑到更高处。望着他的背影，我心生羡慕。气喘吁吁地走完一段艰难的台阶路，又是土坡，几个女学生手拉着手正在下坡，一路哼着歌，满脸春风洋溢。

经过坡路的缓冲，又迎来一段陡峭台阶，树木似比先前稀疏了，透过树林，我看到一抹斜阳。树枝的影子在地上随意地交织，阳光似乎就在我身边，虽然触不到，心中却回荡着暖意。此番风景，在旁处并不难找，只是少有古都之闲情。

正在思索中，又听得均匀的呼吸，抬头一看，先前的运动青年已经从山顶返回了，看着他精力充沛的样子，说不定很快再跑个来回。我鼓足力气，坚持住，终于，走完最后几个台阶，眼前豁然开朗。

观景台上坐着几人，都出神地望着远方，我也坐到台上，脚悬在半空，浑身热气蒸腾。秋风拂过，无比舒畅，京都尽收眼底。太阳紧贴着远山，西边建筑的屋顶折射着阳光，亮晃晃的，如同河流泛着波光，古都就在群山环绕之中。近处是京都大学，远处隐约可见鸭川和御所，夕阳无限好。

不知过了多久，天气凉了，我决定趁天黑前返回。下山之路比上山容易得多，脚步也加快了，不多时，就回到了先前的林间小路，突然一只乌鸦飞起，扑棱棱地从眼前经过，继而群鸦依次而飞，在林间追逐，所经之处，树枝晃动，落叶纷纷。溪水声开始清晰，乌鸦的叫声更加此起彼伏，还有不知名的小虫，在草丛里叽叽咕咕地唱着。

山路愈来愈暗，白昼与黑夜似乎仅一线而隔，雨后空山，正应了中国古人对秋之感怀。除却万物生灵，还有钟声在山谷间隐隐萦绕。我想起儿时看《聪明的一休》，有一首童谣唱道，"钟声当当响，乌鸦嘎嘎叫"，通俗之词，却是秋之写照。还有

《枕草子》的开篇：秋天是傍晚时分最好，夕阳映照在山间，乌鸦点点，匆匆归巢，大雁成群，比翼而飞，等到夜幕降临，晚风和着虫鸣，听起来格外心旷神怡。

作者清少纳言是和紫式部同时期的另一奇女子，她笔下的琐记文笔清丽，饶有趣味，适合静夜里慢慢品读。至于她写下这段秋词时，是在庭院深处，或是登楼远望，还是身居古都的某座青山，我就不得而知了。

2011年10月

石山寺，紫式部构思《源氏物语》的地方

宇治十帖

随着主人公光源氏的云隐，《源氏物语》的舞台从京都转移到宇治，在这世外田园般的小城，光源氏后人中的两位青年才俊，邂逅了宇治亲王的女儿，继续上演着欲仙欲幻的爱恋。小说后十章又称作《宇治十帖》，虽然悲情依旧，文笔则一洗铅华，不着雕饰。

宇治距离京都不过半小时的车程，小城很低调，观光设施却很精致，小说中的每一章节都经后人考证，在相应地点立了石碑。与文学相关的市民活动很特别，这一次，我便加入了"宇治十帖主题行"的行列。

一出火车站，就有工作人员分发精美册子，依照路程的长短，有五公里的基础路线，涵盖十处歌碑，还有十二公里长的健行版本。每经一处，都要在册子上盖章，终点站设在宇治川的江心岛。看到如此精心规划，我激动不已，兴致勃勃地上路了。

才走出几步，第一站"东屋"帖到了，人们井然有序地排队盖章。一个小朋友拿着全家好几份手册，小手紧握图章，摆弄几次后，确认端正无误，使出浑身力量，那一丝不苟的样子真让人忍俊不禁。想到他们小小年纪就接触古典文学，又是寓教于乐的方式，真是幸福。于是乎，不得不佩服日本人的教育，在推行现代化的同时，又重视传统，尤其是京都一带，市民节庆、神庙祭典、戏剧演出、学馆道场层出不断，古老的文明一代代传承。

走在成群结队的同行人中，不看地图也不会迷路。宇治的街道布局简单，和京都比起来略有乡土气息，房子店铺看上去十分简约。倒是有几处名字耐人寻味，如"紫式乡"、"浮舟亭"，抒发着人们对文学的钟爱。路途中，还有几间茶室，让行人尽情品尝。阳光和暖，一缕茶香在齿间萦绕，继而沁入心脾，于是乎，行路格外享受。

转至一条小巷，来往行人渐多，话音连成一片。住户的窗户虚掩着，有人向外探头，那样子，似乎深巷中从未有过如此多的不速之客。院子里柿子挂在枝头，看着人垂涎欲滴。一个缓坡上去，出现了分岔路口，我沿着基础路线继续前行，再看看周围，不少人都加入了健步一族，拐向另一侧。

小路到了尽头，"浮舟"碑安然而立，它的旁边是三室户寺。浮舟是《源氏物语》中最后登场的女子，由于对她美丽名字的偏爱，我决定去寺中一看。

一片树林的深处有红色的拱桥，万绿丛中一点红，分外妖娆。想到浮舟姑娘娇美羞涩，脸上常泛着微微红晕，如此弱不禁风，怎能承受两位男子的如火热忱？一个风雨交加的夜晚，她万念俱灰，向宇治川深处走去，后来她被女尼救起，索性皈依了佛门，任恋人跋山涉水，苦苦相求，终究避而不见。

三室户寺的庭院里种有奇花异草，到了春天紫阳花争相斗艳，夏季还有荷花映日，想着那美艳动人的场景，我几乎确信浮舟在此出家。可是寺院又颇具规模，除却本殿钟楼，还有五重塔高高耸立，石庭和水潭相映成趣，不似寻常女流出入。这一想，我又觉得故事的最后，主人公们也许都看破红尘，归隐至此。俗世里无缘厮守，尘世之外，还有一方广阔净土，心意相通，似故知又似初识。

求签处有人请高僧书写经文，写完后恭恭敬敬地捧着，在阳光下晒干，寺前燃着香烛，几个女孩正在敲钟许愿。不知名的小花盛开着，金黄色，淡紫色，蝴蝶翩翩飞来，落在花瓣上，良久，分不出孰为花，孰为蝶。

顺着台阶来到水池处，听闻流水清音，再向枫林尽头望去，竟寻不到先前看到的红桥，我不禁心中诧异，莫不是昨夜辗转未眠，今日恍惚错觉？还是那桥根本就是幻象，说有却无，亦真亦假，就像《宇治十帖》中的爱情，痴男怨女们经过那座浮梦桥，游离到灵魂的彼岸，忘却了前生。

三室户寺的奇遇在我心头始终萦绕，离开暗暗的花香，我又汇入大队人马中。走

在蜿蜒的树林小径上，时光仿佛幽暗下来，继而柳暗花明，源氏物语纪念馆出现了，透过明亮的玻璃，可见园中金灿灿的菊花。

馆内现代化的灯效用在人物雕塑上，模拟出一个绚烂而凄美的平安时代。从衣着发饰到熏香，介绍细致入微。一面荧幕上，循环播放着小说创作的始末。在清音雅乐中，我听到一个声音深情道：《源氏物语》的一切都源自"爱"。

由爱开始，以爱而终，看似浮云流水，却沉重不堪。我回想着故事中的绝代佳人们，因爱之执着，爱之深切，或如六条妃子，饱受心魔纠缠；或如藤壶，斩断尘缘，化为佛前一盏青灯；还有最令我心痛的紫姬，芳华终如落花去也。尘世中的种种，全

宇治川上的红桥

因爱而难以割舍。

告别了源氏物语纪念馆，好似在悠长时光中又一次睡过。沿着小路继续漫步，到了宇治神社前，有几个小女孩身着和服，脸蛋绯红，胳膊俏皮地晃悠，走路时好似蹁跹飞舞的蝴蝶，原来是在为"三五七谒"拍照。在日本，小孩在三岁、五岁和七岁时要举行隆重仪式，成人礼和婚丧嫁娶也离不开神社，说是宗教，不如说约定俗成，久之，成了文化。

走过一多半的路，我手中的册子渐渐被纪念章印满，从小街来到宇治桥畔，河面开阔，水流顺势而下，经过石子滩，溅起千层白浪，江中有座小岛，岛的一方河水宁静，有木船泊岸，另一方则水势迅猛，湍急怒吼。

相传川岸住着一位桥姬，是宇治的守护神。我想，桥姬定是位情感丰富的美人，看那波动起伏的河水，就好像热恋女子特有的猜测、嫉妒、欢愉、痛苦。过了宇治桥，车来车往，商业气氛渐浓。唯有桥头的女作家紫式部雕像，擎着一尺书卷，眉头微蹙，背靠着滔滔江水，夜以继日。

这大半天的行路，眼看就要进入尾声了，找到了最后一站"宿木"帖后，我向着江中岛兴冲冲地迈进。胜利在望，眼前的风景更加明丽，一座橘色的小桥跨在江中，桥下木舟点点，茶楼临水而望。这江中岛多像是故事中俊男美女们幽会的地方，想想清朗月色下，与心爱之人紧紧依偎，深情相视，耳畔流水声动，树影婆娑，美貌如桥姬，也会羡慕人间的春宵一刻。

到了终点站，将手册交于工作人员验收，然后是抽奖，我得到一张明信片，上面是女子的侧影，秀发长长，淡淡的写意，是浮舟、桥姬，抑或是紫式部？不知何时，岛上传来了萨克斯风。望着近水远山，我忽而想，再过一个月，就要从京都搬到宇治近郊了。冥冥中，我的足迹竟和《源氏物语》相连！那美丽的故事，就像是生生世世的恋人，任我走过万水千山，也走不出那份爱恋。

2011年10月

初雪

一场零星小雪后，阳光洒在幽长的哲学之道上。水渠里落叶飘零，周遭寂静，没有夏末造访时的啾啾鸟鸣，偶尔碰上一对情侣，牵着手从台阶高处走下。

法然院的门口有座山坡，上有墓园，据说这就是谷崎润一郎的安息之处。我漫步而上，满园参差林立的石塔，分外肃穆。四下里静悄悄的，恰如作家所向往的"空""寂"之意境。

不一会儿，传来了脚步声，望去，是一位西方男子，见到我，他迎面走过来，问了一连串的日语，看我不应，又用英文道："你是中国人？"

我点点头。原来他在找一位日本哲人的墓碑："你知道吗，碑上还写着歌德的诗。"

我茫然地摇摇头，望着他淡色的头发，略带苍老的眼窝。他来自奥地利，是位作家，旅居日本快两年了。

"作家？"话音未落，已然触动了我心，不禁问道："在构思东方的故事？"

"是啊，东方的文化很神秘，我之前住过韩国，现在是日本，以后说不定还会去中国。"

他熟悉哲学之道，也去过大文字山，问我常去何处，我想了想，道："我才刚刚来此。"

"京都的冬天不算冷，雪很快就会融化，在我的家乡萨尔兹堡，早已是冰天雪地。"他说。

"萨尔兹堡？"我重复着那童话般的名字。

吉田山上隐秘的咖啡馆

"怎么，你知道吗？"

"当然，莫扎特的故乡。"我说。

他的眼中泛着惊喜："对，还有《音乐之声》。"

就这样，在文人的碑前说上几句话，不知何时，天空又飘起了雪，轻盈洁白，宛若柳絮，落在我的袖间，随即化为乌有。我正要告别，却被他叫住，问可否一起就餐。

我微微一笑，婉言谢绝了。人生，何处不相逢，可这墓园里的对话，隔了生死，浸了细雪，虚幻，寒冷，让我略感不安。若是来日，在阳光明媚处不期而遇，便是真的缘分。

怀着一颗恬淡之心，我再度走入法然院，池塘寂静依旧，只是多了几分萧瑟，银杏落叶躺在青苔地上，任往昔芳华，如今皆已凋零。回望寺门，茅草屋顶在树林掩映中，幽暗，沉寂。

回到哲学之道，几座咖啡屋亮着灯，河岸在小雪中添了几分寒意，一簇山茶花孤零零地开放。到了银阁寺道，便是小路尽头，而我的雅兴才刚刚开始。想起京都大学旁有一座吉田山，不如就此去踏雪寻去。

吉田山的入口处，耸立着红色的神社鸟居，沿着木桩垒起的台阶，一步步前行。树林杂乱，落叶遍野，到了山顶，雾色蒙蒙中可见对面的大文字山。想想秋日的黄昏，我曾在那里遥望此处，如果时光可以穿梭，灵魂可以分身，便有两个我隔山相望，在风中寄语。

一条小径，通向吉田神社，红色的鸟居在莹莹雪花中格外艳丽。神社旁还有一座木屋，半身藏在林中，只露出房顶的飞檐，我好奇地绕了一圈，走上前去。一面蓝色的布帘上写着"茂庵"二字，原来是咖啡屋。隐居在山间丛林里，真是脱俗。

走得有些倦了，遂到室内休息。音乐声在耳畔萦绕，我临窗而座，望着外面依旧飘飞的雪花，林间空蒙，远山模糊一片。有人从小道上经过，肩上挑着担子，在为几天后的神社祭典做准备。

一份简易的西式午餐，味道虽无特色，我却分外享受。又过了不多时，天晴了，远山渐露出娇媚容颜，我依旧喝着淡淡的水，心中再一次散步。

2011年12月

在日本过新年

一

除夕之夜，京都人几乎全涌向了四条街头，八坂神社前水泄不通。交警手持着喇叭维持秩序，车辆限行，人行道也规定好路线，拦上绳子。神社两边的商家乐开了花，煮豆腐汤的，烧章鱼丸的，新年将至，都盼着财源滚滚。

跟着人群进了神社，大白灯笼一串串地高悬，上面的老字号酒家名字格外耀眼。参拜的人排着队，耐心等候。从明日开始，这一盛景将持续数日，日本人称之为初诣，即便平时再无暇造访神社的人，也会赶着大早，祈求一年的幸福安康。几处火笼噼里啪啦地烧着，不时有工作人员往里加柴。人们手持长绳，将绳子点着，据说将火种带回家烧年夜饭，来年会大吉大利。

从八坂神社的侧门出来，就是圆山公园，黑灯瞎火的，人们纷纷打着手电筒，我跟在其中，一直走到了知恩院道。

知恩院是京都除夕撞钟最出名的地方，每年此刻，都会聚众数以万计。撞钟从晚上十点五十分正式开始，一共一百零八响，直至子夜结束。我提前一个小时到了门口，谁知前方早已是人头攒动，一眼望不到边。

从山门上台阶，继而转至本堂，原本两分钟的路程，硬是磨蹭了半个小时。人群在本殿停住了，寒风里你一言我一语，白雾从口中阵阵呵出。雾气挡住了月光，忽而有一艘飞艇亮相，蓝白相间的背景上画着卡通形象史努比，从古老寺庙前飞过时，带来青春气息。

知恩院的除夕撞钟仪式

　　不知等候了多久，我浑身僵直，双脚不停地左晃右晃，终于"当当"几下，听见了木鱼声，人群动起来，不约而同举起相机。从一棵高大的松树后，慢慢地来了一列和尚，"咦——啊——"整齐地诵着。随着诵经声远去，"咚"地一声传来了钟响，人们欢呼起来。那声音是极为震撼的，一声下去，余音阵阵，似乎脚下的石板路也跟着颤动。

　　队伍缓慢地挪动了，绕过广场，再上一段台阶，每隔一分钟传来一声钟响。我在人群中踱着步子，如此合家欢聚之时，独自在外是极易伤感的。想想在京都生活了三个月了，这一刻，百感交集，心中不停地默数，时光啊，快快流逝吧。

　　就这样，一步一步，移到了钟楼前。那钟颜色暗青，体态硕大，十来条粗绳拴在一根粗大的木头上，十几个僧人站成一排，各执一处，向后拉悬着，正前方的人控制方向。木桩一来一回地晃动，有人喊了声号子，众僧齐应，撒开绳子，撞击的瞬间震

176

彻夜空。人们争相拥上前拍照，然后按照规定，逗留五分钟后，从另一侧下山。

见识过这独特的撞钟，年也算过得圆满了，说来也怪，刚刚离开几步，钟声传来，顿时觉得空茫。我想起东山魁夷在《古都礼赞》中所写，在圆山公园隔着围墙听知恩院除夕钟的情形，便是这般，越遥远，越有宗教意味。

我再度穿过圆山公园，回到了四条街头，满眼依旧是密不透风的人群，醉醺醺的年轻人勾肩搭背，胡乱唱着歌。还有老人拄着拐杖，在家人陪同下颤颤巍巍地前行。林林总总，我竟不知京都的除夕夜原来这般欢闹。走入祇园的深处，在一家小旅馆下榻，榻榻米席地微凉，在这辞旧迎新之际，古都依旧风情万千。

二

翌日早晨，八坂神社迎来了浩浩荡荡的初谒大军，欢闹了一整夜的男女老少，居然神奇般地早早起身，女人们于鲜艳的和服之外裹着披风，戴着围巾，踏着小碎步。祈祷良缘与美貌的神坛前排着长队，还有老年夫妇手牵着手，并肩鞠躬。

从八坂神社到圆山公园，一路上商铺林立，卖脸谱玩具、烧烤、炸薯条、甘酒的，和儿时在北京逛庙会一样热闹。我走走停停，一会儿工夫就吃得半饱，然后坐在石凳上，在抹茶冰淇淋中品味甘甜的时光。昨夜的史努比飞艇还悬在空中，载着人们的欢声笑语。

离开古都街巷，乘上一辆火车去伏见稻荷神社。这里的初谒情景更为夸张，几百米远就已经人山人海。稻荷神是狐狸神，专门保佑财富，因此备受人们青睐，每逢新年，它和东京的明治神宫同为全日本人气最旺的地方。

沿途小贩吵吵嚷嚷地叫卖，人群不断嬉笑，小孩满足地舐着棒棒糖，青年人拿着羽毛箭，准备射向新年的目标。进了神社门，更是摩肩接踵，在交警的指挥下，队伍分为两侧。

本殿前的舞台上堆满了各地商铺供奉的酒瓶子，还有黑黝黝的酱油瓶，狐狸神立于高处，口里衔着金瓜，用狡黠的目光睥睨着芸芸众生，似乎在说："今天是姑奶奶的好日子，快将好吃好喝的供上，伺候高兴了，保尔等心想事成。"想想八坂神社的姻缘殿，多少带些浪漫情调，可这稻荷大社是全然的大红色柱子，披金戴银。参拜的人一心念着生意兴隆，财源广进，说到底，信仰还是入世的好。

等候了许久，我终于踏上了台阶，只见前方乌压压的人群排成若干列，使劲摇着铃铛，丁零当啷的，一刻也不停，越靠近就越听得头晕脑胀，再回头看看不见边际的队伍，成就感顿生。

伏见稻荷神社的初谒人群

我被后面的人簇拥着，到了最前方，手持铃绳，刚摇了几下，就有另一双手快速接过去。投了硬币，用力击掌许愿。曾问过学校里几个日本人，似乎并不清楚到底

178

应先投币还是先摇铃，鞠躬的顺序次数也众说纷纭。有时候一个神社里供奉着众多神灵，参拜的人也分不清是何方神圣，一股脑全都拜了。这便是神道教随意又有趣的地方，人们所盼的，不外乎健康财富之类最现实的事情。

本殿的旁边有一座乐奏台，有人慷慨出资，坐在一侧观舞。两位巫女在鼓乐声中慢慢起舞，不时摇着手中的铜铃，片刻之后，与观者互相鞠躬，播洒祝福。工作人员在一旁举着牌子，写着"神乐进行中，不可摄影"的字样，如此，让仪式更为神圣。

再向后走，便是电影《艺伎回忆录》中出现过的千本鸟居了，穿梭于一座座红色木门中，心情无比愉悦，那些门耗费巨资，也是捐赠者地位的象征。走到稻荷山的入口处，看着地图，我做了个不大不小的决定，上山去！虽说有四公里的路程，不时上下台阶，我又背着包，脚步却格外轻快。

稻荷山被视为神灵居所，周围森林密布，平日山间寂静，偶有小动物出没，今日则异常热闹。红色的鸟居断断续续，一直通向山顶，沿途小神社间或出现，神像的脖子上系着红围巾。到了高处，能望见京都市区，人们走累了，坐在石头上歇息。

下山之路，我从另一侧绕行，又走过不计其数的鸟居，忽而听到断断续续的木屐声。原来是一位小姑娘身着和服，拉着母亲的手，一步步艰难地走着。看着眼前的场景，我想起了竹久梦二所绘的《稻荷山》，同样鲜艳的色彩，只是画中人面露清愁，而这小姑娘目光灵巧，俊俏的脸蛋白里透红。

在山间走了近两个小时，回到神社本殿，参拜的人群依旧，摇铃声聒噪一片。抬眼望去，不知何时，那只史努比飞船竟追到了头顶，从红色大门的正上方飘过。我来到小摊铺前，吃着滚烫的章鱼丸和卷饼，不多时，肚里填满了淀粉。新年伊始，明确了许多心愿，真有道不尽的满足。

2012年1月

夜京都

京都的白昼清静雅然，给人禅之冥想，而夜幕降临后，它又万般妖娆，迷惑人心。

从前观看《艺伎回忆录》，很向往繁华深处的尘世风情，于是到了京都，清水道并祇园花街一带，成了我常去之地。黄昏一过，清水寺沐着最后一缕夕阳，廊柱间散发着柔和的玫瑰色，石板路上行人渐少，店家的门陆陆续续关闭，只剩几盏灯若即若离地闪烁。那种时候，会恍惚觉得天地之间，只剩下我一个多情之人，穿越了遥远的时空，听着自己的脚步声不断回响。

到了八坂神社，依然人烟寥寥，红色的奉纳灯闪着微弱的光，忽然一声铃响，划破夜的宁静，循声走去，一位身穿和服的姑娘，正在虔诚祈祷。姑娘似在想念什么人，黑夜中，我看不清她的容貌，心却随着她轻盈的脚步，在古都的小路上默默穿行，然后于一个转弯处，永远地与她别离。

彼时再看，祇园的灯已经点亮，天上人间，一片烂漫。花见小路上人来人往，町家老店里灯火迷幻，透过木格子窗，想象着一场场醉生梦死的欢宴。再向前走，过了白川便是先斗町，这里是艺伎姑娘出没之地，可是她们行踪诡秘，只进出于格调高贵的老店，像我这样的寻常人，任痴痴等候，望穿秋水，终究无缘相见。

虽如此，我依旧心有所思，徘徊在小巷里，读着老店门牌上秀气的名字，期待有那么一瞬，从某个幽暗的深处，传来木屐声。回望时，一位身材袅娜的艺伎姑娘正踱着碎步，低头娉婷而来。她与我擦肩，微微侧身，不经意中眼神交汇，她好像是受了惊吓的小鹿，仓皇失措地快走上几步，留下一缕幽香，伴着若有若无的三弦琴音，在夜的小巷里弥散……

深秋的京都红叶遍野，引来远近无数观光客，日本人称之为"红叶狩"。将观赏自然风景，比喻为狩猎，是多么悲情决绝之美。夜晚赏枫叶，又是其中别有情趣的传统。清水寺的半山舞台，到了十一月的晚上最是人满为患，一簇簇一丛丛的红枫，在夜灯照耀下，好似生命绚烂地绽放，偶有孤零零的一枝，立于山坡高处，在风中瑟瑟抖动，更是楚楚动人。

皎洁之月光，铺洒在古刹之上，人们驻足留恋，总忍不住啧啧称赞。那时候，我不禁想，这风雅习俗，或许在千年之前就有了，那时的贵族男女，乘着香车名马，享着人间赏心乐事，更有多情之人，将心思写在红叶之上，寄于深闺之处的佳人，一来一往，情意绵绵。

趁着红叶季之繁盛，许多平日里难得一见的寺院也在夜间开放，比如东福寺旁的小院子，可以一边欣赏园景，一边品尝抹茶。石灯笼映着院墙一片斑驳，观者心中恬静，口中亦留有清香。再如清水寺成就院的月庭，其间山石错落，树影婆娑，坐在席间听了许久的解说，人们纷纷站起离席，小小的庭院前独剩下我一人。万籁俱寂之下，回望一轮圆月，久之，脚下生了寒意，那情形仿佛古代侍女，卷下层层竹帘，吟一首伤春悲秋之诗，无限感怀。

当然，夜赏红叶最特别的还是睿山电铁的沿线，那时我与好友美树坐在临窗处，列车进了山，忽而车灯熄灭，窗外树丛中燃起幽暗之光，照着树叶一片森然。下车后，步行在水岸，流水哗哗作响，与星星点点的灯笼交相辉映，从温泉客栈里隐约传来几声悠长的吟唱。那风景，真仿佛走入了古老的画卷中。

我们走了许久的路，趁着惺忪夜灯，行至贵船神社。几对小情侣手牵着手，在山间你侬我侬，还有单身姑娘站在水边占卜。昔日和泉式部所书之悲歌，如今吟诵更觉风雅。美树游兴甚佳，笑语无限，然心中依旧是那颗戚戚然平静之日本心，她想着心上之人，越是思念，越是不以言表。那一夜，我们险些错过回程的末班车，美树道：

　　"不急呀，让我们慢慢享受。"

　　冬日来临后，草木凋零，景致萧条，于是聪明的京都人又想到夜游主题，于嵯峨岚山周围布满花灯。古人秉烛夜游，为的是那番寻寻觅觅后的雅趣，而岚山花灯路，同样曲径通幽，多彩多姿。竹林在灯光的映照下，散着幽暗的紫色，野宫神社的灯火闪烁不定，仿佛神灵在丛林里游离出没，渡月桥畔，看不清山景，只有隐隐约约的黑色轮廓，淹没在同样墨色的夜空中。

灯下的红叶

　　过了桥，人烟稀少，沿山路走到高处的法轮寺，寺前空地上有传统乐表演，五光十色的灯照在房檐之上，尽显鬼魅之态。日本文化中的鬼，既美艳，又暴戾，善恶往往在一瞬之间，让人又怜又畏。一曲结束，空寂一片，黑暗中不知何人又吹响了一声尺八，凄凄惨惨，似女子之幽怨，似鬼魂之嚎哭，弥漫在夜空中，透着无尽的悲凉。我心一下子被俘获，无尽的哀愁从中生，任历经人世悲喜，终藏着那多愁善感之魂。

　　京都之夜，大抵没有都市浮华后的寂寞，即便是在最为现代化的四条河源町一带，依然可寻古意，漫步鸭川之畔，听上几首小曲，醉里不知身是客。岁末热闹的歌舞伎颜见世一过，转眼间除夕将至，忙碌了一年的京都人，纷纷赶赴八坂神社，伴着熊熊燃烧的火光祈愿。钟声响起时，我也随着浩浩荡荡的人群拥进知恩院，再沿圆山公园下山，一路行至祇园深处。灯火阑珊，醉意朦胧，心中不禁掠过一阵子的欢喜，那感觉，真是彻头彻尾做了回京都人。

2014年3月

岚山野宫神社

山之彼端，美丽的伊豆

"那年我二十岁，头戴高等学校的学生帽，身穿藏青色碎白花纹的上衣……独自旅行到伊豆来，有一个期望催我匆忙赶路。"川端康成的小说是这样开篇的，随之，一个温婉宜人的伊豆乡野，在唯美的文字中慢慢展开。

这一天的我，身着蓝色裙子，揣着那本《伊豆的舞女》，和好友美树驱车离开喧嚣的横滨湾，也开始了奇妙的伊豆半岛之行。

由于是周末，伊豆离东京最近，便是城里人钟爱的避暑好去所。沿途车辆穿梭，田野风光秀丽。我和美树聊着天，在轻快的音乐声中，来到了伊豆北面的修善寺。

这里清静、幽寂，有日本最古老的温泉。说到温泉，是除却山林之外，伊豆半岛最明朗的容颜了。川端康成曾在他的散文中赞美道，伊豆的山代表着男性刚毅之美，温泉则使人联想到女子的温淑，丰足。

修善寺的小街上有免费足汤，供旅人享用，停下车，我们迫不及待地奔去。池边稀稀朗朗几个人，脱下鞋，脚趾刚刚触到水面，便感到了一种巨大的磁力，似乎要将我吸下去。这头一次的温泉体验，即便只是足汤，也足够美妙。坐在圆石上，脚不停地戏水，微风徐徐拂过，惬意的心情难以言表。

足汤之畔，是潺潺溪水，抬眼望去，一座红木桥嵌于青山之间，竹林在风中沙沙作响，如诗如画。我问美树："这里会不会依然有舞女，就像小说中描写的那样？"

"那都是许久之前了。"美树说。

正说着，不知是幻觉，还是真的从竹林深处传来了三弦音，一曲终了，余音缭绕。我不觉寻声望去，想着小说中的情形，一位娉婷女子，似乎就在竹林那一端，姗

伊豆山间，清凉的瀑布

姗步履，浅浅笑靥，举手投足间流露着柔美风情。

我寻思着，琴声断了，只剩下水声，依旧流淌不息。在水边说上一阵子话，双脚泡得红彤彤的，我们这才依依不舍地离开。

天色很快暗下来了，山的气息越来越近，人烟愈发稀少，凭着丰富的驾驶经验，美树带我在山间盘旋，最后在一个寂静小村旁，找到了我们的旅馆。

这是一家别致的日本式客栈，周围是农田。换下鞋，走入厅室，一位老奶奶笑眯眯地鞠躬欢迎。在她的引领下，我们步入房间，一股木头味弥散过来，令我心潮起

修善寺的小溪边，丛林深处隐隐传来三弦音

伏。莫不是许多年前，文人墨客们也在这样的地方下榻？虽然简朴，却有淳朴的乡间情调。

用过餐，又泡了泡宾馆自带的温泉浴，身心彻底放松。喝上一杯橙汁，很快困意上来，我们就在这伊豆山间休息了。古朴的和式木屋，榻榻米席子的香味，舒适的床垫，还有随时能浮现在眼前的山野之景，真令我陶醉。闭上眼，竟久久难以成寐。这样的异国之乡，为何能如此接近臆想中诗的天堂？熟知的与陌生的，山与水，星与月，都那么柔和亲近，任凭思绪无边无际地游荡。

黑暗中，我正想和美树说些什么，她已经入眠了。于是，我依旧独自沉醉着，真是好啊，如此夜晚，不知一生中会有多少？

翌日早上，揉揉惺忪的眼睛，阳光透过格子窗，照在榻榻米席上，有如泛黄的照片。坐起不久，老奶奶的声音在门外响起："温泉水准备好啦。"这一说，我们兴奋极了。清早泡温泉，再配上一顿可口的早餐，真有作神仙的感觉。

看到我满足的样子，老奶奶颇为开心，她指指墙上的照片，道："我们这里来过很多名人呢。"说着，她似想起了什么，走到里屋，用颤颤巍巍的手，拿来纸笔，执意让我写下感言。

一番思索后，我在纸上歪歪扭扭地写道："伊豆真是太美了，我喜欢这里，谢谢！"话语虽不多，却表达出我最深切的旅途感怀。写罢，我问她能否合影留念。老奶奶微笑婉言道："我年岁大了，不适合照相。"她跪在地板上，目送我们。受到如此细微的照顾，我心中甜丝丝的。

离开客栈，驱车南下，走走停停，沿途有太多的风景让人流连忘返。乡间小路上鸟语花香，不时有飞流的瀑布，或是一碧万顷的芥末田，阳光透过树叶，点点滴滴散落下来，于是地上多了一个星空，一个梦境。

渐入天城山时，有了饭庄和休憩场所。天城山常在川端康成的文章中提及，去山那一边，要经过几公里的崎岖小道，再钻一条隧道。我们的车小心翼翼地行进，一路

上，可见人们三两成群，有中年夫妇携手并肩，也有独行的，背着鼓鼓的书包，看起来学生模样，颇似小说的主人公。

过了绿茵茂密的山间小道，一条古老的隧道出现了。

美树说："就是它了，我们走过去感受一下吧。"话音未落，她已经将车稳稳停在了山坡上。走入隧道，顿时一阵寒意袭来，黑暗中，伸手碰碰墙壁，沧桑感不住地涌现。这座隧道年代久远了，就像作家笔下的故事，可是美好之事依然继续着，人们的脚步从未停息。

回到车中，我们穿过隧道，眼前豁然开朗。伊豆半岛人杰地灵，历史上出了许多名人名作，如今天城山下就有一座文学纪念馆。里面展出了川端康成的手稿，一幅《伊豆的舞女》的电影画报里，山口百惠纯美的笑容，让人心生爱怜。小说以第一人称，描述一位学生在伊豆旅行的经历，他与年轻的舞女邂逅，在一段柏拉图式的爱慕之后，又走入了各自的人生轨迹。影片则继承了小说的唯美，也让我对伊豆山野有了无尽向往。

文学馆的不远处是河津瀑布，这里的水被丛林映得一片碧绿，有人在旁边戏水，欢笑声回荡在山谷间。伊豆的山与海紧紧相依，海岸线上，风景浑然交融，好似画中行。

吃过一顿丰盛的海鲜大餐，旅途的味道也越来越甜美。感受这海的故乡，山的诗篇，似乎，我已经到了伊豆半岛的尽头，或是大陆的尽头，这种美妙，神奇，恐怕再也无法超越了……

2008年8月

长野山水画

踏上深夜的巴士北上，心情有些激动，车内黑漆漆的，几度晃醒了我的美梦。到了长野，黎明前夜灯闪亮，寒风袭来，带着几滴小雨，我不由打着寒颤。

街道空空如也，想想此时入住旅馆尚早，公交也未开通，只好冲进火车站的候车室取暖。室内已经有十几人，有的像流浪汉一样东倒西歪躺在椅子上，我亦找了个舒适角落，抱着背包，耷拉着脑袋闭目休息。

不知过了多久，飘来了饭香，一抬头，候车室内的面馆开张了，陆续来了人，耳畔除了阵阵鼾声，又多了"吸溜吸溜"吃面的声音。看到外面天蒙蒙亮，我抖擞精神，整装出发了。

长野有一座善光寺，我曾以为如此出名的寺庙，定建于山间，需艰难攀爬才显诚心，没想到，善光寺却在平地之上，背倚青山。寺院由若干小院落组成，本殿在几重古老木门之后，可谓雄伟庄重。走入其间，更是香火重重，肃穆神圣。

善光寺不属于任何门派，它以包容慈悲之心普度众生，因此访客不远千里而来，有的甚至居住寺中，体验坐禅诵经。我久久凝望着佛堂里微弱的烛火，钟声响起，一声沉寂，继而悠远，似传到了世外。

寺庙之畔是城山公园，那里有东山魁夷美术馆，雨下大了，狂风袭来，将雨伞吹翻，喷泉也被吹散，如水帘洞一样壮观，白色的美术馆在雨中格外清新。据说，画家曾居住在长野，为此间青山秀水绘出许多传世之作。

印象中，东山魁夷的画清淡写意，深得东方美感，他的文章也同样清淡出尘，寥寥数言透着诗意与哲思，与他同期的文豪川端康成也对之大加赞扬。也许，当心境领悟到高处，艺术之间是彼此互通的。

今日的美术展主题是"中国之行"，首先展示眼前的是几幅小型写生，柳树丛中的鼓楼，夜幕沉寂下的故宫角楼，黑白色彩，如同老照片一样，一下子唤起了我的乡思。记着儿时，我常嬉戏于皇城根脚下的胡同，翻越高墙一会闺中好友；后来几个朋友沿着后海骑车，累了坐在岸边，柳絮拂面，唱一曲"长亭外，古道边，芳草碧连天……"。雅兴来了，我还会背着画夹，站在护城河边，故宫角楼在夕阳中散着柔光，如一位迟暮美人。

有了这些怀想，看到东山魁夷的画，遥远又亲近。或许画家作画，也是凭事后的回忆吧。说不定那时的他，已经漂越大海，回到了长野，想念中国的山水，与现在的我一样。

东山魁夷的中国题材作品中还有不少是关于桂林山水的。如"桂林月夜"，画中月色朗朗，群山高耸，暗淡交错，沉醉在万籁俱寂之中；再如"暮色"，还是那山那水，多了白云，在半山间飘泊游离，那感觉像是夕阳西下，山村刚刚欢腾起来，白墙青瓦间升起袅袅炊烟，与云雾追逐。看着看着，我似乎已然闻到了农家饭香。

再看几幅袖珍作品，画面大抵空白，其间孤帆远影，既有中国古诗含义，又得日本版画风情。黄山的画作，多有雅致题目，如雨后、清流、旭日……江南早春，也是垂柳婆娑，水色空蒙，好似游春人醉在湖畔，不经意间，闻到了花香。

美术馆的一处有咖啡厅，墙上绘着东山魁夷的经典之作《静映》，蓝色情调，也许是长野湖边特有的水光树影，美得宁静，又略带哀伤，看的时候我也想沉睡在那湖底，找寻久远的相思。咖啡屋里回放着钢琴小品，窗外大雨倾盆，屋内却别样恬淡。

我在馆中久久徘徊，等到雨势稍小，方才离开，天空还是水阴阴的，远远望去，层峦叠嶂之上笼着厚厚云层，像覆着积雪。长野是日本有名的滑雪胜地，每逢冬季，游客众多，如今当京都尚醉在晚秋红叶缤纷之时，我在这里已然听到了冬天的脚步声。

美术馆咖啡厅的墙上，东山魁夷的绘画

 在观光信息处，我惊喜地得知，长野还有几间美术馆，其中北野和水野美术馆在郊外山水之间。这下子，我真是如获至宝，想要欣赏那风景之画，画之风景。

    从市区到北野美术馆真是一条绝美之路，远山在云中时隐时现，简朴的农庄坐落田间，经过一条河，水流湍急，旁边芦苇丛生，宛若桃源仙境，难怪画家们钟情于此。长野又称为日本的阿尔卑斯山，其实相对于欧洲童话般的城堡，日本的村落别有一种静和之美。

    汽车越来越接近群山了，终于在一条僻静乡间小道前停下。我下了车，拿着地图左顾右盼。良久，走来一位老奶奶，她亲切地指指方向，然后竟牵着我的手，向拐弯处走去。老人家和蔼的笑容像冬日里的阳光，照暖我心深处，沿她所示，一路饱览乡间美景，于一条分岔小道，我找到了北野美术馆。

馆内正在举办名为"冬之辉"的画展，展品分为日本画、书法与洋画。我以为，传统的和式美学中，风景与佳人不可分割，且多借人写景。比如，有一幅清少纳言画像，画中的女作家正坐在竹帘旁，透过稀疏处，隐隐感觉屋外乌云密布，寒雪将至。清少纳言触景伤情，回首不肯观望，所谓冬之意，不着一笔，尽得风流。还有一幅"新雪"中，一位艺伎脸颊绯红，一面举伞，一面轻提着裙裾，看得出，她因雪而心花怒放，却又不得不小心翼翼行走。画的右上方有红梅一枝，花香暗动，也抵不过红颜一笑。

我满怀欣喜地欣赏着绘画，忽然，目光停留在一幅越后歌女图上。画中的众艺伎坐在席间弹唱小曲，神情各异，有的眉飞色舞，笑容满面；有的目光低垂，愁眉不展；还有的打着哈欠，心不在焉；听者也各怀心事，表情不一，背景则是连绵雪山。画的上方还抄了一段诗文，似旅行琐记，又像歌词。这场面让我想起川端康成笔下的《雪国》，在白雪皑皑的越后温泉乡，有许多这样的女子，白天忙碌店铺生意，晚间摇身变作艺伎，陪客歌舞，实在风情万种，引人遐思。不知如今的雪国是否还有此番艳遇？

关于冬天的诗作也有不少，写在绵绸之上，长短不一，有了跳动的美感。我记得有一则短歌提到，"梅花开了，天寒，但春天，即将到来……"那也是与清少纳言的四季和歌同样的散淡意境。还有一句简单的"昨夜窗前风雨急"，表达着秋末冬初的感怀。

除了日本画，北野美术馆中还展出了西方画家的作品。我细细揣度着，洋画是极重视色彩明暗与空间层次的，同样是雪景，北欧的村庄映在斜阳中，连房屋的影子都富有变幻，写实逼真。而日本画则讲求意境，往往不十分遵从透视原理，不画大幅度风景，而画一山一树。即便画了丛丛树林，也一笔带过，侧重点则在几株小草。这或许也是作为日本美景象征的长野高原与瑞士雪山的区别吧。

离开北野美术馆，再乘车到水野美术馆，太阳出来了，白云如粼粼波纹在蓝天之上。水野美术馆展出的是山的主题，所谓仁者乐山，智者乐水，从对山的描绘可见画者心之豁达。

走入最高层，一扇木门自动开启，迎面一幅山水画映在幽暗灯光下宛如幻境，画名为"渡云"，也将我渡入那云深不知之处。再看后面作品，有如望山，远近高低各不同，时而云层缭绕，时而云开雾散，露出真面目。

接下来有几幅横山大观所绘的山水画，如"江山春景"，让人想到富春江的早春，孤帆一点，峡谷绵延；"蓬莱仙境"则浮云滚滚，忽而海上仙山飘来，又如美人出浴，露出细白一隅。他的"朦胧"笔法，将山水之素雅飘逸、宁和淡泊传递出来，以至于我觉得那并非山之本身，而是映在水中的山之倒影。

再到楼下展厅，有一幅名为"静"的画让我久久驻足。画中一面清澈湖水，映着同样清纯之山，与东山魁夷的"静映"意境相似。画中无人，又似是斯人远去，空留追忆。而展览中最妙的还是一幅彩绘，红红的太阳映照天边，其下是淡蓝天空，再下方是黑色山影，房屋沉睡在暮色中。远远望去，色彩构图都与传统日本画中的富士山接近，等到走近时，赫然发现耸立的教堂，竟是佛罗伦萨之夜，我不禁感叹，世间之美，若能参透其一，也可领略其他。

想来长野风光旖旎，我却无法逐一游览，只在画廊间感受片刻的自然之灵。

2011年12月

访雪国

从长野北上，火车奔驰在茫茫高原上，云层很低，仿佛贴着树梢和房屋，过了直江津就到了新泻，窗外雨水霏霏，收割过的麦田在芒草掩映中一片苍凉。不知过了多久，驶入一条深长隧道，我不禁心中欢喜，想着《雪国》的开篇，"穿过县界长长的隧道，便是雪国，夜空下一片白茫茫。"

几十年前，作家川端康成也曾乘火车，也许是同样的隧道，同样的漆黑寂寥，在那里他偶遇叶子姑娘，沉醉于她谜一般的忧愁与凄美。我望着窗户，与自己的影像四目相对。车厢里乘客不多，有的静静阅读，有的像我一样发呆。隧道一条紧接着一条，雨雾中远山一晃而过，继而消失，终于，最后的黑暗过去，我来到了越后汤泽。

小城在山的怀抱中，又有丰富的地下温泉，冬日里人们来此滑雪度假，而眼下并非旅游时节，行人稀少，店铺大多关着门。走在主街上，听着雨丝沙沙落在伞上的声音，偶尔一辆汽车驶过，"刺啦"一声，溅起不大不小的水花。

过了几处露天足汤，有一座雪国纪念馆，展示着当地人耕种打猎的场景。原来在越后地区，冬日积雪高达三米，户外行动极为困难。每年春夏，农民辛勤劳作，妇女养蚕纺织，如此秋收一过，就能囤好足够的粮食过冬。漫漫寒冬里，他们燃着火炉，与亲朋好友痛饮欢宴。

馆内还有小说《雪国》的资料，包括川端康成的手稿及各国译本，一个僻远的山城，因这一故事而闻名。文学作品之外，还有风景画展，其中有一幅"驹子"，画的是小说的女主人公，跪坐在梳妆台前，对镜神情怅惘。另一幅抽象画则是失火之夜，叶子平和地闭着眼睛，从熊熊火光中伸出许多双纤纤素手，向着星空银河的方向。小

十二月的越后汤泽温泉小镇，许多店铺尚未开张

说的结局是惨淡的，与叶子壮烈之死，又不知驹子之爱何去何从，这一毫无光明的恋情，再度诠释了"物哀"之美。两位女子一个温和，一个悲戚，火与冰的对照，却又彼此相溶，读罢，形象全都模糊，只剩下雪国女儿淡淡的神秘背影。

走出雪国纪念馆，道路崎岖而上，沿途泉水流经处冒着滚滚热气，雨色蒙蒙，空气里有甘甜味道。不一会儿，我到了山前，山上杂草丛生，满眼枯黄，山顶在烟雾缭绕中，那烟也许还混入了炊烟。一条长长的索道直通山上，冬季里，人们便由此上山滑雪。

路上没了行人，只有我一个异乡客，登着台阶。到了半山腰，一座耸立的白楼就是川端康成当年下榻的高半旅馆。旅馆未到营业时，大厅很暗，前台一位中年妇女看到我，谦和地鞠躬迎接，问道："你知道川端先生吗？"我点点头，她很欣慰，领着我上了二楼。

　　一道深色布帘之后，正是作家住过的"霞之间"。房间的陈设古香古色，像是从高楼中单独辟出的幽境，榻榻米席上有一张桌子和坐垫，墙上挂着艺伎的画像。这间客房曾经接纳过不少名流，电影《雪国》也在此拍摄。透过窗子，可望见朦胧远山。我想这高半旅馆应是处在半山之意，由此观景，身在凡间，内心清澈，又不至于过高而目无下尘。房间外展示着昔日刊物，其中一张照片中，一位妙龄女子扶着柱子，眼神恬淡，原来她便是小说中驹子的原型，与旅居在此的作家有过美好恋情。老照片和墨香将我带入美妙的梦境，恍惚中，也记不清那情节究竟了。

　　走出高半旅馆，雨下得更大了。下山后，转入一条坡路，于路旁望见了"驹子之汤"。我想，这就是小说中驹子的居所了。如今，这里是一家温泉宾馆，小楼颜色暗淡古朴，旁边有一座池塘，泉水汩汩流入。从这里可以仰望高半旅馆，虽不遥远，也要上下山路，加之冬天雨雪纷飞，想来与心上人约会并非易事。

　　雨点在风中横飞，浸湿了我的衣裳，我回到主街，在一家老式料理店里点上一份岩鱼餐。几位老厨师不紧不慢地准备，不时聊聊天，兼带大嗓门喊嚷。等了半个多小时终于上菜了，女侍者端着托盘，"砰"地一声放在我面前，举止粗放，实在是雪国姑娘的率真动人。我吃着炸鱼、烤鱼和刺身，喝上鲜美鱼汤，末了又尝了个甘甜多汁的柿子，真是大饱口福。

　　饱食之后，雨也小了，散步至美白足汤，坐着美美地享用。亭外细雨绵绵，寒冷不堪，亭内唯我一人逍遥自在。望望那雾中远山，再看看水面涌起的热气，脚下阵阵温暖，继而浑身舒畅。

　　泡完足汤，也到了返回时间，登上急行火车，很快又一次进入来时的隧道，随之是一段接着一段的黑暗，雪国就这样在我身后消失了，仿佛一个虚无的美梦。

2011年12月

寻找竹久梦二的乡愁

　　自从在京都看了竹久梦二的画展，我就决定去他的故乡冈山。这是一座海滨之城，城中一条名为"旭川"的河边，立着民谣"宵待草"的石碑，蓝天之下，字迹娟秀。走过石桥，迎面的红色小楼，便是梦二乡土美术馆。

　　小提琴曲在馆内萦绕，小小的展厅充盈着怀旧气息。梦二在十六岁时，离开了冈山，到了繁华的东京，不曾接受科班训练的他，总是将质朴的灵感融入笔中，以情动人。

　　竹久梦二最出名的画是美人形象，他前期的作品中，佳人们略施粉黛，明眸善睐，即便是寒冷冬日，手紧紧束于袖中，脸颊冻得绯红，也焕发着青春色彩。到了后来，梦二对女子一颦一笑的刻画细致入微，那也是他与恋人彦乃朝夕相处、如胶似漆的甜美时光。以她为模特，画梳妆时的陶醉，卷帘时的回眸，蕴含着深深爱意。随着彦乃的香消玉殒，梦二陷入孤独和痛苦，再看他后来的作品，总觉得朱颜依旧，只是添了愁绪，纵然是早春之景，也于沉静侧脸中，品出了离别之意。

　　梦二在日本是一位颇有影响力的画家，他被称为乡愁诗人。除了美人画，他的作品中还有连绵远山，风中瑟瑟抖动的枯树，田垄上吹笛的牧童，对自然的依恋与伤感，如同他对青春和家人的期盼。

　　画家生长于冈山乡间，浓郁的乡土风俗令他痴迷，看他的画，有时觉得是在看社戏，或是炎热的夏天傍晚，摇着蒲扇，听老人们讲传奇故事，或许，这也是美术馆命名为"乡土"的缘由吧。

　　从乡土美术馆出来，对面是有着日本三大名园美誉的后乐园。庭院几乎建在平地

冈山后乐园

上，湖水湛蓝，映着晴朗的天空。若非满地枯草和偶尔袭来的寒风，我会错以为是在早春。几只仙鹤梳理着白色羽毛，不时引吭高歌，声音传得辽远。沿湖而行，池底浅绿色的水草轻轻摇曳。登上一座小山坡，几株枫树释放着最后的容颜，在阳光照射中鲜红一片，远望冈山城，黑白相间，好似一幅版画。少年时代的梦二，也曾举家来此春游，我想他一定也站在这高台之上，对面美景，有了浪漫怀想。

游罢后乐园，我乘上火车至冈山郊外，再转乘汽车，在田野间行驶。枯草遍地，风景萧瑟，远山低矮，经过漫长的辗转，我来到了画家乡下的故居。

这是两间矮小的木屋，门前缠着藤蔓，屋旁还有一艘木船。画家的

　　房间很小，只有四张榻榻米。梦二的童年，由母亲和姐姐陪伴，她们便是他笔下最初的女子形象。等到姐姐出嫁后，他感到伤感，体现在画中，有了眉宇间的清愁。故居的门窗都松动了，在寒风中猛烈地摇撼，乡间生活极为简朴，可是，有了亲友相伴，回忆应是甜的。

　　故居旁边还有一座"少年山庄"，按照梦二的设计复建，是一座带有童话色彩的小屋，亭台外摆着白色茶桌。屋内的黑白照片中，可以寻到梦二的三位恋人，第一位妻子的眼中藏着忧愁，彦乃则气质娴静，至于最后与他相伴的叶子，容貌最为清纯。可惜叶子也和彦乃一样，红颜早逝。

　　故居的参观者寥寥无几，也许是过于偏远的缘故。

竹久梦二的故居，位于冈山郊外偏僻的山村里

我从观光处得知，屋子后面有一条乡间小路，童年的梦二常走在其间，于是兴冲冲地前去寻访。

毕竟是十二月了，寒风吹得树枝深深地弯下了腰，老树的根盘在岩石上，几座农舍门窗紧闭，黯黑色的木墙诉说着苍凉往事。这里，也许就住着梦二儿时的玩伴，春日里他们奔跑在田野上，夏日于草丛间捕捉蟋蟀，林间留下了多少欢笑。如今，落叶铺盖了道路，走上去刺啦刺啦作响，扬起阵阵尘土。沿着坡路上上下下，看阳光在落叶上的投影。一片高起处立着几座墓碑，我忽然想，或许梦二就安眠于此，所谓落叶归根，阔别冈山多年，他留恋着童年乡土，人生相见于最初，多么美好。

走得累了，周遭空无一人，也分外寂寞，于是我踏上了归程。海风瑟瑟，驱散了阳光的暖意，天色悄悄地暗下来，不知怎的，我怀念起在乡土美术馆听小提琴曲时的瞬间，一曲"花音"，一曲"宵待草"，一曲"海滨之歌"，心中盼着远在天涯的知音。

2011年12月

有马温泉小记

有马温泉位列日本三大名泉，相传奈良时期一位高僧来此，发现了泉水功效，用它治愈了不少村民。从此，温泉美名远扬，不少王公贵族前来疗养，一说丰臣秀吉的妻子宁宁也因泉水治好了绝症，如此种种，我更要亲身去体验了。

出了神户站，温泉不远了，可是毕竟在山间，又要辗转一个小时。到了有马，迎面湿湿的空气混着硫磺味道，有种虚幻之感。走出几步便听到哗啦啦的流水声，有马川在桥下奔流，途径层层石台，溅起白色的水花。小镇背倚六甲山，既有古老的木屋，又有现代化的宾馆。狭窄小路上常有汽车小心驶过，人群在路间来回穿梭。

走过倾斜的石板路，就到了金之汤，迎面墙上有个葫芦状的泉眼正在吐水，看介绍说，这是饮用泉，含丰富矿物质。伸出手来，接了一点，竟是褐色的，尝一尝，也无特别味道。再看旁边，一座亭子下坐满了游人，脚浸在足汤里，读着报或聊着天，十分享受。有马温泉的地下有多股泉源，其中以金银二汤最为出名，尤其是金之汤，据说含有铁钠高盐，几乎包治百病。

至此，我大步走入金之汤大厅，从自动贩售机购票，领了钥匙，来到二楼女浴场，快速淋浴后便进入了"极乐世界"。温泉设在室内，透过天顶的玻璃，阳光仿佛很高很远。池子分为赤汤和白汤，其中赤汤又隔成两间，温度有别。走进热池，热气扑面而来，模糊了眼前，靠在池壁上，热流自下而上，才十几秒钟，就感到浑身炽热。墙角里泉水汩汩流淌，将它盛在掌心，比先前的饮水泉颜色还要深，简直就像是泥浆。我呆了一会儿，热得有些窒息，休憩片刻，换到了温池。

虽然温池与热池只相差了两度，却舒畅许多。池里有十余人，多为中年妇女，

聊天话音在屋里反复回绕。还有个淘气的小女孩儿，在热池与温池间的石壁上翻来跃去，来回扑腾。

泡温泉是要劳逸结合的，水中呆久了会心跳加速，于是，我坐在岸边，一边休息，一边窥视旁人。池的一角，一位妙龄姑娘正撩起水来洒在肩上，陶醉地仰仰头，然后拿着毛巾，慢慢擦拭汗珠，露在水面的肌肤白嫩嫩的，仿佛一朵水仙。穿过周遭的笑语声，我感受到她芳香的呼吸，一瞬间，竟想化身为一面洁白方巾，贴在姑娘娇美的脸上。正想得出神，又见岸上另一女子，端着浅黄色的盆，水沿着她微微丰满的身体淋下，反射着粼粼灯光，纯洁而恬静，像极了安格尔的名画《泉》。

一池的欢乐与美丽，让我怦然心动，忽然间水珠落在肩上，原来是顶灯的蒸汽，凝聚多了就成水滴。再走入池里，已有小小的涟漪，闭上眼，感受着泉的声音、泉的节奏。等到彻底疲倦了，再去旁边的白汤，一股浓烈味道袭来，我不禁看着身边白青色的水，不知怎的，竟想起了饺子汤，到底是大年三十了，泡着温泉都会思乡。

离开池子，吹风机下长发肆意地飘散，看着镜中白里透红的脸颊，真好似出水芙蓉。再到街上，气爽神怡，走上石阶路，可见古老的温泉寺和汤泉神社。金之汤的泉源隐藏在拐角处，热气阵阵升腾，竟高达九十摄氏度。回途中，寺庙的钟声响起，抚慰我心，天色渐晚，温泉小镇结束了一天的热闹，微风中，四周一片寂静。

2012年1月

观歌舞伎

歌舞伎起源于江户时代，至今有四百多年历史。起初它由巫女所创，后来因女演员常沦落于风月场，就改作男性出演。作为一项传统戏剧，歌舞伎曾风靡一时，又几经衰落，如今再次得以保存。为了能亲身感受这一日本文化，加之附庸风雅的虚荣心作祟，我来到南座看了一场"十月大歌舞伎"。

南座是京都最古老的剧场之一，它坐落在繁华的祇园四条大道上。刚刚走到街口，就能看到门庭若市的景象。观者多为中老年人，穿戴正式，还有不少妇女身着华美的和服，也有年轻人，和我一样，买了最便宜的票，重在参与感受。

走入剧场，直奔最高层而去，红彤彤的走廊里挂满了灯笼，好一派喜气洋洋的氛围。剧场里，到处都贴着颜见世的宣传海报，听说那是南座歌舞伎年末最大的盛事，延续了多年。届时祇园艺伎们也会观看助兴。想想吧，台上台下，温香软玉，含情脉脉，真不知是人看戏，还是戏看人了。

午后四点整，听得"当"一声响，帷幕徐徐拉开。舞台的一侧端坐四人，身着江户风格的红衣，其中一人弹着三味线，另一人和着音乐演唱。虽是唱，不如说是吟，声音忽高忽低，极富变幻，仿佛在喉咙里回复旋转，一会儿圆润如珠，一会儿又沙哑低沉。看得出，这四人皆是剧目旁白，起着穿针引线的作用。他们旁边还有一人跪在地上打响板，冷不丁啪的一声砸下来，全场震惊。

千呼万唤中，一位花脸壮士出场了，先是举着亮闪闪的兵器，左晃右晃，然后猛地双足顿地，铮铮有声。这出"矢之根"是江户时期的故事，虽是节选，也足以表现那时的武者风貌。主演不但神态炯炯，唱腔粗犷，动作也夸张多变，一会儿坐在地

上，一会儿让家臣服侍，最后背上弯弓，骑上骏马，既威风，又不失滑稽，赢得观众席一片掌声。

演出过程中，场灯亮着，能清楚看到观众的一举一动。我的斜前排就坐着一位老先生，一边摇头晃脑地观戏，一边对照着手中的台本，尽兴之处，高声喝彩。看那架势，真和看京剧有异曲同工之妙，唱腔和亮相引人入胜，台上台下不时互动。只是歌舞伎的唱法更追求嗓音本色，手法贴近现实，嬉笑怒骂中有一股浓郁的市井气息，江湖味道。就连我这听不懂台词的外行，也能透过肢体神态，猜测出故事大意。

"矢之根"结束后，进入场间休息，我的热忱被撩动起来，谁知这一等竟半小时之余，眼巴巴地盼到了大幕再度拉开，开始了净土宗师法然上人的生平演绎。

法然上人是日本一位有名的得道高僧，今年是他的八百年忌，京都各大寺庙都有与之相关的仪式，演出剧本也应运而生。这出戏不同于传统歌舞伎，一开场，全场灯灭，黑漆漆的舞台上点了几盏莲花灯，诵经声配着若有若无的琴声，在暗淡中弥漫。迷幻的灯光四下飘忽着，投在舞台上，仿佛月光洒在菩提树梢。一尊佛像悬起，金光灿灿，继而宗师现身，神色淡定地抄写经书。他的周身站着十几个子弟，背倚白色柱子，如同点亮了一根根生命之烛。

宗师缓缓起身，唱声于平缓中彰显着不凡气场，众人合声附和，汇集成无法抗拒的力量，一瞬间，也让我忘记了是在看戏。随后，背景上的白布起伏颠簸，几段故事纷纷上演。僧人身心受困，踯躅不前，还有贵妇王侯，悲苦无助。经过一番点化，众人均跟随宗师，走入灿然的佛光。所谓佛法无边，普度众生，或许就是这样的情景，俗世沉浮中的烦恼与诱惑，看穿了，如梦一场。

值得一提的是，戏中的贵妇是由男子饰演，一颦一笑，极为妩媚，尤其是举扇时娇弱无力之态，比女人更为动人。这出戏既有古典底蕴，又融入了现代元素，加之梵音佛语，琴声雅乐，很有感染力。观看的时候，全场鸦雀无声，都沉醉在那深邃而虚无的境界中。

　　随后，又过了半小时的间歇，终于盼到了最后的"连狮子"。这戏可谓精彩迭出，众生相粉墨登场，弹唱、武打和搞怪的情节错综贯穿。众多表演过后，主角一红一白两只狮子才姗姗来迟，它们拖着长长毛发，随着鼓声来回晃动，不时怒吼，震撼全场。对手戏并非想象中的针锋相对，而是各自都使尽浑身解数，既配合，又比试，步态不快，但每次起落都与鼓点配合得恰到好处。狮子的扮相很抽象，如浮世绘中线条的简单勾勒。随着那欢快的舞动，我也和人们一样鼓掌。一片呼声中，演员们起劲蹦跳，"咦哟咦哟"地唱着。

　　整个歌舞伎演出耗时三个半小时，结束之后，我方觉得饥肠辘辘，眼睛酸痛。走出南座，晚风袭来，甚是寒冷，人潮渐渐疏散到四面八方。我带着门外汉特有的臆想，愈发津津有味地回顾起来。如此精湛之艺术，在这座千年古都里依旧延续，抚慰着京都人，也吸引着异乡客，实在是好。继而想，也许我们的时代并不漠视传统，也不拒绝创新，如同任何时候一样，在当下能体验的，都凝聚了精华。我相信，这就是最好的时代。

2011年10月

艺伎的背影

南座的歌舞伎演出

观能乐

本周是京都的全民文化节，借此时机，我有幸观看了能乐。

能乐是和歌舞伎、木偶净琉璃并称的日本传统戏剧，形式包括能与狂言。其中能较为高雅，在宫廷礼仪和宗教祭典中上演，采用晦涩的古语。狂言则以插科打诨为主，类似于幽默喜剧。二者常常穿插进行，相辅相成。能的唱法又分观世流、金刚流、宝生流等派别，相对于歌舞伎的白描写实，它侧重于气氛营造，选材也以人神鬼怪传说中较为悲戚的为主，蕴含了日本文化中的幽玄之美。

走进位于平安神宫之畔的观世会馆，迎面是一座木亭，背景绘着松树，一道走廊连接后台，舞台简洁典雅，看似空无一物，却又包罗万象。观众分三面而坐，以显出立体效果。表演尚未开始，幽暗的灯光已然将我带入玄虚的意境中。

开幕了，首先是学生能乐社团联盟表演的狂言《仁王》，演员多来自京都大学。仁王即哼哈二将之意，男主角是两个赌徒，他们输得精光后在寺庙前互相诉苦。赌徒甲声音尖利，神态狡诈，他突然灵机一动，提议乙扮做金刚来骗钱。赌徒乙样子可爱，声音迟缓。二人忙活着穿衣配饰，不一会儿，乙摇身一变，通体金光，造型威武，很是得意。

摆好姿势后，赌徒甲前去召集村民。从长廊里走来七人，用同样的调子吟着。人们依次奉上供品，表达心愿，赌徒乙的身上很快缀满财宝，他因沉重不堪，憋得满脸通红。村民们一走，二人忙取下金银，欣喜若狂。

翌日，来了个瘸子，又是磕头又是念念有词，还用手摸金刚的腿，这一摸，赌徒乙忍不住摇晃起来。众人狐疑，一起上前搔弄，痒得赌徒乙狂笑不止，终于原形毕现。这出剧情节诙谐，演员神情夸张，看得我捧腹大笑。狂言的对白用一种既定的语调唱出，听起来洪亮流畅，似乎断句和呼吸方式都有严格讲究。

狂言之后是仕舞选段，几位少女坐在台后清唱，舞者身穿高腰裙，手持扇子。舞蹈渲染出樱花纷飞之胜景，幽灵出没之森然，还有美人迟暮，为情所困，悲戚戚，郁郁寡欢之态。舞者都是女学生，看得出，她们在极力地诠释悲哀，可不知为何，依然遮不住青春亮色，略有为赋新词强说愁之感。

几曲仕舞过后，便是观世流派能剧《土蜘蛛》。未见其人先闻其声，一阵鼓响，仿佛来自阴曹地府。能剧的人物通常不多，由配角开场，主角独唱，再一唱一和，配着乐队敲鼓吹笛。《土蜘蛛》则是难得一见的大场面作品。剧中的主人公病榻中遭遇了蜘蛛精的突袭，他拔剑将其刺退，后来其门下的三位武士闯入蜘蛛巢穴，经过激烈厮杀，合力将妖怪除去。

这出能剧的唱音低沉而诡秘。主人公之淡定，武士之英勇，鬼怪之恐怖，都蕴藏在那富于变幻的音色中。还有一位蝴蝶的扮演者带着面具，衣衫华美，不时轻展长袖，让观者去联想那静美的意境。打斗场景则是全剧的高潮，鼓声阵阵，杀气腾腾，配乐者不时"咦——呦——哈——"地拉着长调，极尽鬼哭狼嚎之意，听得我浑身瑟瑟发抖。合唱也从旁营造氛围，昏暗中一声笛音，吹尽了世间悲凉。

学生社团谢幕后，趁场间休息的时间，我匆匆吃了个便当。再回来时，第二场演出开始了。这次登台的是日本各地的兴趣团体，以中老年人为主，一个个白发苍苍，跪坐在台上，神态严肃。连吟和素谣，还有仕舞，接二连三地上演。其中有一首"枕之段"，取材于《源氏物语》，演的是光源氏的情人六条息御所，因嫉妒而生灵出窍，纠缠光源氏的妻子葵姬。葵姬面露愁容，六神无主地飘游，云鬟微散，奄奄一息之态，看着让人心痛。舞者略上了些年纪，气质端庄，细腻之处，如扇子的抖动，眼神与手指的微妙配合，都比之前的女学生们传神许多。仕舞之后，又来了一段狂言，这一次，我没事先温习剧本，只见台上拉拉扯扯，嬉笑间不知所云。

　　我耐心地等候，直到最后一段名为《吉野夫人》的舞蹈。从日文介绍中，我得知是吉野山花仙的故事，想必和漫画《玻璃假面》中的梅树精红天女如出一辙。在婉转笛声中，一位女子翩然而至，如楚辞《山鬼》之开篇，"若有人兮山之阿，被薜荔兮带女萝。既含睇兮又宜笑，子慕予兮善窈窕"。眉清目秀之间，兼有仙子之婀娜，精灵之古怪，少女之清纯，既好奇又惶恐，既思念又彷徨，缓歌曼舞，配以鼓声点点，如风瑟瑟雷滚滚，思公子兮徒离忧，含蓄中有道不尽的美感。

　　关于能乐的起源，一说是借鉴了中国的散乐。也同古老的中国文化一样，能乐在现今的日本曲高和寡，比如这次演出，虽然京都市政府大力宣传，又不需分文花费，可是除了老年人和亲友团外，观者寥寥无几。欣赏艺术的同时，我不禁忧心忡忡。

　　离开会馆，散步平安神宫前，河水静静流淌，载着片片落叶。神宫的红色鸟居分外耀眼，倒映在水中，覆盖了落叶的颜色。耳畔依然回荡着几声凄婉的笛音，无可奈何花落去。

2011年11月

能剧的舞台

走近池坊花道

一

花道在日本由来已久，其中最早的池坊流派源于中国盛唐的插花艺术，到了日本后，插花与禅宗美学相结合，渐渐升华为修身之道。

这几天，适逢纪念池坊派创建五百五十年，在京都的高岛屋和池坊会场各有一场花展。带着好奇心，我来到了位于四条的高岛屋。这是一座现代化商场，一面雍容华贵的屏风上百花争艳，"池坊"两个字金光熠熠。展厅门口站着两位姑娘，身着淡黄色和服，笑容可掬。她们听出我是外国人，还找来了英文资料。

怀着喜悦心情，我走入会场，首先是一组以"秋"为主题的插花。花枝俏丽，与红叶相配，几株娇小的菊花上淌着露珠，给人秋意盎然之感觉。紧随其后的是"花与心"的诠释，在零零散散的枝条中点缀着几颗红豆，寄予了相思情切。还有一束枯叶浸在清浅的水中，观之，心中也十分清澈。

忽然，我的目光被一组名为"浅井三姐妹"的插花吸引住了。因为看过相关影视剧，大致知道三位女子的传奇人生。我揣测着作者的用意，一朵傲然挺立的白花，似茶茶之高贵；一束飞枝飘逸，如阿初之安然；而描绘小妹阿江的，是一簇小巧的紫花，伏在藤丝上，看似文弱不堪，却有无限生机。花与人一样，一品再品，百看不厌，三姐妹的出现，为那腥风血雨、硝烟弥漫的战国年代平添了柔情。

一系列的作品之后，转弯处，一场"动物的音乐会"引来观众的啧啧称赞。只见美酒佳酿，果实丰登，蚂蚁女王高高在上，挥动着指挥棒，群鸟在树梢张嘴似在歌唱。鸟儿的羽毛也是花草所制，神态之俏皮，也撩动起我心中快乐的弦子。

穿过一段走廊，转向会场深处，耳畔传来了清新的筝曲。在这里，画卷和文字将日本花道的来龙去脉娓娓道来。原来，这些花最初是用来供佛的，造型较中规中矩，采用"立花"之形。到了后来，插花发展出了不对称美，鉴赏亦因人而异，人们将花置于家中，配上屏风书画，以体现不凡的品味。"自由花"兴起之后，又衍生出千变万化的造型。不过万变不离其宗，池坊流派始终注重简约，不在乎花本身名贵与否，而是花为心声，表情达意。

在一束彩灯照映下，我还看到许多树枝悬在半空，枝上挂有红色果子，看似凌乱不堪，却在光与影的交织中呈现出纷繁丰富的内心世界。以此为界，我步入了自由花展区。

这里的作品大多没有命名，任凭观者去联想。有的青色花瓶上细枝挺立，配以稀稀落落的红豆，乍一看，还以为是梅花。还有的摆着数片荷叶，参差不一，翩翩招展，让人想象着"江南可采莲，莲叶何田田"的情景。除却花形之随意，摆花的方式也别具匠心。有的镶入书画，恬静凝重；有的吊于空中，随风舞蹈；有的配上灵巧饰物，还有的借助光电技术，折射出水珠飞溅、彩虹凌空的奇幻景观。展览的最后更是汇集了年轻人的创意，用形形色色的道具表现出《魔女琪琪》、《风月俏佳人》、《星球大战》等影视题材。

观花的时候，我总是一不留意就陷入遐想中，徘徊了许久，就是不舍离去，因花之美，更为其背后意境之淡雅，梦幻之自由。

二

继高岛屋后，时隔一周，我又来到了池坊总部继续观花展。池坊会馆是日本花道的起源地，最初是一座小道场，如今又建了八层大楼。楼与道场相连，门前有一池清水，白天鹅在岸边安然地梳理羽毛，鱼儿游来游去，与喷泉水花快乐地嬉戏。

211

每一年，池坊会馆都有七夕宴的风俗，由各地分会选送作品参展，还有甲子园会，用来奖励年轻人的创意。今日，我见到这一盛况，真是名不虚传。一清早，访客如潮，花展遍布，作品数以千计。我仔细看了布局图，决定先从道场本部开始参观。

道场是一座古朴的庭院，有曲折回廊，这里展出的多为池坊流派的嫡传之作，从庄重之"立花"，飘逸之"生花"，到随意之"自由花"，造型可谓千姿百态。有的凌空直上，亭亭玉立；有的横陈水面，散漫漂浮；有芒草一团，形散而神聚；有孤叶一枝，道尽秋之况味。看到心仪的作品，我也会和旁人一样，跪坐下来，隔着一段距离，细细地端详。

众花之中，有两束相邻的一兰一梅，最合我心意。兰花悠悠其香，芳姿含笑，梅则疏影横斜，暗香浮动。花和叶子点着莹莹水珠，两束插花都很简洁，不着雕饰，又若即若离，相互呼应，看似无心之举，却足见弄花人之缜密心思。

赤足走在榻榻米席上，我的身边有不少气质淑静、盛装打扮的女子。她们三两结伴，轻声交流，或在花道老师的引领下认真品读。于是，耳畔不时传来轻叹："好美啊，真是不可思议！"到了曲径的尽头，又有一座茶室，供人们休息。

相对于道场的清静，八层楼高的池坊大厦真是人满为患了。我在电梯前排了很久的队，才上到最高层。这里可谓满园春色，看得人眼花缭乱。那姹紫嫣红之景，就像是古人笔下，三月三之长安水畔，丽人翩翩而来。有的豆蔻年华，含苞待放；有的长袖善舞，轻盈飞展；有的娇美俏丽，临水顾影；有的端庄雍容，淡定而立。花与花之间含情相望，不时在风中摇曳，好似闺蜜间的私语。此情此景，真是美不胜收。只可惜，我心中总念着先前的一兰一梅，所谓芳心所属，情有所钟，春风十里扬州路，卷上珠帘总不如。

花展中，有一些是参赛作品，旁边写着专家评语，从中可以学习鉴赏。比如，说颜色过浓，层次单调，花瓶不相称，或是选材过于累赘。再看那些获奖的，多造型简约，色彩素洁，清清浅浅中流露着从容之美。

　　再走下去，还有来自海啸灾区宫城和福岛的作品，那些花木，经人们的摆弄，焕发着勃勃生机，似野火烧不尽，春风吹又生，看着格外感动。除了资深的作品，还有年轻人专栏，作品名字都很动听，如霜雪、飞花、年轮、明日之思……

　　就这样，我在池坊大厦里跑上跑下，不曾想，几个小时过去了，感觉腰酸背疼。坐在大厅长椅上，门前的池水映在墙上，波光闪闪。眼前依旧是络绎不绝的访客，我不禁想，这花道到底有何深意，能如此深

一方茶室

入人心？追本溯源，花道来自中国。子曰，朝闻道，夕死可矣，中国古人视道为至
上之哲理，终其一生而上下求索。到了日本，"道"与生活相融合，世俗习之以延
续传统，文人习之以修身养性，女子习之以彰显淑德。花道、茶道、书道、香道，都
是如此。

    继而想想，我虽然不懂花道，观赏时也能心潮澎湃，浮想联翩，随后的回忆、
书写，都源自那瞬间的情动。这情之切，思之杳，是"心"之所归，也是"道"之
寓意吧。

2011年11月

闻香悟道

在京都御所以西的一条小巷里，有一家山田松香木店，创立于江户年间。店里除了香料，还可以体验迷你闻香，这一来，引发了我浓厚的兴趣。

香道在日本，是与花道、茶道并称的高雅之道。起初也用于佛堂祭拜，到了平安年代，贵族男女们对吟和歌，互赠香囊，这一情景在《源氏物语》中屡有描述。再后来，武家将闻香一事推广为肃穆的仪式，便有了道之传统。

焚香，必于深房曲室，体验香道也是如此。香铺的工作人员引着我，绕道后门，经过小巧的禅庭，俯身过了弯曲的老树枝，一座木屋出现了。室内典雅朴素，榻榻米席间摆着几页信纸，墙上挂着字画，风吹过时卷轴轻触着墙壁。

我坐在那里，想象着闻香是怎样的情形。等待片刻，一位年轻姑娘拉开了门，她温柔一笑，蹑手蹑脚地走来。姑娘与我侧面而坐，用轻柔的声音讲解着香之来历，有时候，忘了英文单词，抬起头思索着，睫毛一眨一眨。

准备就绪后，她擎起一座陶瓷香炉，摆在正前方，用银叉将炉灰反复穿透，又将表面抹齐，让中间凸起，在灰上划出细腻的纹路，并放上透明薄片。随后，她取出一个浅蓝色的香袋，上面扎着紫色的花。姑娘说，花的式样依月份而异，这个月称作"竹之雪"。袋子里有蓝纸，包着小小的香料，她小心翼翼地夹起一粒，置于香炉之上。

开始闻香了，姑娘微微俯身，手托着香炉，轻转，然后捂住香炉上端，鼻子凑于指间，深吸气后再从侧面呼出，如此反复了三次。我看着她的示范，心中已然陶醉了。接过香炉，掌中温热，我学着她的样子，透过指尖的间隙，一股极为陈旧的气息

215

蒸腾而来。不知怎的，我觉得其中有一股红尘味道，想起了旧时上海滩画报中的美人，发髻松散，倚着床榻，看夕阳的影子在窗前慢慢移动，那感觉，真是黯然销魂。

　　姑娘又替我选了第二粒香，气味较为繁复，并带着隐隐的甜，感受了许久，我寻不出究竟，好像古词所写，似误入藕花深处，迷乱不知所踪。最后的一抹香，则是淡淡的，初闻时似有似无，继而飘散迷漫，不仅仅留在鼻尖，而是整个身心都随之游离，如同听了一段雅乐，品了一杯清茶，一时感悟美妙，之后化

小巷里的香铺

为无形。

三次体验过后，姑娘让我来辨别。这辨香也是极为讲究的，依照香的异同，有对应称谓，如"绿树之林"、"邻家之梅"、"孤峰之雪"、"琴之音"、"尾花之露"。古时的贵族男女，十分津津乐道于此，他们会写下心中的答案，男子用四方汉字署名，女子则用娟秀的假名。我又回想了一会儿，因为感到了三种截然不同的香气，故写下"绿树之林"。姑娘接过我的信纸，看后连连点头，道："你的心愿可以实现了！"

走出香铺，正午阳光晴朗，深吸一口古都的清新空气，怎么也抛不开记忆中的香烟缭绕。不知是久跪的缘故，还是那香已经融入身心，我只觉得神智恍惚，身体绵软，飘飘然似要登临仙境。

2011年12月

岚山红叶祭

四季和歌

春

"春天是破晓时分好，渐渐发白的山顶，有点亮了起来，紫色的云彩微细地飘横在那里……"早晨，天蒙蒙亮，从睡梦中醒来，轻吟这一句千古和歌，顿觉心静神凝，原来，自然界之美好，古今中外都是相通的，寥寥数语，可引发绵绵不断的幽思。

现在的江南已近晚秋，树叶偶有红色，在阳光下稀稀落落地闪动，可自然界似乎还并不急于走向寒冬，几日来秋高气爽，阳光明媚，似是春夏草木复苏一般。其实，季节的轮回原本就是微妙的，江南的风景宛若一幅水墨画，在白与黑之间有渐变连绵、意味深长的灰，印象中日本之景也是如此，不然怎会有细腻委婉的四时感怀。

我未曾见过日本的春天，总是从文人的描述中想象，初春时分乍暖还寒，身着和服的姑娘在石板小路上踏着小碎步，一阵风袭来，吹乱了鬓角的一束花。也许，京都的街巷自古就有这番唯美景象，特别是清晨时分，东方既白，远山连绵如黛，清水寺的门轻轻打开了，林荫小道上隐约传来泉水的声音，那真是世间最悦耳、最曼妙的音乐，时而缓缓地持续，如哗哗，潺潺，时而散落出几滴，飞溅出晶莹水花，像是三味线的尾音，回绕不绝如缕。几只鸟儿轻巧地飞过，落在树枝间，和着泉声，叽叽喳喳地唱着。早起的游人已经散步至半山腰，回望晨雾渐去，红色的寺庙屋顶散发着柔光，那光如此温暖，洒满了古都的阡陌小巷。于是京都的一天，就像千年前繁华的平安时代一样，吟着世间最优雅的诗篇，悄然开始了。店铺的门陆续拉开，老客栈门前，有人扫着灰尘，游客渐渐增多，笑声充盈在小街上，春日的早晨，弥漫着一种通常是傍晚才会有的醉人气息。

四月里，樱花随风飘舞，那无疑是春光最灿烂的一刻，虽然空气中尚有一丝凉意，从影视作品中来看，日本人似乎将赏樱花当作了一年中的头等大事，人们盛装打扮，花间相约，花下欢聚，共享这短暂的良辰美景。更有像《细雪》中的姐妹那样的，年年故地重游，从清水寺到圆山公园，从哲学之道到平安神社，继续着与自然不变的约定，似乎惟有如此，才算真的迎来了又一个春天。我感受过京都的红叶狩，可谓游人如织，绚烂无限，据闻赏樱比红叶有过之而无不及，由此可想见其繁盛之氛围。樱花花期有限，就像女儿家稍纵即逝的芳华，于是乎，与之相关的文学作品，无不流露着淡淡愁绪，美与悲，同样是一番心灵静修。

早春，暮春，春雨，春雪，春风，春花……不计其数的庆典，不计其数的赞叹，这期间还应有多少难以名状的伤感，多少对青春依依不舍的回眸。我曾在深秋时，走访过奈良郊外的圆照寺，那是一条极静的石子路，两侧树荫浓密，往来阒无一人，只听得风吹树叶沙沙作响，让人禁不住感到寒意。一路上，我都在念着《春雪》的最后，羸弱的男主人公拖着病体，一路跌跌撞撞而来，却不得不与爱人相隔在佛与尘世的两侧。现实中的圆照寺依旧是一片清静之地，我走到门前，只远远望着一间古老的屋子，除此再不可接近。

归途中依旧只有我一人，忽而从树荫的缝隙间落下一滴水来，打在额头上凉凉的，我不觉停下脚步，伸出手来，似要接住那自然界神秘的讯息。那一刻，不知怎的泪水盈眶，想着记忆中凄美的故事，竟分不清到底是晚秋还是暮春，是雨还是雪了。

夏

夏天的早晨，从知了一声长鸣中开始了，镰仓的小街依旧寂静，早出的老人在竹

篱笆前打着招呼，木屋之后传来海浪的声音。想象中日本的夏天，有宫崎骏动画片一样明朗的色彩，田野里，森林里，处处流动着新生气息，学生们放假了，三三两两结伴海滨游玩，或是回归乡野，享受大自然最深情的拥抱。

我曾在六年前的夏天造访过北镰仓的圆觉寺，彼时气温炙热，然一走入寺门，顿觉凉爽。寺院很幽静，只能听到长一声、短一声的蝉鸣，偶有扫地僧人，扫帚划过树荫下的石子路，又添加了几声"沙沙"。游人寥寥，可以在树下乘凉，或是在佛堂前许一个长长的心愿。这样想的人，不仅是我，还有年轻情侣们，身着素雅的浴衣并肩而来。姑娘提着手袋，一只手轻甩着手帕，不时为心上人擦拭脸颊上的汗珠。他们的身影刚好映在一片水潭之上，鲜艳的手帕在绿意浓浓的背景下，仿佛一只蝴蝶，眼看就要飞走了。我不觉想起川端康成的小说《千羽鹤》，难道她也去赴一场茶会？故事情节我记不大清了，传达的讯息也总是被曲解，只是那淡淡的情绪，给了我许多遐想。

镰仓是极有情调的地方，连绵青山，寂寂古巷，还有优雅的海岸线，自古便为文人雅士所钟爱。从这里向南，还有一大片依山傍海的美丽风景，那便是我朝思暮想的伊豆。六年前初到日本的夏日，就像小说里的学生一样，我和美树怀着浓浓的好奇心，行驶在蜿蜒的乡间小路上，一会儿看见碧绿的芥末田，一会儿又听见哗哗的瀑布流水声。修善寺外，竹林摇曳，坐在河边的足汤旁，一边享用温暖的泉水，一边开心地聊天，木桥横跨在河谷之上，在青山背景下美得慑人心魄。我以为，那山林中有传统木屋，里面住着艺伎姑娘，说不定，她们就在某个窗子后面远望着我们，借着自然界的虫鸣流水声，许着女儿家的心愿。在伊豆的夏夜，我平生第一次感受了温泉，然后借着困倦躺在榻榻米席上，闻着草席的清香味道，整个身心都要陶醉了。

日本的夏季大抵炎热，特别是位于盆地的京都，那时候最盼望的就是来一场夜雨。因为雨夜，会让人想起一切或浪漫或诡异的传说，尤其是在八坂神社前，白色的灯笼挂在屋檐下，在雨中摇晃着，仿佛在相互说话，那一瞬间，会觉得白光背后真的

伏见稻荷神社的红色鸟居

住着神灵。岚山的野宫神社，是又一引人遐想的夜游场所，听着雨打竹林的声音，会想起《竹取物语》的神话传说，或是《源氏物语》中恋人惜别的场景。夏夜的京都不乏鬼怪逸闻，游玩之时，又是好奇，又是惶惶不安。

　　每年七月，京都还有声势浩大的祇园祭，听说届时张灯结彩，人潮汹涌，夜晚比白天更为热闹。到了八月中旬，还有神圣的五山送火仪式，也许在恪守传统习俗的京都人眼里，唯有这些都一一经历过，夏天才算彻底地过去。

秋

　　秋，或许是一年中最令人牵肠挂肚之时节，秋叶繁盛，转眼却又满目凋零，赏秋之余，难免感叹命运之悲喜无常。我在京都经历了一整个秋天，目睹自然界一草一木从茂盛葳蕤，逐步走向萧条，也见证了人们一次次赶赴传统的盛宴，祈愿，留恋……

　　到了十一月中，京都再一次迎来四面八方的游客，果真这座古都是日本人心之所向，城内大大小小的寺庙神社，还有嵯峨岚山郊野，都是赏红叶之名所。我也慕名

去过许多处，从早到晚一一体验，红叶并非我想象中密不透风的通红，而是有红，有绿，还有黄，就是红色本身，也从浅红、绯红到暗红色层出不穷，树与树之间，叶与叶之间，时而交织重叠，时而透出空隙，映着秋日里的阳光，好似绘画中的留白，给人无尽遐想。在诸多赏秋佳所中，东福寺是不得不去的，单是远望着那座通天桥，就有说不尽的享受。桥下的树丛流动着梦幻般的颜色，秋雨打在树叶之上，反射着微弱的光亮，一瞬间，仿佛一切都模糊了，融化成红与黄的海洋。我身边的日本姑娘们，无不惊呆了：啊，多么不可思议啊！那神态，又是喜爱，又是敬畏。我不禁想，也许红叶正是女鬼之化身，她长得妖媚，诱惑世人，而当你想要接近时，又立刻呈现出凄厉的一面，于是乎，我甚至觉得那殷红色，就像是女鬼咬破了嘴，从唇边淌出的鲜血。我这想法当然说不通，既然是鬼，何来血肉？然赏红叶的确是一番复杂之情感体验，面对如此烂漫美景，想亲近又望而却步，心中的热与冷总是变幻交错着，这也许和游春赏花不同吧。

秋日的傍晚气候宜人，就像清少纳言所写，乌鸦点点，飞过山林，那种时候去哲学之道或是银阁寺散步是再美不过的了。因游人渐去，寺院分外宁静，斜阳照在枯山水庭间，影子一丝一丝地移动，仿佛那些冰凉的沙石也流动起来，一波一波，涌向天地尽头。游过银阁寺，再从旁边的小道走入大文字山，一路上人迹罕至，唯有乌鸦一群群地飞起飞落，时而晃下几片落叶来。溪水淙淙，伴着登山的脚步声，自然之清新，令人忘记世间烦恼，于是又回归到那久违之自我之心境。作为旅人，一定要懂得独自一人时的情趣，用敏感的心，体味自然界的朝夕变化，那时，会莫名其妙地回想起一些美好的往事，比如童年和母亲走过的小巷，和表姐共读的漫画书，或是长大后与友人的临别赠言，然后感叹光阴荏苒，岁岁年年竟添了这么多惆怅。那时，还会想起文人墨客的足迹，类似的经历与感悟，他们一定也有过，不然怎会有那些流芳的美丽文字。

是的，浮现在我眼前的便是平安时期女子们孤寂的背影，拖着长长的黑发。她

大原胜林寺的秋天

们对自然界之感触细腻得近乎病态，对恋情也是一样，既痴迷真切，又幽怨悲哀。秋与夜，在她们的笔下，时而是幽居所思的只言片语，时而是禅寺钟声里的大彻大悟。《枕草子》中就有明月之下，思念故人之感怀，而琵琶湖畔的石山寺是《源氏物语》的诞生之地。我是在晚秋时分造访石山寺的，犹记得风中摇曳的一枝秀美的红枫，遥想千年之前，紫式部乘一辆牛车，来此独居数月，她也许正想着热恋的人儿，又或是看透了红尘的分分合合，对着月夜，有了无限感怀。

在京都还有一处极适合夜晚赏秋的，是清水寺旁的成就院，其中一方小小的月之庭，颇有古诗意境。我记得参观时，有工作人员轻声讲解，随后游人纷纷离去，只剩下我一人，痴情徘徊在榻榻米席间，不知不觉中，脚下寒气湿了袜子。那时，我回望着苍茫夜空，不知怎的，想起了琵琶湖上的那轮明月，寂寂深秋中，不由黯然神伤。

冬

冬日里，一缕阳光从玻璃窗外照射进来，整个房间暖暖的，喝上一杯茶，打开电脑听几曲心爱的三味线音乐，这也是极温暖的享受。

我独自在日本时，曾伴着自然界从欣欣向荣走向萧瑟的寒冬，那是我从京都迁居到宇治后常体会到的风景。从地域范畴上讲，宇治属京都府管辖，只是地处偏远，接近自然，自古便是人们寻找幽居闲趣的地方。我住在一所国际学者公寓里，房间小而干净，从阳台上可以望见朦胧远山，出公寓沿着微微起伏的小路走上不久，就拐入寻常百姓家，古朴的木制房屋总让我感到亲切，一面竹篱笆，一道格子窗，都好像是古诗的框架，小巷转弯处偶尔传来狗吠声，和着潺潺流水，一座静谧的寺庙出现了，其后，又是匆匆驶过的火车。这种感觉，伴着冬日特有的清冷，常引发我莫名的乡愁和旅情。说是乡愁，因远离故乡亲人，也因我彻底爱上了在日本独居的生活，想到不久后要别离，便愈发沉浸在日本式的悲哀中，难以自已。说是旅情，因我那时始终希望以一个旅人的身份生活，无论是学生时代，还是日后成家立业，旅行时，总有千万种复杂的心绪，它们对我的人生产生了莫大影响，而这感觉，尤以一个人在日本行走时最为奇妙。

冬日的日本，虽已百木凋零，却有着道不尽的深意，仿佛一切的枯枝残叶，都是画中的留白，让观者无限想象。我曾在十二月造访比睿山，惊喜地发现赤山禅院中有一棵小树开着零零星星的白花，花并不十分清香，只是在寒冬腊月里，如此晶莹小巧，好似快乐的精灵，又像是雪花一般，仿佛随时就要飘去融化，惹人怜惜。后来无意中得知，那是樱花的一种，只在冬天绽放，于是，我再听吉田兄弟演奏的"冬之樱"，从微弱而渐进的旋律中，便真实地感受到花开的奇妙过程。比睿山下还有一座诗仙堂，其间一方小小的庭院可谓意境高雅，冬天里游客不多，跪坐在席间，细细凝视着园中的树丛和枯山水沙石。斜阳的影子一寸一寸地划过，树丛间晃动着温柔的阳光，远山青涩，霞光柔和，那场景真仿佛走入古诗中，忘记了自我。

类似的情景在京都北郊也可感受到，比如大原的诸多寺庙或是鞍马小镇，浸泡在林间的露天风吕中，仰望起伏的山影，整个身心都脱胎换骨。那是我第一次尝试室外温泉，谁料竟一发不可收拾，在接下来短暂的时间里，但凡得闲，无论昼夜，都要乘山间小火车赴鞍马。有时细雪飘飞，在温暖的池中感受雪花在肩上融化的瞬间；有时大雪骤降，我又任性地坐在岸上，赤裸着身子，迎接寒风洗礼；夜晚的竹林在风中摇曳，石灯笼仿佛眨着眼睛，洗浴归来，猛地抬头，望见一轮苍茫之月，旷古的悲凉感顿然滋生。

那时，我想的是一曲"荒山之月"，后来看了井上靖所写《穗高山的月亮》，不知怎的，当时的苍凉感再度涌上心头。作家描写中秋之时，与友人相约，经历了漫长艰辛的攀登，到山顶赏月，并无期待中的浪漫情怀，后来他夜半偶尔醒来，无意中看看外面，竟是意想不到的清冷月夜。文章所提的穗高山位于长野，我曾乘坐深夜大巴，长途北上到那里，只为一观东山魁夷所绘的山水画，继而再乘火车奔赴越后汤

泽，访川端康成笔下的雪国。无论是越后还是长野，都在我的记忆中留下了绝美的篇章，我想，不知何时，我能再回到那里，于一个瑟瑟的冬天夜里，望一望穗高山上的月亮。

2014年11月

残雪斜阳中的伊香保温泉镇

第四篇
4　快乐的蒲公英

　　美好的时光，莫过于同家人分享，从沙巴到槟城老街，洋溢着"春风杨柳"亲友团的欢声笑语。大海守护着济州岛乡村的宁静，也见证了孟买都市的喧嚣。淡水河畔，诉说友情的诗话，悉尼港口，沐浴亚热带的徐徐海风。潮来之时，是里约热内卢球迷的狂欢盛宴，潮退之后，留下寂寂的斐济小岛，花香袅袅，椰林沙沙，继续一场浪漫的约会……

恋爱假期

一

　　他住在萨里，那是英格兰南部风景宜人的小镇，车子奔驰在幽静的乡间小道上，耳畔回荡着一个女子的歌声，"任时光匆匆流去，我只在乎你……"。

　　他说，想到了垂垂暮老之时，多少有些伤感。我没有做声，只想着曲中的沧桑。

　　一间布满花香的小巧房屋，就是他的家，走入时有淡淡的薰衣草气息，一切简洁而温馨。

　　我们和气地说话，偶尔开开玩笑，然后他走到厨房，在靠窗的角落里点了支烟。白色的雾气顿时萦绕上来，我静静地从旁观望，一缕缕，一丝丝，有如在日本时领悟的香道，瞬息间化为无形，那是多么玄虚的人生哲学。

　　也许不谙世事的我，唯独面对喜爱的人，才会千方百计地思索。暮色中，我看不清他的表情，只是那高高的影子，透着一股子悲凉，一股子寂寞。

　　我们提到了感情，仿佛是别人的事情。他说，生命中那么多人来了又走，不想拒绝，又不敢承诺，于是伤人亦伤己。

　　我说，谁没有年少轻狂时，只求对得起良心。

　　他说，话虽如此，责任终究是要有的。

　　我淡淡一笑，若只是单纯安稳地度日，谁都可以。可爱情于我不是一蔬一菜，一个人，可以过得很好，但若两人相伴能更加丰盈，我将毫不犹豫，放弃独处时的精彩。

他赞许地点点头。道过晚安，我在黑暗中辗转反侧，不知何时听着鸟鸣，睡过又醒来，等到再次睁开眼，天已亮。

我缓缓地走下楼梯，从客厅里传来淡雅的音乐，越来越近，是一曲忧伤的葡萄牙文情歌，带着旧时光特有的暗淡色彩。再看时，一盏孤灯之下，是他沉默伏案的背影。

瓦格纳夫人是幸福的女人，因为那个清晨，她听到爱人为她演奏的乐曲。而那一刻，我的心涌动着难以名状的热忱，是喜悦，是感激，我就知道，生命中的奇迹正在发生。

我说，看不出，你这么有内涵。

他通红着脸，尽量掩饰心中的欢喜。

喜欢你，当我说出这一句，不再纠结，也不畏惧暴露心底的柔软。我们面面相视，良久不言不语。我很勇敢，我说，我们都要勇敢。

他的衣袖间散着烟草味，诱人而温暖，而握着的手始终冰冷。

萨里的时光总是缓慢的，说了许久的话，不谈彼此，却又心有灵犀地靠近。听着钢琴曲，忆着童年往昔，感慨于电影《一天》中荡气回肠又平静如许的爱情。

他说，他们恰恰在最合适的时间在一起了。风雨过了，不再重复从前的错误，那就是最好的缘分。

我的心中掠过阵阵喜悦，历过岁月变迁，也冷眼旁观了无数场悲欢离合，一切就这样渐渐地清晰。最好的感情，因相知而依偎，也因尊重而保持距离，所以，我首先愿作一个知心的挚友，不苦于欲望，不屑于纠缠。

这是一场人生的修行，因为懂得，才有前所未有的静好。一颗浪漫的心，只坚信那片刻直入灵魂的感动，然后，把年轻时积累起的梦想通通拾起，一时一刻，一点一滴地释放，所谓情调或永恒，便是这样的细水长流。

二

萨里的薰衣草田开花了。伴着阴雨，央金和玉珍跑在前面，一个穿红衣，一个着白衫，长长的衣襟被风掀起，好似蝴蝶翩翩起舞。

紫色的花束猛烈摇晃，一阵阵浓香在四周狂乱地萦绕，继而又被雨水淋湿，和着泥土味道，天阴沉沉的，是一种不同于普罗旺斯的风情。

玉珍停下奔跑的脚步，回过身，一个羞涩的笑容，白色短裙从红衣下微微飘起。在某一个瞬间，欢乐的心弦被舞动，她脱下红衣，摆着优美而可爱的造型。央金端着沉甸甸的相机，一路不停地抓拍，每每热情洋溢地赞叹。拉萨的姑娘有着蓝天白云的气质，无论在何处，都焕发着青春的纯美。在那广袤的苍穹之下，我的思绪被拉得很长很远，似要到了高山的尽头，天的尽头。

薰衣草是爱情的象征，那也许是一个凄美的故事，女孩儿的执着，男孩儿的忧伤。那一年在普罗旺斯，阳光灿烂，那一天在科兹沃斯，迷漫着古典馨香。而这一年的萨里，天气迥异，风景变了，人亦不同往昔。冷是冷了，心里却平静，不忙于拍照，也不急于称赞，只是默默欣赏着年轻姑娘们欢乐的笑容，就有说不尽的欣喜。

雨停了，抬头是湛蓝的天空，又给人雪域高原的错觉，薰衣草田仿佛紫色的海洋，花间的水珠在阳光下闪闪发光。一片又一片的白云，随风飞快地飘过，大块的影子投在田间，继而从远向近，一道道渐渐明亮。那好似舞台的幕布徐徐拉开，露出最华丽的容颜。游人渐多，有老夫妇携手徐行，还有小朋友追跑嬉戏，我坐在露天茶座，喝一杯红茶，凝望着一望无际的紫色花海。

离开薰衣草田，我们回到了萨里大学，天色愈发明媚，索性上山漫步。这一带静悄悄的，尽是错落有致的小房子，门前花草争奇斗艳，林荫小道上迷漫着淡雅芬芳，一切是那样的宁静而优雅。

玉珍默默地给心上人发短信，长长的头发在风中轻扬。央金告诉我，藏族姑娘是最率真的，爱就是爱，不会被旁的事物所牵连，因为相信缘分，相信真情。然后她讲起自己的感情经历，原来爱一个人可以默默等待十年，直到有一天，他蓦然转身。我听着，心中很是感动。而我的心又是怎样？或无怨无悔地付出，或心安理得地接受，然后在一个云淡风轻之日，找到了命中注定的缘分。

也许，这也是薰衣草的故事，就像我和他，隔了千万里的路，同爱着那片芳香。

三

乡间小路的交叉口有一间咖啡屋。午后飘过丝丝细雨，我坐在临窗的位子上，听

静悄悄的萨里小街

着忧伤的西班牙语情歌，一杯咖啡的热气腾起，暖暖的，浓浓的，就像那挥之不去的情绪。

"嘿，我能在这里坐会儿吗？"

一个声音在耳畔响起，我迟疑地抬起头，只见是一个中年男子，深色皮肤，圆头圆脑，憨厚地笑着。我点点头，他坐下，从纸袋里拿出一块三明治来。

"你是中国人吗？"

"对。"

"我夫人也是，她来自四川。"他眨着大大的眼睛。"这小镇上几乎没有中国人，我也是唯一的葡萄牙人。你上学吗？"

"不，我教书，现在是假期。"

"啊，真让人羡慕。"

"你呢？"

"我就在这里工作啊。"说着，他指指不远处的前台，"现在是午休时间。"

"原来如此啊。"我忽然想起，先前点咖啡时见过他。

"你的假期有多久？"

"差不多三周。你呢，什么时候来的英国，喜欢萨里吗？"

"四年了，我爱这里，又安静又美丽，之前我在伦敦，忙得不可开交呢。"

他大大地咬上一口三明治，愈发健谈："我从小就喜欢英语电影，那时候想，要是能到英国该有多好，我是学计算机绘图的，可惜没找到本行工作。不过现在也不错，附近的人们很友好，闲暇时，我特别愿意和他们聊天。有高中生考前来这里看书，还有那几家人，一到雨天就来吃午餐，我都认识了。"

随着他的视线，我看到角落里几个中年妇女一边说笑，一边哄着车里的婴儿，温馨的画面让人喜爱。

"哎呦。"他忽而叫了一声，打断我的思绪，再一看，身后那桌的小男孩儿正笑嘻嘻地伴着鬼脸。

"这孩子最淘气了，刚才捅了我一下。"

这一说，我也不由地笑出声来，又问起他葡萄牙的饮食，没想到他更钟爱四川火锅，于是，他绘声绘色地描述起在中国的有趣经历。西班牙语歌曲依然在暖暖的房间里回荡，不知何时节奏轻快起来，伴随着拉丁风情特有的随性，连窗外的雨丝也仿佛韵动了起来。

时间缓缓流动，来了位短发女子，和他打个招呼，匆匆走开了。

他耸耸肩："这是我们经理，她人很好，就是个工作狂，这不，我该回去了。"说着一副无可奈何的夸张表情，站起身来："我叫保罗，真高兴认识你，祝你假期愉快。"

"你也是，说不定哪天我们又见面了呢。"我说。

保罗回到前台，又忙碌起来，我的咖啡也喝完了，翻开一本书，随意地读上几行，耳边不时传来小孩儿的笑声。再看外面，雨丝依旧，行人提着大包小包，走来，又走去，看起来十分惬意。又一瞬间，我恋上了萨里的午后。

四

他问我，若是别的姑娘，会喜欢我吗。

我微微一笑，不置可否。

从英伦的南方到北方，再一次归来，不过几天，一种微妙的感觉在我们之间悄无声息地游走。房间寂静，院子许是很久无人修整了，杂草丛生，几簇小花随意地绽放。一股隐隐的香烟味，让我感到几分寂寞。七月的萨里只剩下我一人，我就像《蝴蝶梦》中的女子，在空荡荡的房间里，伴着我所不知的往事。

又一个天气晴好的午后，我走出家门，乘上公交，望着广袤碧绿的原野，心底的浪漫再度被唤起。我幻想像电影中的女主人公一样，遇到一份再也无法舍弃的情感，

没有繁文缛节，无需千言万语，只轻轻携手，穿过青草地，走向小小的乡间礼拜堂。

市中心的小路弥漫着节日气息，一个学生模样的人站在石拱门之下，深情地唱着"冬之旅"，行人从他身边漠漠走过。隔着商店的橱窗，我望着他摇头晃脑的样子，想起那个阴雨绵绵的午后，独坐在舒伯特的故居，也是一道玻璃窗，有轨电车缓慢地驶过，"当"地一声铃响，唤醒维也纳最古老的呼吸。

这么多年，我珍藏了许多声音，既盼着，又害怕与人分享。我们都一样，在自卑与自信的边缘徘徊。

五

他的呼吸带着淡淡的烟草味，让我沉醉，仿佛魂魄从我身体里抽出，在空气中团团地回绕，蒸腾。昏暗的灯下，我凝视着他因熬夜而略显疲惫的眼睛。

"你挺好看的。"我说。

他的脸依旧红着，目光避开了我："不要这么说。"

"好吧。"我低低地应着。

"没关系了，"他又体贴地解释道，"真实的你就是最好的。"

我点点头，凑到他身边，边说着玩笑，边不怀好意地打听事情。这样若即若离，不失为更好的相处方式。

"你这样游戏人生，谁知热情能持续多久。"我笑道。

"你错了，我可是下决心要好好过日子了。"他一本正经道。

我们漫不经心地聊着天，不知不觉中，出发的时候到了。如同许多个午后，再一次行驶在高速公路上。离别和初到时一样沉默，只剩下几首钢琴曲在车子里若有若无地回荡着。

"我们遇见是不是缘分？在最恰当的时候？"他忽而侧过来看我，我的脸颊一阵滚热。

"你相信灵魂伴侣吗？"他又问道。

"相信。"我说："我们不是吗？"

"那需要时间。"他又故弄玄虚道。

每个人都在寻求灵魂的另一半，可飘来飘去，又有多少人找到了？也许，我们原本就不是自己，而是一个个孤独的灵魂，等待转世的依托，转世的寻觅？

英伦的天阴沉沉的，在我的意念中，那云仿佛是天空本应有的颜色，而偶尔露出的一抹蔚蓝倒成了片刻的点缀。看着看着，我不禁悲从中来。

"美好的时光总是短暂的，就像做了一场梦，醒来时，一切都不在。"

"哎，"他也叹了口气，"音乐带走了吗？也许有一天，当你老的时候，听到那首葡萄牙情歌，又会想起我的。"

他这一说，我再也忍不住内心的悲伤，泪水夺眶而出，赶忙将脸转向车窗，可还是泣不成声。他于路边停下车来，轻抚着我的肩。

"你看，我穿的还是接你时的衣服。"他说。

"我也是。"我呜咽道。

"我在想象我们在苏州重逢，也许还像从前那样说笑，也许若无其事地打招呼，也许你已经忘了我，像陌路人一样不相往来。"他说着。

"怎么会？我记性很好。"

"难过吗？"他问。

"不——如果离别是为了相聚，应感到欣慰。而相聚，若是注定了分别，那么聚得越多，只会徒增别后的伤感。"我不知从哪里想出这样的话，像是电影里的台词，说完竟破涕为笑。继续上路，时间一分一秒地凝滞。到了机场，分别，许多次的分别，几经回首，几经相望。

飞机起飞了，我的心也在跑道上加速，耳机里反复播着一首老歌，和着隆隆的发动机声音，"这一次我执着面对任性的沉醉，我并不在乎这是错还是对，就算是深陷，我不顾一切，就算是执迷，就让我执迷不悔……"。

一晃十几年的光阴，王菲的声音依旧感动着我，那样空灵。我在座位上闭目沉思，任思绪随气流颠簸摇晃。我开始问自己，此时的他在何方？在想念我吗？或许，也是淡淡的微笑，淡淡的惆怅？离别，是为了更好的相聚，我在心中这样期待。

2012年7月

萨里郊外的小村，是电影《恋爱假期》的拍摄地

西贡情人

一

深夜的飞机带着令人昏厥的颠簸，迷迷糊糊中听见了越南语。那是一种奇特的声音，混着湿湿黏黏的味道。初访胡志明市便是这种感觉，而我更喜欢它从前的名字，西贡，听起来华丽而伤感。

夜已黑，宽阔的马路上不时有法国梧桐的影子，混着昏暗路灯，白昼过去之后，空气里依然飘散着喧嚣的余温。几家小餐馆亮着灯，远处霓虹闪烁，一辆摩托车驰过，后座上的姑娘露出修长的腿。

个转角处的加油站，我看到了"西贡"的字样，异乡的远行并着怀旧憧憬，在心中无休无止地蔓延。我知道，今夜又是个难眠之夜，可以沉思，可以写作，让思绪漫无止境地游荡，直至筋疲力尽。

我们需要行走，也需要写作，有一个心心相印的爱人，旅途中分享彼此的心事。他在我身边，我们一起迷失在迷宫般的街巷里，然后，幻想每一座古老斑驳的建筑之后，那缠绵而美艳的故事。

捧着一本安妮宝贝的《蔷薇岛屿》，我的心也仿佛和这气质古典的女子交流。

"其实，你也可以写的。"波波这样告诉我。

生活，需要放慢脚步，平凡之人，也会有不俗的感悟。我的心漾着一阵喜悦，又兼带几分羞愧，我需要平静的思索，也需要随性的激情，西贡，走近你，也许便找寻到一切。

寻找自己，也寻找唯一的爱恋，这也是杜拉斯笔下的西贡。小旅馆的空调吱吱呀呀地轻转着，窗外的霓虹灯若即若离地闪烁，我似乎听到了风声和海浪，潮起潮落，徘徊不知所踪。

二

西贡的一天从早晨隆隆的摩托声开始，走出旅馆，艳阳高照，成群结队的摩托车充斥着大街小巷。一杯浓浓的越南咖啡过后，心跳不住地加快。

市场周围是各色商铺，水果店里飘来菠萝蜜的味道，小巷如迷宫般交错，屋子一座座紧挨着，都有着瘦小造型，如同越南人的身材。老房子带着岁月沧桑，百叶格子窗映着斑驳石墙，无精打采地俯视着过往的车水马龙。

再过去几条街，眼前豁然，平坦笔直的大道通向西贡最华美气派的地方，百花圣母教堂宛若高贵的玫瑰花，绽放在青草地上。两座高耸入云的塔楼，让人想起塞纳河畔巴黎圣母院的倩影。红砖、尖顶，还有精美的圣母雕像，慢慢诉说殖民时代老西贡的故事。来自各地的游客汇集于此，不由仰视苍穹，广场上，一对新人亲密地合影，女子穿一袭粉红色的丝绸长衣，展现着纤细曼妙的身姿。

教堂的一侧是中央邮局，法式的古典建筑，走入大厅，更有怀旧气息，人们坐在环形长椅上静静发呆，时光一分一秒地流淌。有人伏在案前写明信片，身在异乡，心中都有所牵挂。思念，源自心灵的交汇。我们翻阅着纪念画册，不约而同端详着同一幅田园风景，然后相视而笑。

一月的西贡阳光很浓，市政厅前莲花盛开，一侧是旧时代的西洋余韵，一侧是新春将至的喜气，一切便是这样交融，喧闹又从容，华贵又寂落，一路挥之不去的法式殖民地情调。几条街之外，又有原汁原味的市井风貌，比邻拥挤的小店，铺天盖地的打折广告，混着熙熙攘攘的人群，夜幕降临后，更显热闹。

看一场五光十色的西洋镜，再走回世俗的欢愉，我已深深地爱上了这座城市。

西贡圣母院

三

由于西贡深受西方文化的影响，在我眼里，它就像上海一样。早晨，城中早已喧嚣不堪，熙来攘往中，很近的路也要走上许久。渐进西贡河，街道宽阔明亮，一座座气派的大楼依次排列。我们幻想着美不胜收的河景，以为这便是西贡的外滩。然而，当走近岸边时，一股令人作呕的臭气从河底翻腾而来，污浊的水面漂着垃圾，几条破旧的船只蓬头垢面地停在中央，彻底打破了我的美梦。

也许，若干年前，这里也是繁华之处，情侣们坐在酒店的天台上，俯瞰着河上船帆点点。我这样自我安慰着，继而眺望远方，似在寻找豪华游艇的影子。沿河的建筑多已破败，虽从窗子的式样依然能看出昔日的精美，西贡到底是在岁月变迁中老去了，它的多元化亦是建立在历史的伤痛之中，正所谓，辛酸的浪漫。

走过几条繁华大道，统一宫赫然在目，它原本是法国人的总督府，后来毁于战火，再建时成了如今白色庄严的景象。内部装潢很简单，甚至有些寒酸，在导游姑娘的介绍中，我们有序地参观。

越南人是出奇地耐心谦和，这为我们的出行增加了几分舒适，而西贡的美食更是妙不可言，无论是清爽可口的河粉，劲道鲜美的春卷，还是古法煎鱼，都堪称佳肴。饕餮之余，总是意犹未尽。而滴漏咖啡就成了饭后不可多得的享受，坐在街边，望着流动的风景，静候着咖啡一点一点地滴落，当氤氲蒸汽渐渐散去，心情也格外惬意。翻上一本老西贡的照片集，或是悠然发呆，于忙乱中感受着城市的韵味，熟知，亲切又让人不舍，仿佛是在故乡。

是的，这种时候，西贡就像是温柔的情人，在我身边，忘却了痛苦与创伤。

四

我来西贡，有一个梦想，便是寻找玛格丽特·杜拉斯的足迹，当我们乘车来到堤岸唐人街时，便走入了《情人》最初的约会。

想象中的堤岸，是一个适合风花雪月的地方，十五岁的法国少女情窦初开，在这里邂逅了风度翩翩的东方情人，于是在那些闷热的夏夜，他们呆在同样闷热的公寓里，听着窗外人声鼎沸，开始无休无止的情欲纠缠。

这一带在上世纪中是西贡的富庶之地，如今聚集着数量可观的华人，他们大多操着熟练的越南语，于岁月变迁中渐渐融入了异乡，连皮肤的颜色也与当地人并无分别，只有店铺上的中文广告，标志着特别之处。

唐人街比想象中还要嘈杂，拥挤不堪的小巷里到处是卖衣服箱包的摊子，全都横七竖八地堆叠着，我们只好在间隙中小心翼翼地探路，耳畔是吵闹的摩托车声。也许是拥挤的缘故，原本炙热的正午显得更加炙热，槟榔味、榴莲味，混着呛鼻的油烟味，在空气中交杂。

波波说，对比这景象，伦敦的唐人街真可谓整洁。想象先人们在异乡打拼，如今后人依然忙忙碌碌地奔波，还是同样艰辛。

堤岸的房屋看上去陈旧不堪，那些破败的百叶格子窗，还遗留着一丝西洋风格。也许，就在那些窗子之后，年轻的杜拉斯体会着尘世间美而绝望的爱恋。和小说一样，她的情人是个华人富商，他们注定没有结果。激情并着凄绝，如同堤岸夜以继日的嘈杂声，令她又厌恶，又迷恋。

望着眼前令人窒息的人山人海，我对波波说，本以为《情人》的风雅，原来是尘世深处又一场无望的折磨。也好，我们不再留恋，毅然回到西贡河边，品尝昨日的"古法煎鱼"，美味依旧。越南食物很精巧，尝过之后让人念念不忘，独特的调味酱像是河水的味道，臭里带着香，在别处再也寻觅不到了。

饱食之后，散步至金融高塔，登上了最高处。俯瞰西贡，灰蒙蒙的天色，河水蜿蜒，高低错落，其中华丽的市政厅尤为醒目。西贡从最初的小渔村发展为法国殖民地的洋场，又在战火中荒落，如今它正在向现代化前行，虽然依旧步伐沉沉。

想着十五岁的杜拉斯，或许也望着同样的河，只是那时货船往来，岸边热闹，又充满了醉生梦死的味道。她也想念久别的故乡法国，但对这片新生土地充满了憧憬。岁月终于将她最美的记忆定格在这里。

我和波波手牵着手，望着走过的路。我的人生中，也会有这般美妙的邂逅。不再羡慕，即便是最美的小说。我想与他走上很长很长的路，记下许多许多的浪漫。

2013年1月

湄公河上

恋风恋歌

一

从上海到济州岛只有一个小时行程，转眼间已到达这片纯朴的小天地，天微微飘着雨，车窗外随处可见圈圈串串的韩文，调皮捣蛋的波波不停地与司机说着"思密达"。

这座小岛没有波澜壮阔的历史，以至于海在它身边也多了分静的气质。弯曲小路连着起伏小山，一片片青绿色中偶尔出现简朴的民居。

我说："真幽静，好像英国田野，是波波最喜欢的情调。"

妈妈说："何止波波啊，我们也喜欢，多么休闲安逸呀！"

叔叔阿姨坐在后排，欣赏着乡村风景，不时讨论着花花草草的名字。

想起一个月前，崇洋媚外的我们提议去海外拍婚纱照，再带上父母一起游玩，如今梦想成真，看到他们欣慰的表情，心中也仿佛浸润了甜甜的雨丝。

过了许久，阿姨开始担忧了："这样的乡下会有婚纱影楼吗？"

这下子，我也有些疑惑，脑海中猛然浮现出一幅画面，我与波波身着粗布粗衣，手上拎着红双喜，发间系着红头绳，绿油油的菜畦间，龇牙咧嘴傻乐着，好一个原生态的婚纱照创意。

果然，车停在一处僻静小径里，隔着木头门，我仿佛听到了"咯咯哒"的鸡叫声，难道真要上演韩国版的"农家乐"了？正寻思着，走出一个年轻小伙儿，波波一眼认出他就是宣传册中的模特，小伙子礼貌地将我们请进"乡间"工作室，一番交流

后，终于看到了婚纱。

试衣比想象中复杂，白纱裙紧裹着我的水桶腰，助手用尽力气，勒了又勒，像极了"乱世佳人"里的情景。冲着镜子晃悠两下，胖胳膊依然暴露在外。

"减肥！"妈妈和阿姨齐声道。

接下来是波波，穿上西服后姿态挺拔，可啤酒肚总是美中不足。

"吸气——"两位妈妈从旁指挥，波波滑稽地吐着舌头，逗得大家前仰后合。

试装后，入住酒店，稍作休息后，一行人开始寻觅美食。我和波波走在最前，

济州岛一景

凭经验和敏锐的嗅觉，成功找到黑猪肉一条街。黑猪肉是济州岛的特色菜，看看饭馆里，人们莫不大口大口地咀嚼，于是乎，我将减肥大业瞬间抛置脑后，只想高喝道："小二，再来二斤肉！"

上菜了，侍者将白花花的猪油涂在滚烫的铁板上，很快，油脂流淌下来，浸入辣白菜中，波波忙不迭地摆上厚厚的五花肉，"刺啦"一声，香气冒上来，猪肉闪着耀眼的油星。不多时，肉渐变为褐色，阿姨率先鉴定道："好吃，好吃。"

说时迟那时快，亮晃晃的筷子从四面同时伸出，将烤好的猪肉迅速瓜分，大家你看着我，我看着你，吃得津津有味。肉很嫩，配了微辣的葱丝和鲜美大酱，愈吃愈是开胃，满满一桌菜，很快一扫而空。

"太幸福了！"一个饱嗝涌上来，由内而外的酣畅淋漓，我盯着手捧啤酒杯的波波，大快朵颐之余，想起了"妈妈讲堂"，内疚感开始滋生。好吧，减肥，从明日开始！

夜晚的济州岛，听不到海浪声，孩子们在广场上打球，岸边小情侣携手散步，游乐场上一条海盗船忽上忽下地荡着。

"真是和谐呢。"波波道，夜空中，又一架飞机闪着光，好像星星的眼睛。暖暖路灯下，我们欢喜地走着。

二

济州岛的早上在一缕金色阳光中到来，堤岸上陆陆续续有了晨练的人，海水泛着微微波浪，听不到潮起潮落，也看不到船来船往，偶尔一架飞机飞过，淡蓝天空中留下长长的白线。观海，是那样的亲切，仿佛人生也在一番惊涛骇浪之后，回归最初的平静。

我们漫步在塑胶铺成的海边小路上，脚下舒适，心情亦轻松，波波左手持手机，右手持相机，交错地捕捉灵感。岸上有一道黄堤，绘着五彩图案，海水平平地铺展开

去，清粼粼的，仿佛伸手可掬。

不多时，依水势拐入一条小河，有吊桥悬于两山之间，郁郁青青的树木间隐约可见红色的亭子。"漂亮！"我不由拍起手来，那一汪碧玉般的水，泛着一股幽凉，仿佛来自很深的地方。

情怀十足的阿姨从路边摘下一朵蒲公英，递给我："最喜欢女孩子吹蒲公英，很哆的。"于是，一粒粒白色的小伞在空中飘舞，带着我们的心愿在青山翠谷间安家落户了。

再向前走，飘来一阵香甜，原来有人在烤栗子，看看草丛里，于零零星星的小黄花中冒出几株红红的草莓，上有晶莹露水，宛若姑娘红扑扑的脸颊。忽而又听见清脆的叫声，循声而去，只见绿绿的枝丫上，站着一只灰黑色小鸟，它身边是团团簇簇的丁香花，微风吹过，香气沁人心脾，鸟儿的叫声婉转极了，似乎在向对面的心上人诉衷肠："喂——你是我心爱的丁香姑娘呦。"

隔着寂静山谷，传来几声羞涩的回音，鸟儿更加欢喜，张开羽毛，弯下腰精心梳理，似在说："我的样子是不是帅极了？"

我陶醉在鸟儿的浪漫情趣中，看那山那水，正是这不经意间的妩媚动人。走过吊桥，便是嶙峋的龙头岩，休憩片刻，到了午餐时间，我们选了临海的一家小餐馆。由于语言不通，费了许久才点好食物，期待中，油光可鉴的烤鲍鱼盛上，还有光溜溜的鱿鱼，再等待，大头鱼刺身上了桌，众人皆举筷品尝，未了，面露愁容。

"咬不动！"我说。

望着堆得高高的鱼片，心中犯了难，想了又想，还是把小店老板叫过来。老板表情诧异，继而意识到我们的不适，忙将鱼片端进厨房里加热。随后他又捞了两条小扁鱼，比划道是赠送给我们的。我心中再度燃起美食热望，也为济州岛人的淳朴好客所感动。

时间慢慢地流逝，金灿灿的油炸大头鱼片千呼万唤始出来，饥肠辘辘的我们顾不上许多，大口吃着，那香香的味道，真是出乎意料的好。先前的愁眉不展，瞬间变为笑开了花，小店老板从旁看着，也会意地笑了。一边吃，我一边想，这就是地域差异，在他们眼里，我们不知多糟蹋新鲜食材呢。

笑谈声中，红烧扁鱼也滚烫出炉，还有大头鱼骨炖海带汤，统统引发我们的食欲，你一口，我一口，再度发扬了不浪费的传统美德，吃罢，各个有了灵感，妙语连珠。

叔叔说："这叫一鱼四吃，生鱼切片、鱼胆泡酒、油炸鱼片、鱼头炖汤。"

我指着零星的小扁鱼残骸，道："这个是二鱼白吃（免费）。"

波波道："不厚道，吃了人家，还说是白痴（吃）。"

再看妈妈和阿姨，容光焕发，仿佛又年轻了十岁。

回途中，细数堤岸上千奇百怪的鱼类图案，细心的叔叔忽然指着一条黑白相间的大鱼："这就是咱们刚刚吃的。"

众人皆笑。岸上还是那样清静，偶有锻炼的人从身边跑过，场景和来时一模一样。我想，济州岛的生活便应如此，未因旅游而喧闹，未因商业而浮华，就这样原原本本的，真好。

三

"一、二、三……"胖胖的摄影师在海滩喊着，波波拎着我的高跟鞋，两个人牵着手，赤足踩在沙滩上，依口令忙乱地变换表情。

婚庆公司的小刘站在高处摇晃舞姿，引得我们欢笑，阿姨兴奋地跑上跑下，抓拍花絮，妈妈和叔叔在一旁静静观望，小翻译得了闲，偷乐着加入观众席。正午的阳光照着跌跌撞撞的我们，那感觉像做了回明星，备受瞩目。

这是我们在济州岛的第四日，依计划找了家韩国摄影队伍拍婚纱照。一行人首先来到了风景明丽的飞扬岛，湛蓝的海水紧接着透蓝透蓝的天空，朵朵白云飘过，仿佛

婚纱上美丽的蕾丝花边。经过一番涂脂抹粉，儿时的公主梦就要实现了，我在"侍女"们无微不至的服侍下，娇贵地登上高跟鞋。海水平静，细腻的沙滩上有闪闪发光的贝壳，不经意间还能看见海螺笨拙地走着，礁石上留下片片海菜，仿佛绿色的绸缎。

摄影助理是个小个子男孩儿，红红的衣服映着腼腆的笑容，除了拎包扛箱，还给我示范动作，姿态之娇美，令我自叹弗如。化妆师小巧甜美，她熟练地整理我的头发，从手心里飘来香香的花粉味道。还有一位中国姑娘，一面扶着我，一面赞美道："这里太美了，我们常来拍摄，还是百看不厌。"

站在礁石上，波波运好气，猛地举起我，助手们迅速扬起裙摆，随之是咔嚓咔嚓

的快门声。再看可怜的波波，脸憋得通红，等到放下我时，早已满头大汗。

"波波，我对不起你，吃成这么个大肥猪。"

波波依旧气喘吁吁，好一会儿才恢复常态。蓝天之下，玉树临风，俨然是童话中的白马王子，于是我俏皮地用手指指自己的鼻尖。

"好看——"波波拖着长音，嘴角微扬。深爱大海的我们，几乎每次旅行都伴着海浪声，如今又在海的怀抱中抒写缘分，真是难以言表的幸福。

"公主"和"王子"上岸了，妈妈关切地问长问短，阿姨开始了"情怀"赞美，"侍女"们端茶奉水，喜滋滋地享受后，"起驾"前行。

车行乡间小路，绿树成荫，一洗正午的炎热，到了希腊博物馆，一架精巧的小风车迎面耸立，白色小屋，蓝色木门，配上明媚阳光，真仿佛置身爱琴海上。这里还有一座教堂模样的建筑，洁白的外墙，头顶的十字架接着蓝天，走近一看，竟是公共厕所。别出心裁的摄影师就以它为背景，将我与波波分置两侧，脉脉对望，想着我那优雅的"奥黛丽·赫本"发式上赫然顶着"厕所"字牌，一只苍蝇飞过，真令人哭笑不得。

接下来，又是一组高难动作，我站在高台上，浑身僵硬，脚下不住地发抖，还要保持微笑，心下想，当模特明星真是不易啊。

再换上一条古典长裙，回到片场，只见姑娘们手捧巧克力，各个心花怒放："是新郎送的呢！"

我赞许地看着波波："你真绅士！"

离开大海与森林的怀抱，我们来到了最后的拍摄地——一条无名的高速公路。

"就在这里吧。"摄影师示意着，将一个大皮箱交给波波。

小刘解释道："这个主题叫一条路，一起来，一起走，就是婚姻的含义……"

我听着，不觉眼眶湿润，这不正是我们所说的执子之手，与子偕老吗。面对着茫茫未知的路，我们手牵着手，影子映在路边杂草地上，被夕阳渐渐拉长，不时有汽车

飞驰而过，吹散了发梢，依旧一动不动。

"好！"苛求完美的摄影师终于喊停，拍摄结束了，每个人脸上洋溢着笑容。

波波说："很久没看到人们这样努力，这样敬业了，早知如此，我们应更加重视。"

"成功！"大家开心地击掌。

夕阳慢慢地沉落，晚霞染红了天边，也映红了我们的脸，清风送来野花的芳香，我们的心留在了这美丽祥和的地方。

四

济州岛素有"三多"之说，即风多，石头多，女人多。临海听风，一望无际的蓝天碧海之下，心自由自在地飞翔；造型奇特的火山石，讲述着千万年的岁月变迁；这里的姑娘白净灵秀，眉宇间有一种都市里难以寻觅的淳朴。

我记得许久前看过一部韩国电影，名曰《恋风恋歌》，就提到了济州岛的动人传说，青山秀水见证了主人公的爱情。后来，两位主演也在现实中结为连理，更为故事增添了浪漫。

伴着风和日丽，我们也如故事所述，经历了神秘之路，来到最富盛名的汉拿山。车行盘山路上，秀美风光层出不穷，妈妈和阿姨谈论着武夷山"九曲十八弯"的经历，比起我们的名川大山，汉拿山算不得壮观，可那股清静自然，别有一番情趣。

到了半山处一片绿油油的草坪，呼吸着清新空气，在司机师傅建议下，我们爬上了小汉拿山。静谧的森林里铺着木头台阶，金黄色的小花扬着笑脸，时而传来鸟儿的歌唱，我不禁也哼唱起那首《牧羊曲》，"日出松山坳，晨钟惊飞鸟，林间小溪水潺潺，坡上青青草……"。

"这里真清静，好像私家花园。"我感叹着，仿佛许久之前，我就住在这片林中。

再向前行，有一株大树紧紧攀着石块，只听阿姨诵读着旁边的文字，"岩石和树木拥抱着树林中的生命，终身相依相伴，不知不觉化为黄土，遵循着自然的规律。"念罢，情难自已："这'树包石'，写得真美。"我重复着那诗一般的话语，一不小心说成"树包肉"，暴露了吃货本性，引来众人"鄙夷"的目光。

到了山顶，空气湿润，四面隐隐青山，云蒸霞蔚。阿姨端着望远镜，欢呼雀跃道："那边有一只山鸡，特别漂亮。"

我也凑到镜前，细细寻找，只见一池静静水潭上晃动着微弱的涟漪，想象着鱼儿戏水，雀鸟欢歌，好一派田园风情。

下山的路，阿姨依旧打头阵，波波断后，不时总结我们的夸张词语，"美"、"太美"、"爱疯了"、"爱到极致"、"美得令人窒息"，忽而他消停下来，似在寻找灵感，问道："不知有没有人愿意站过去啊——"听到暗示，我心领神会，立刻回身，摆起金鸡独立的造型，笑嘻嘻地面对他高高举起的镜头。

看着我们俩一路嬉笑的样子，妈妈建议道："跑跑步吧，拍下来给你爸爸看，定会得到表扬。"这一说，我们像模像样地摆起姿势，妈妈灵机一动，又模仿昨口摄影师的样子，"一、二、三……"声控着我们的表情。

下山后，吃过地道的农家饭，我们又游览了天帝渊瀑布与海边柱状节理，这下子，快把济州岛的名胜游遍。最后一站是位于南面的《大长今》拍摄地，漫步在栈道上，海风呼啸，一个巨浪拍在岸上，卷起千堆雪。岩石巍然挺立，面向广阔的大海，有一种海角天涯的沧桑。

回途中，车里放起了"呼啦啦——"的旋律，我没看过《大长今》，想来如许多韩剧一样，是对真善美的歌颂。司机师傅介绍着济州岛的风土人情，一面自豪地说，他是这里的模范标兵，每周还要当交通协管员，维护小学校前的秩序。我望了望后视镜里他微笑的神情，不由肃然起敬，在济州岛的几日，总能遇到彬彬有礼、善良友好的当地人，他们让我们的旅途舒心愉快，而这正是这个物欲横流的社会中，人们逐渐

缺失的东西。

　　夕阳渲染着天边，浪花轻涌着岸滩，想象劳作了一天的海女也收起渔网，开心地上了岸。迎风徐行，呼吸着大海的气息，遥远天空里，传来那一曲亲切的歌谣。

2013年6月

秘境尼泊尔

一

我昏昏沉沉地睡在飞机上，忽而听到广播里一段蹩脚的英文，"女士们，先生们，再过三十分钟我们就要到达加德满都了……"。

睁开惺忪睡眼，窗外蓝天如无边无际的大海，白云在我们下方，时而如浪花朵朵绽放，时而似薄纱轻盈地飘转。天的远方，亦有大片大片的云，其中一朵格外壮观，于霞光万丈中闪着耀眼的光芒。是雪山？我心中产生了这样的幻觉，定睛看去，那云又变了姿态，如少女婀娜的舞蹈，伸展出曼妙修长的曲线。在它身后，云时聚时散，仿佛层峦叠嶂中盛开着洁白的雪莲，层云映着阳光，又被蓝天冲散，如映在清澈水面之上。我迷惑于这变幻万千的奇观，那清澄之蓝，圣洁之白，彻底净化了我的眼睛。

"这是我见过最壮美最纯净的景色，尼泊尔的云啊……"我激情澎湃地赞叹着，再看身边的波波，正不露声色皱着眉，似在说："你这崇洋媚外的家伙，云在哪里还不都是一样。"

飞机渐渐降落，路面出现了蜿蜒河流，一座座青山铺展开去，再近一些，山峦更显青翠，五颜六色的小房屋点缀其间，看上去宁静安详。

我指指窗外，示意波波，他那双睡意朦胧的眼睛终于一亮，随即是灿烂的笑容。

到了加德满都机场，各种肤色的人聚集在狭小昏暗的空间里，然后散向更加忙乱的四面八方，每走几步，就有当地人用奇怪的中文让我们搭车。由于旅店人员未能如约接应，费了一番周折，我们才乘上出租车。

雨季的加德满都湿漉漉的，坑坑洼洼的路面泥泞不堪，汽车拥堵在一起，呛鼻的汽油味尚未散去，又传来此起彼伏的喇叭声，一辆小巴驶过，里面黑压压地挤满了人，摩托车成群结队地穿来穿去，几乎贴着我们的车身。人们穿着雨披，或是索性淋着细雨，路边小摊杂乱无序，破旧的房屋前聚着几个男子，于闹市中享受着雨季闲情，也有身披纱丽的女子，散着乌黑长发，不紧不慢地扭着腰肢。

"大千世界真是无奇不有。"我和波波一路兴奋地谈论，若非旅行，岂能亲历这浓郁的异乡生活。

车转入狭窄巷陌，店铺密布，原来是热闹的泰美尔区，我们的旅店就坐落其中，四方天井在高楼正中，空中悬着五色经幡，颇有藏传佛教的氛围。

由于接机失误，旅店经理为我们安排了顶楼的豪华间作为补偿。宽敞的屋子里装饰着鲜艳彩绘，令人眼花缭乱，佛像和转经筒增添了神秘宗教色彩，窗棂上方垂着金黄色的帷幔，风吹过时，掀起优美的波浪，窗外雨雾中，依稀可见山影。

"太开心了！"我喊道，旅途的劳累荡然无存。

趁着欣喜，我们又开始了美食行动。尼泊尔菜与印度菜十分相仿，浓烈的咖喱配上各色香料和烤肉，很是诱人，波波颇为内行地看着菜单，我则满心欢喜。

"笑什么？"

"你每次点菜的样子都挺有意思的，由内到外透着品味。"

波波眨着眼睛，掩饰着得意之情。

"算上飞机上的简餐，这可是今天吃的第六顿了。"

"啊！"波波恍然醒悟道："咱们真是不可救药了，怎么办？"

"哎，只有明天再说了。"我自我安慰道。

明天，总是崭新的开始，就像古老的加德满都，雨过天晴后又迎来雪山上第一缕灿烂的朝阳，于是世间的浮华与喧闹，都笼罩在永恒的神圣之中。

二

　　风停雨住，加德满都的老城热情四溢。早晨，尼泊尔小伙子伊施瓦如约而至，他是我们同事尼玛诗的姐夫，黑黝黝的皮肤，笑起来两颊鼓鼓的，十分有趣。

　　驱车在崎岖山路上，云淡风轻，远山连绵起伏，带着闲适的田园气息。我们来到位于加德满都山谷东面的巴德岗，一座千年古城。这里处处是历史遗迹，相比人满为患的首都，小城多了分清闲，又逢雨季，游客稀少，更呈现出市井本色。

　　伊施瓦为我们安排了当地导游，走入城门，迎面殿宇林立。广场浓缩了尼泊尔建筑的精华，从皇宫到寺庙，再到寻常百姓家，每处都有特色风格。

　　王宫位于广场西侧，经由一道金碧辉煌的门，红色砖墙上嵌着雕工精细的窗户，神像屹立在旁，历经千百年的风吹雨淋，依旧坚守着人们的心灵世界。印度教与佛教寺庙在这里和平共存，有的巍峨耸立，展示着不可思议的力量，有的隐没于阡陌小巷之中，简约而平易近人。风吹过时，屋檐的铜铃叮当作响，让人恍惚觉得，一千年，就是那瞬间铃声里的轮回。

　　小城的居民沐浴在阳光中，有的在佛像前虔诚祈祷，念完经文，在眉心抹上红红的一点，也有的围坐在自家门前，聊天喝茶，招呼着过往的左邻右舍。孩子们随处奔跑，大胆些的围住游人乞讨。小巷里有许多别具风情的工艺品店，挂着木刻绘画，或是造型诡异的面具。这里的人们精于艺术，也耐得住寂寞，他们会花上三年五载绘制一幅唐卡，这漫长的专注，本身就是一种修行。于是，在日益浮躁的现代社会中，我们依旧能寻到这样的小街，小店，内心充实的人们。

　　在导游带领下，我们走入一道阴暗的石门，低头前行，拐了个弯，步入住宅区。眼前是一方小小的庭院，四面三层，住着诸多人家，从简陋密集的窗子可以想见生活的艰辛。几位妇女正在院子里俯身洗衣，听见脚步声，侧过脸来，腼腆一笑。正午时分，不知从谁家飘出炒菜味道，整个四方院中香气萦绕，好一派和睦友好的生

活气息。

闻着饭香，我们也来了食欲，前往广场周边的一家露天餐馆，边享用传统菜肴，便欣赏古城风貌。伊施瓦看到我们满足的神情，很是开心，他十九岁只身前往日本，一呆就是二十年，如今衣锦还乡，眉宇间依旧是尼泊尔人的热情淳朴。

他说："年轻时总想去大城市看看，可久而久之，就觉得异乡生活离你越来越遥远。在东京，有种难以言喻的冷漠感，而加德满都很好，到底是故乡呢。"

我想象着当年那个踌躇满志的青年形象，挥一挥手臂，就有远近的追随者，说不定我们的同事尼玛诗也在其中："走吧，跟伊施瓦大哥一起去闯荡江湖！"

看得出来，伊施瓦深谙日本文化，他不时讲讲日语，以为可以从胡乱点头的我这里找到一点点共鸣。相比现代都市，尼泊尔的生活实在穷苦不堪，可人们的内心平和而闲散。

又一阵铜铃响起，白云似轻纱，缭绕于远山之间，广场上人来人往，笑语不绝。

享过午餐，我们返回加德满都，车行西山脚下，是佛教徒的朝圣地。适逢周末，人头攒动，热闹非凡。在入口处的佛像前，人们纷纷掷钱币许愿，幸运如波波，一下子就击中了目标。

伊施瓦说："你们会有好运的。"可不是嘛，在这阴雨连绵的季节里，能赶上如此风和日丽的天气实属罕见，冥冥之中，似有神明护佑着我们的旅行。

怀着诚挚之心，拾级而上，不多时来到山顶。只见一座通体洁白的圆佛塔屹立于天宇之间，顶上金光熠熠，无限宏伟圣洁。塔身绘有巨大的佛眼，以示佛法无边，保佑芸芸众生。佛塔之下，又有佛龛和转经筒，随着当地人的脚步，我们也转动起经文，每当一串经文结束，会有一只铜铃清脆作响，继而又隐没在和尚们整齐的诵经声中。再仰望碧蓝天空，大片的白云飘散而过，看似遥远，又那样接近，五色经幡随风招展，似将人们的祈祷送向天边。

站在山顶，俯视整个谷底，青山逶迤，美不胜收。伊施瓦指着不远处道："我们

圣洁的佛塔

的城市还在扩张，从前才美呢，没有密密麻麻的房屋，而是绿油油的田野。"

听着他深情的追述，我的眼前浮现出那美好的画面，禁不住心神荡漾，仿佛于那青山依依、绿水悠悠之中绽放了一朵莲花，那样芳香，那样淡雅。

三

加德满都的早晨，依旧晴空万里，透过窗户，青山连绵，昨日造访的白色佛塔依稀可见。

波波坐在书桌前，一面工作，一面播放着琼英卓玛的歌曲。看过尼泊尔的山山水水，再听那天籁之音，心中一片澄清。我临窗而坐，漫不经心地翻翻书，一本《莲花》，写着都市男女的迷惘与执念，一本画册，印着白雪皑皑的喜马拉雅山。

"什么时候，我们也能登山。"我喃喃道，想着大街小巷中那些铺天盖地的旅游广告，印度、西藏、不丹、喜马拉雅……多么神圣的名字。有那么一瞬的冲动，也想过乘飞机环山游览，但终因工作繁多并身体不适而放弃了。

"像我们这样好吃懒做的，恐怕这辈子都和探险无缘。"波波早就为我们的恶习定了性，他品着浓浓的尼泊尔咖啡，透过镜子可看到嘴角挂着的一小片白色奶皮。

这感觉真好，像尼泊尔人一样闲散，我望着晴空下的远山，一只鸟儿飞过，落在天台上，那里种着几盆不知名的小花。

泰美尔区的闹市就在身边，却似乎离我们很远。一切甚好，谁说旅行就要风尘仆仆，马不停蹄。行走和隐居，同样是漫漫求索，同样是迷途后的沉思。在城市的一隅，闹中取静，也许更懂得那里的风情，一草一木，一人一物，全然融入记忆的深处。

"太舒服了——"我伸了个长长的懒腰，颇为放松地打着呵欠，然后习惯性地照照镜子，正与同样臭美的波波视线相接。赶快挤眉弄眼，问候一声。

"喂，你为什么偷看，是不是喜欢上我了？"

"一般般，一般般。"波波迅速垂下眼帘，长长的睫毛眨动着。他继续埋头工作，偶尔用余光瞥着面前的镜子。我则不知从何处来了灵感，放下书，煞有其事地写起了游记。

时光静好，咖啡幽香，琼英卓玛的声音带着雪域的神秘，依旧娓娓道来。

四

泰美尔老城的路坑坑洼洼，汽车、三轮车、摩托车在其间颠簸，所经之处，扬起阵阵尘土，精明的小商贩不时凑过来，"你好，你好"地搭讪，老房子暗淡无光，一间紧紧贴着另一间，木头窗子之后，不时有人探出头来，瞅一瞅电线杆子上乱糟糟的线团，叹一口气，似在说："又停电了，这闷热的夏天，何时才能熬过……"

穿着一双印度风格的人字拖，走过不计其数的庙宇，香正浓，人正多，都隔着镂花窗虔诚地合掌。路的前方渐渐弥漫起更多烟，不用问，那便是庙宇林立的杜巴广场了。视线所及，是古老的红砖建筑，寺庙的屋顶一层叠着一层，每一层都落满了鸽子，平台上也是觅食的鸽群，不时"咕咕"地飞起飞落。杜巴广场集中了十六至十九世纪之间尼泊尔王国的古迹，老王宫也在其中，昔日的皇家禁地，如今是市民祷告休憩、商贩们生财之处。

加德满都的天气也如历史风云一样变幻莫测，刚刚还晴空万里，忽而乌云密布，一场瓢泼大雨骤然降临。先前熙熙攘攘的人群，霎时四下奔走，念经的妇女躲在墙角里，五彩纱丽在雨中如花一般。鸽子一拥飞上了塔间，祈祷的钟声断了，香火暗淡，唯有雨水顺着房檐湍流而下，彰显着不可阻挡之势。

趁躲雨时间，我们走入皇宫内部，旧时的木板台阶踩着咯吱作响，黑暗的房间里展示着特里布文国王的照片。国王是个爱美之人，一种姿势和发型，可以拍上数张。展品中还有他造访中国，与周恩来总理亲切交谈的油画，红红的锦旗和中文书籍格外醒目。走出房间，又有狭窄通道通向幽谧处，如此，看似局促的空间，我们竟绕了许

久。偶尔有一扇敞开的窗户，送来光明，从那里俯看，四方庭院里有浅浅的积水，白墙和镂刻木窗交互，隔着雨帘，古典而凝重。

王宫的内庭还有两座露天池子，一座大气华贵，一座精美隐秘，是国王与王后沐浴之处。站在池边，细细观赏池中金光闪闪的雕塑，还有印度教的诸神雕塑，水流从石岸而下，尽显幽静。

波波说："要是允许拍照就好了，尼泊尔有丰富的人文自然景观，如能好好宣传，会有更多人欣赏。"

走出皇宫，雨渐小，一刹那，天晴了，人们也仿佛从隔时空的梦中醒来，全都精神抖擞，再度拥向广场。香火升腾，红砖建筑经过雨的浸润更加鲜艳，鸽子快乐地嬉戏，商贩们索性在寺庙屋檐下摆开摊子，男女老少们无所事事坐在门槛上、台阶上，继续无休无止的闲聊。一双双拖鞋在泥地里趟着，泥水溅在小腿肚上，斑斑点点的，好似纹了奇幻的图案。我们在一间咖啡屋静静观望这天晴后的欢乐，看看表，快到四点钟，童女神一现尊容的时刻到了。

童女神是一个小姑娘，从八岁到青春期，被选作神的化身住在女神庙中。那座庙很小，里面有几株小树，鸽子时而飞起，掀动黄色的帷幔。一门之外，便是世俗最深处的杜巴广场，不知这幽居的小姑娘，可曾在日复一日的诵经祷告之余，听见那里的车马喧嚣。童女神长大后要离开神庙，由后任接替，据说返回凡间的她们难有美满婚姻，因为在传统禁忌中，娶这样的姑娘会遭受不测。

随着信徒和游客渐渐站满了小小的庭院，三层小屋终于有了动静，就在一瞬间，身着华服的童女神出现了，她样子瘦小，浓妆之下，满脸写着稚气，略有些不耐烦地看看这些聒噪了许久的人们，然后眨眨眼，纤细的胳膊撑了下栏杆，扭头就走了。没有庄重的仪式，没有神秘的表情，甚至于虔诚的教徒们还来不及许下心愿，一切稍纵即逝，唯有游客四下里张望。我又抬眼望了望那空空的孔雀窗，想那窗后的小姑娘如何在神化了的寂寞中成长，然后带着日益凝重的微笑，走入那早已陌生的悲喜尘埃中。时光还很长，信念亦很长，就像欢乐，苦涩，都很长。

乘一辆三轮车，我们回到泰美尔老城中，神经紧绷着，生怕一个颠簸就会翻车。喇叭声、车铃声乱作一团，尘土中小店和行人的影子摇晃不止。我忽然有了一种幻觉，好像在这闹市里生活了许久，早已熟悉。

"旅行真是奇妙的事，在体验异域文化的同时，也更好地反思自身。"我试图这样概括道："当你记住了那里的节奏，那里的声音，那里的味道，就再也离不开了。"波波强烈赞同，尤其是关于"味道"一说，二人同心，为一贯的胡吃海塞找了个文化人的理由。

2013年6月

童女神庙

风下之乡

一、风下之乡

"大家都休息好了吗？"

"好啦——"

坐在宽敞的车上，波波戴着墨镜，爸爸妈妈们准备好防晒装备，各就各位，我回回头，用招牌小甜嗓喊道："那咱们出发啦，沙巴呢，是个挺有文化的地方，所以第一站先参观博物馆。"

"走！"波波神气地开着车。

碧蓝天空下，树木夹道而立，几座清真寺的顶端闪着耀眼金光，殖民时期的红色洋楼时而出现，更多的是中规中矩的楼房和尚在建设中的施工地。

博物馆建在一座小山上，红红的外墙衬着绿树林，一座假山上清泉流淌，颇有几分世外桃源之意境。山石旁还有个大背篓，象征沙巴人的劳作生活，我装模作样地背着一个，淘气地翘起腿来。

"哎呦，一看就是没干过农活的！"妈妈们在一旁笑道。

走入馆中，从打鱼狩猎的工具中，我们体验着这座小渔村的风土人情。展品不多，一会儿工夫就转了个遍，就在我伸着懒腰时，刘爸爸神秘兮兮地凑到身边："咦，小刘老师怎么不出声了，讲解呀。"

我灰溜溜地躲在波波身后，眼睛四下瞄着，终于目光定格在一幅英国女作家的照片上，念着其上的标题："风下之乡，哦，听说过，这本书呢，描写了沙巴怡人的自然风光，发表之后，让这里美名远扬，总之——我没读过。"

"你这次游记的题目就是它啰。"聪明的杨妈妈一下子猜中我的心思。

走出展馆，依工作人员建议，我们绕道后方，顺着石阶而下，草木遍布其间，有一种身处热带雨林的错觉，再向前，是一条淙淙小河，河上悬着吊桥。刘爸爸走在我前面，突然在半道停下来，故意摇晃几下，吓得我使劲抓住护栏，小心翼翼地向前蹭着步子。

过了桥，有几间茅草屋，妈妈们纷纷愉悦地拍照，暖风拂来，吹着她们花花绿绿的衣襟。踩在木头阶梯上，脚下咯吱咯吱作响，房子被架在半空，更显得摇晃，我好奇地东看看，西望望，想象着农家人的生活。一只小猫在屋角乘凉，看到我，灵巧地走过来，喵喵叫着。茅屋之后有一汪池水，两朵紫色的莲花绽放其间，其后泊着一艘小渔船。

"真是美丽的乡间情趣呢。"我不禁感怀道，仿佛空气中充满了香甜味道。

领略过城市里的乡野，我和波波又商议去海边。亚庇城有不错的海滩，但几乎被高级酒店瓜分殆尽，看看地图，位置最佳处当属香格里拉酒店。果然，当我们的车驶入这有如花园一般的地方，阵阵芳香袭来，沁人心脾，走在酒店门廊中，不时可见高大的热带植物，其中有一棵顶端枝叶呈圆弧状展开，好似孔雀开屏。园子尽头，可望见蓝蓝的海。

一顿土洋杂糅的午餐虽算不得丰盛，然而大海的景致令人心醉。坐在露天餐厅中，海风送来咸咸的味道，天空似大海般明净，白云也仿佛洁白的浪花，对面的小岛像一座座青幽盆景。几艘快艇驶过，激起白白的水花，再看另一侧，小朋友们欢闹着滑滑梯，还有人身穿橘色救生服，在泳池中浮上浮下，被我戏称为"海豚舞"。

我们沿着海边散步，阳光洒在海面上，波光粼粼，几只小螃蟹躲在石缝间，趁海浪来袭之前，赶快东奔西跑。青草地旁花团锦簇，其中有一种红色小花，被刘妈妈称为"鞭炮花"，细长花朵在枝条两侧排列，样子十分喜庆。

沙巴是如此悠闲的地方，仅仅在亚庇城中，我们就感受到那连绵青山，蔚蓝大海，鸟语花香，所谓"风下之乡"正是这番情调吧。一棵高大的树木下，有一张躺椅，我凝望着它，仿佛很久之前，我就靠在那里，读书、喝茶，静静的，度过许多个悠长的午后。

二、寻找湿地公园

二月份的沙巴好似恋爱中的姑娘，明朗的笑容，清澈的双眸，不一会儿又羞答答地躲在云后，想起远方的情郎，落下眼泪，成了霏霏细雨。从亚庇向南，大片的丛林在乡间小路旁密布，椰子树上挂着沉甸甸的果实，五颜六色的小花在风中欢快摇曳。车里放着怀旧情歌，邓丽君清纯的嗓音，好似尝着最甜的橘子冰，心中荡漾着柔情蜜意。

"真美呀！"我不禁摇头晃脑。仔细听听，每句经典的歌词之后，都有余音绕梁，哦，原来是两位"文艺范儿"十足的爸爸在哼唱呢。

几曲轻松小调过去，我心陶醉，忽然一段熟悉的旋律响起，波波喊道："来了，来了。"

车厢里异常安静，只听那圆润而略带深沉的声音唱道："如果世上没有你，我将会是在哪里……"

想起那年夏天，漂洋过海去英国找波波，车行旖旎的原野之畔，我们一起听这首"我只在乎你"。波波说，每逢听到它，就想到风烛残年之时，漂泊在海外唐人街，岁月之感、思乡之情油然而生。我惊异于他会有如此古怪的想法，而我只觉得，无论多少年过去，我都会在他身边咿咿呀呀地唱。

马来西亚的乡野人烟稀少，尽是无遮拦的自然之景，经过一处菠萝雕像，到了一座小镇，渐渐有了店家。忽而下起雨来，一时间势不可挡，看样子，午餐只能在路边小馆子将就了。

　　餐馆灰暗暗的，从房檐上不断倾泻下雨帘，屈指可数的几样菜写在墙上，我们逐一点了一遍，很快，热气腾腾的排骨和豆腐上了桌。许是旅途辛劳的缘故，大口大口吃起来，分外过瘾，爸爸妈妈不住地点头："依我们看，这顿最香。"

　　"啊——"我和波波不由瞪大了眼睛，"这么好养活？"

　　一行人狼吞虎咽地吃过饭，看看雨势渐小，继续上路。甜甜的歌声再度在车厢里回荡，先是"小城故事"、"何日君再来"，继而又唱起了"丝丝小雨"。这一唱，天公也分外动情，配合着再度降雨，谁知一发不可收拾，一会儿工夫成了瓢泼大雨。

　　波波全神贯注地盯着前方，雨点重重砸在玻璃上，雨刷器还来不及反应，就花了一片。歌声在雨声中隐没，路面黄黄的，早已漫上了淤泥，我心中甚是紧张，盼着早早到达湿地公园。终于，沿着崎岖小路，车转入了一座小村，几幢色泽鲜艳的小洋楼后，有简陋的商店。

　　"入口在哪里？"看着失灵的导航仪，我心下疑惑。

　　波波冒着大雨，冲到店里，和几个伙计比比划划，很快，他跑回来，指着前面一幢餐馆模样的建筑："就在那儿。"

　　雨依旧铺天盖地地下个不停，再看前方的路，早已汪洋一片。

　　"怎么说？"我和波波商议着。

　　"回去吧。"爸爸妈妈们纷纷说。

　　"可是，咱们大老远的——"波波很是犹豫。

　　"没关系，这里到处都是湿地，还去什么湿地公园啊。"刘爸爸笑道，指指外面随处可见的水潭，几株椰子树半身淹在泥里。

　　"真的？"我和波波面面相视，终于做了决定，"返回！"

　　那一瞬间，心中轻松了许多，想想真后怕，这前不着村，后不着店的，万一困住了，如何是好。

　　雨渐渐小了，窗外的"水乡"风景渐清晰，爸爸妈妈们谈着天："下雨天，猴子

们都躲起来了。"

这一说，我灵机一动，转身抓耳挠腮道："不对，这儿还有一只。"

杨妈妈笑得合不拢嘴："哈哈，回去看你的游记怎么写！"

我顿时感到了压力，所谓书到用时方恨少，我这拙劣的文笔，匮乏的想象力，实在羞于见人，只好吐吐舌头。说来也怪，回途的路异常顺利，转了几个弯，竟雨过天晴了。树叶闪着光亮，小茅屋在水上高高架起，好似汪洋中的一叶扁舟。

"乡间生活真是不易啊。"我不由地感叹。

路过一片海滩，我们停下稍作休息，爸爸们灵巧地跳下车，挑选最佳拍照角度，妈妈们则不慌不忙，笑眯眯地面对镜头，我坐在车里，望着眼前的一幕，心中欣喜。沙滩并不白净，雨后的海水有些灰暗，然而在我眼里，一切那样静美。想想这一日路途迢迢，几度风风雨雨，至此，全家人同"车"共济，欢歌笑语无限，这才是最美的风景，最弥足珍贵的经历。

三、一起去看海

从酒店向北，我们常经过一条滨海大道，那里椰树林立，步行道上偶尔可见散步的市民，一个环岛路口，水上清真寺巍然而立。在明信片中，它闪烁着迷人的光芒，华丽的顶端倒映水中，仿佛天鹅眷恋着自己的倩影，天上水面，一派祥和。然而现实中，它不过是诸多清真寺中的又一座，有着朴实的容貌，安静而低调。

过了清真寺，一路花草郁郁葱葱，不多时就到了沙巴大学。正值假期，四周静悄悄的，只有风吹树叶，影子婆娑。校园依山势而建，处处拥红叠翠，不知道的，还以为是一座热带植物园。

我们漫无目的地兜着圈子，在殖民风格十足的小楼间徘徊，忽而看到一条蜿蜒小路，向低处延伸，透过低矮的树丛，看到了海。我禁不住热情欢呼，眼疾手快的波波早已熟练地将车转入，稳稳地停在了海边。海水很平静，通向海面的长堤被拦住，只能站在岸边，感受徐徐海风。不远处有一小片沙滩，其上草木葱茏，伫立着一所房子，看上去极为私密。

我想象着，那就是小说里男女主人公共度浪漫时光的地方："真令人向往啊。"

"说不定是校长办公室！"波波说。

"要是在这样的学校访问数月，吃吃喝喝，岂不美哉！"说着，我又做起了白日美梦。

从海边回到先前的小山坡，有露天茶座，摆着硕大的椰子，我目不转睛地看着，不住地咽着口水："纠结呀，是应该吃呢，还是应该吃呢？"

"吃呗！"还是杨妈妈干脆地响应。

"好！"波波迅速停车，点了六个大椰子。

我们坐在露天椅子上，波波伸长脖子，巴望着别人桌上的烤鸡腿，似乎在做着激烈的心理斗争。海风吹过，带走烈日的炎热，从山坡上看海，又是另一番奇妙感受，遥遥而

隔，相看两不厌。清爽的椰汁润在喉咙里，整个身心都在浸润，再用勺子舀起一小片椰肉，白白的，滑滑的，甜润新鲜，饶有回味。

海滨落日最是迷人，码头站满了游客，听说，那边的集市臭气熏天，不如远离人群，回到我们居住的海景房中，隔着一扇明亮的窗子，正对着西边的云彩。

"美啊！"我们不约而同道。

杨妈妈帮我梳起了麻花辫，我微微低头，想象着夕阳胜景，喋喋不休道："是呀是呀，火红的，橙黄的，绛紫的，一会儿像大脸盆，一会儿成大棒子……"

"这孩子念叨啥呢？"杨妈妈说。

辫子梳好了，一家人坐在窗边，用相机捕捉着光影的瞬息变换，杨爸爸建议道："咱们来一次家庭摄影大赛，评出前三甲，人人有奖！"众人皆鼓掌赞成。

两位妈妈深情地望着夕阳，用各种形容词描述美景，调皮如我，躲在她们身后，偷偷地伴鬼脸，引得波波笑声不断。太阳起先躲在云层之后，不一会儿，又半遮半掩着，从云间洒下金色的光束，好像一位心灵手巧的绣娘，织着华丽的金缕衣。继而，它露出了红彤彤的脸庞，略带一分羞涩，缓缓地，缓缓地，离水面越来越近，成了一道窄窄的月牙形。终于，那最后一点光亮也消散了，留下玫瑰色的晚霞，在天边散开，如丝线般绵延，如飞花般烂漫……

印象中，我曾不止一次看过夕阳，在英伦的原野，哼一曲乡村歌谣，在京都的山巅，吟一首四季和歌，还有紫禁城的护城河畔，巴厘岛的金色沙滩。而这一次，是举家看亚庇的海上落日，那般平和，亲切，我凝望着它，心中温暖，就好像一个孩子睡在了母亲的怀里。

四、只在此山中

沙巴可谓大自然钟灵毓秀之地，行车路上，时而邂逅海之明媚，时而感受山之峻秀。从亚庇向东，有一座海拔四千余米的京打哥巴鲁山，被当地人奉为神山，引来不少徒步登山者挑战，而作为崇尚"轻体育项目（诸如打牌、散步、唱歌）"的我们，也早早备好食粮，向神山进发。

离开城区，很快进入山路，原来神山并非孤零零的一座，而是与周围高低不一的小山连成一片，远远看去，满是赏心悦目的绿色，毫无咄咄逼人之气势，而真正置身于山中，感觉更为奇妙。那密密的树林，仿佛从远古时，就已经依附在山石之上，从未分离。树叶迎风招展，隔着车窗，似乎也能感到风的凉爽。一个转弯，悬崖上出现了农舍，我不禁惊诧，白云深处，究竟住着何许人家？山中天色多变，先前还是万里晴空，到了另一侧，又飘来雨丝，再看云朵顽皮地在天上嬉戏，仿佛也在追赶我们的行踪。

"这时晴时雨，喜怒无常的，简直比某人还要性格乖张！"我看看身边的波波，他正俏皮地鼓着嘴，保持着数日来的阳光灿烂。

再向前，有村民在路边开餐馆，几只大黄狗站在一旁，盯着过往车辆。过了最狭窄的一段施工地，就到了神山公园入口。这里海拔约一千五百米，空气清新，雨雾蒙蒙，如一幅诗意朦胧的江南水墨画。树木在天地间无拘无束地伸展身姿，洁白的马蹄莲在角落里安静盛开，还有一小片竹林随风摇曳，送来幽古禅意。对望着青山，久而久之，仿佛我们的笑靥也被那绿意衬得妩媚动人。

坐在古朴的露天木椅上，饱食一顿，再喝上一杯红茶，当氤氲的热气弥漫上来，心中一阵阵的柔软，早已分不清何为茶，何为雨，何为绵绵情思。

"真惬意呢。"我深吸着大自然的气息。

"咱们不回去了，今天就住这里吧。"波波最是性情中人。

公园里有木板搭建的栈道，向山中延伸，杨妈妈和杨爸爸健步走在前面。我与刘妈妈打着伞，雨水透过大片的叶子，偶尔有那么一滴"啪"地打在伞边，让我想起儿时下雨的午后，傻呆呆地趴在窗边，听着收音机里的童话故事。不知何时，有汽车驶来的声音，原来是波波和刘爸爸，二人摇下车窗，开心地挥手。

"云——云——"从前方传来杨妈妈深情的呼唤。

抬头望去，白云似仙女的衣袖，在青山间翩翩然飞舞，从某座山峰的一角露出晴朗的笑容。我忽而想，这云儿来自何方，又去向何处？就像歌中唱的，说不定它正循着我们的足迹，带来我们曾经的眷恋，又将思念送到很远很远的地方。

山回路转，传来潺潺水声，循声而去，步入一小片森林，有瀑布在石上流淌，流水清澈，泛着幽幽凉意。树下长满了青苔，还有几簇野蘑菇。走上石阶，脚下如流水声一样轻巧，沐浴着山间空气，又经过这一番轻体育锻炼，整个人都仿佛脱胎换骨。

天色渐晚，我们踏上了回途，彼时霞光柔和，白云在山峦间轻盈起舞。

"快看啊——左边——右边——"

记不清是多少次了，我们这样争先恐后地喊着，然后啪啪地按动相机快门。此情此景，真令人依依不舍，若是能住在这里，当一日农夫，或是隐士，也是极好的体验吧。我这样想着，思绪亦如天边的浮云，轻飘飘的，游荡于这山之深杳、山之静谧中……

2014年2月

孟买记

　　飞机离开了香港，越过一层高似一层的楼群，升入云霄之上。天渐渐暗淡，夕阳在远方云层间，散出金黄与嫣红交织的颜色，那样美艳，那样飘渺，就像印度女子身披的一袭纱丽，天空是深蓝色的，像是深邃的眼神与我相互凝望。霎时间，心中激动，我正在飞向一个古老未知的地方，仿佛我们的飞机正在向回飞，时间在一刻一刻缓慢地倒退。

　　夜终于深了，机舱灯暗下，借着头顶的阅读灯，我手捧着一本《印度记》。书没有章节，更像一整篇一气呵成的抒情散文，有时候读到其中一段，停下来回想，越发回味出异域的神秘感，印度，那是怎样的社会呢？古老与现代并存，贫穷和精英，每一种族，每一信仰都那样真实又虚幻地存在，人们安分守己，或是听天由命，说他们传统落后，又有我们难以读懂的哲思。

　　我听着宝莱坞欢快的音乐，不知不觉中已经飞了六个小时，看看窗外，依旧是看不见底的黑暗，我不禁想，此刻飞机的正下方究竟是什么，山地、沙漠、丛林，还是一片接着一片的贫民窟，我忽然有了一种幻觉，感到有无数的灵魂在那里伸着手，无数张漠然的面孔在清晨或是傍晚，站着，跪着，等待一次又一次的生命轮回……

　　近了，开始有灯光，虽然不够炫目，暮色中的印度第一大都市孟买，远远不及我们的上海，只是暗淡虚幻的灯，构成断断续续的街道轮廓，我听说，若是白天降落，会看到机场周边大片令人触目惊心的贫民窟，而夜晚掩盖了一切的贫穷和窘相。

一下飞机，空气中带着尘土和汽油味，是波波所言"发展中的味道"，长长的走廊里铺着旧式地摊，墙上不时有古代壁画，现代化的入境大厅颇为气派。由于初来乍到，时间又晚，我们在正规柜台订了出租车。车是小小的，就像印度人身材一样，十分灵活地开离了机场，于是乎，我们眼前瞬时呈现出一派全然不同的景象。汽车和三轮车拥挤着，道路坑坑洼洼，本来就昏暗的街灯隔着厚厚的尘土更显朦胧，夜市小摊在街边横七竖八地支着，有的围着很多人，只见冒白烟，看不清吃的是什么，游手好闲的男人们站在路边聊天，更多的人横穿马路或是干脆站在街中。公交车慢吞吞地行驶，车上的人和路边的人互相望着，喇叭声此起彼伏。

"喂，你也算见多识广的了，说说呗，怎么样？"波波问。

"还是挺惊异的，超乎想象。"我说。

经过一片垃圾场，我们的酒店到了，夜里看不见海景，房间设施也残缺不齐，但比起先前经过的混乱世界，我已经觉得太过幸福。哦，印度，我们终于来了，这是我至今走过的第五十个国家（和地区），多么富有意义！我激动地想着，躺在舒适的床上，毕竟抵不过旅行困顿，很快睡去。

二

我看过几部关于孟买的电影，如《贫民窟的百万富翁》、《孟买之音》、《孟买日记》，依稀觉得，这座印度最繁华的都市，是许多年轻人追逐奋斗的梦想。论旅游资源而言，这里却远不及首都新德里，只有为数不多的一两处景点，位于城市南端。

酒店门口，随时有一群闲聊的出租车司机，波波谈好价格，包了一辆空调车，兴冲冲地上路了。白天的孟买乱糟糟的，堵车是每条街道不变的景观，汽车司机不停地按喇叭，三轮突突车司机光着脚丫，灵活地见缝插针，交警浑身包裹得严严实实，在漫天尘土中指挥。路边是破烂的房屋，狗躺在地上，几只羊头也不抬地啃着垃圾。

我笑道："怪不得这里的羊肉有一种难以置信的丰富味道，垃圾喂大，营养全面。"

过了一条河，一股恶臭袭来，车窗也隔绝不了，贫民窟出现了，几片板子就围成一个家，灰黯黯的，看不清屋内景象。印度是贫富差距极为严重的国家，穷人也享有自由，他们只要在一个地方连续住上几年，就算合法了，为此即便一贫如洗，人们也向往能在孟买拥有一席之地。看着那脏兮兮的场景，和人们无精打采的表情，丝毫没有要改善的迹象，城市的迅速发展，经济的复兴，还有宝莱坞式的繁华似锦，浪漫情爱，与大多底层民众无关。他们只是在自己生来便被决定的种姓和阶层中得过且过着，唯一的渴望便是来世投身得好一些。于是乎，再贫困的居民区附近，印度庙的香火都很旺，善男信女们在那里虔诚叩拜，他们的信仰我们真的不懂。

车在一座桥上停下，随着众多围观的外国游客，我们也凑上去，原来是著名的千人洗衣厂。在电影《孟买日记》中，来自上流社会的女主人公认识了出身贫寒的洗衣工，和他来到这里拍摄工作场景，以此作为"艺术"创意。这里比电影中还要壮观，密密麻麻的洗衣池可供成百上千人操作，衣服晾晒在杆子上，简直就是规模宏大的现代艺术。工人不多，也许大多还在路上运送脏衣服吧。

"都是男人洗衣服，没有女工。很便宜，洗一件只要五个卢比。"一位印度大婶在我们身边念叨着。

洗衣工虽贫，毕竟还可凭劳动维持生计，有的干出经验了，还能自己开厂子，传承给子孙。而这座城市中有更多衣不遮体、食不果腹的人。

继续前行，在路口停下时，常遇到乞讨的老人儿童。转入较为富裕的街区后，有所改观，公寓阳台上，不时能找到西式雕花。维多利亚火车站出现了，虽然只是一个短暂照面，我依旧被它美轮美奂的气质所打动，这一带保留了浓浓的英国殖民风情，邮局、博物馆和众多政府机构连在一起，其间绿树如茵，建筑风格比英国本土的华丽许多。

"哎呦，昔日的美好时光啊……"我不禁又发出这样的感叹，印象中许多刻画殖民风情的小说，都有类似的乡愁和怀旧感。

海出现了，在午后的阳光下闪着粼粼波光。我们在此下车，和司机比比划划，约好时间，直奔海边而去。这里伫立着孟买的地标建筑——印度之门，它看上去很雄伟，门廊装饰呈印度风情，是为纪念英王乔治五世及玛丽王后来访而建的，有趣的是，当最后一批英国殖民者离开孟买时，也从此门经过。广场上汇集了各种身着奇装异服的印度人，有年轻情侣，老年人，还有在老师带领下排队安检的学生们。小贩无处不在，不停在我们周边用日语和英语搭讪，门的另一侧，便是大海，游船上装饰着鲜花，往来海面，或驶向远方的象岛。

与印度之门一街之隔的，是泰姬玛哈宫殿酒店，正如它的名字一样，整个建筑宛若宫殿，雕梁画栋，看得人眼花缭乱。它由塔塔集团的创始人所建，作为孟买最有名的酒店，接待了众多政要名流，近年来在日益紧张的政局下，几番受到恐怖分子袭击。出于好奇心加虚荣感，我和波波拉着手，也晃悠晃悠地，走入了酒店金光闪闪的大门。

这里简直是与室外天壤之别的文明社会，大厅里是喜庆的圣诞节气氛，一层走廊里有高档名牌店，其中一面橱窗里陈列着曾来访的名人照片，如英国皇室、美国总统、演员歌星，还有波波最崇拜的数学家纳什。参观过后，我们坐在咖啡馆中休息，穿戴齐整、彬彬有礼的侍者走来，谦和地倒上一杯咖啡，一杯印式酸奶。轻柔的钢琴曲在屋子里环绕，考究的桌椅，华丽的窗帘，一切都是殖民地时期的贵族情调，让人不禁地陶醉。

"你好像对殖民地题材情有独钟嘛。"波波说。

"嗯，那种湿湿闷闷的感觉，在吵嚷喧嚣之中，寻找世俗情爱。"我想着《情人》、《英国病人》，还有从前在越南的感觉，都像是无底深渊，拉着人一起窒息，一起堕落。远离故土的生活实在百无聊赖，对未来的不可预知，和外遇一样，让人们病态地沉迷。

离开豪华酒店，司机已经在街口焦急等待，要知道在异乡，语言不通还是很大的障碍。我们去往孟买的最后一站，即延绵数里的海滨大道，这里街道宽敞，公寓楼鳞次栉比，其中不乏高档海景房，情侣们坐在海边，或悠闲地散步。现代化的楼房在海湾远方展现出模糊的轮廓，孟买若是不看细节，也可以很优美，只是美得过于短暂，美中还夹杂着肮脏不堪之象。我又想起先前的高档酒店，其实殖民时期也像是与印度的历史完全割裂的，至今除了几处与周围风格不十分相称的房子，似乎没剩下什么，倒是古印度特有的思想、宗教似乎还在蔓延。

过了海上清真寺，司机带我们开上了海上付费公路，这下子眼前豁然，道路平

等候参观印度之门的女学生们

整，是极为舒适的享受。可惜享受还是短了，一下子又回到了破破烂烂的火车站，贫民窟继而出现，下班的路上，满是车辆行人，有人聊天，有人在路边盘腿静坐，还有人如卧佛一样躺在树下的石台上，各种奇景，层出不穷。

"哎呦，这下子咱们真是把孟买玩得透透的！"我说。

我们身边依旧是无数躁动的车子，还有生命在流动，是的，按照印度人的哲学，生命是流动的，就像一条河流，或者是我们先前看到的阿拉伯海，周而复始，永不停息，我们被困在密不透风的车辆之中，和千千万万的孟买市民一样，耐心地等待，再等待……

三

午后的阿拉伯海是灰蓝色的，蒙着尘埃，远处海岸线蜿蜒，看不清是否有宝莱坞明星的豪宅。酒店前的沙滩上，几个头戴面纱的女子走过，更多的是无所事事的男人和倒头睡觉的狗。在我的印象中，大海有不同的颜色，不同的性格，比如英国的海、日本的海，带着北方的清冷，地中海则是深邃的蓝。

阳光掠过几株稀疏的椰子树，照在泳池之上，一个小孩正在扑腾，我们也忍不住投入水的怀抱。没想到，毕竟是十二月，露天泳池冷冷的，几个来回已游得筋疲力尽，浑身依旧发抖，想想那些冬泳的人，真是勇气可嘉！上岸后，在躺椅上享受时光，很快衣服晒干了，忽而从隔壁的五星酒店传来敲鼓和唢呐声，应是印度贵族们在举办婚礼。传言印度婚礼声势浩大，仅仅从这持续不断的嘹亮乐声中就可见一斑。

由于晚上有会议餐，夜幕一降，我们便坐上了出租车。此时的交通拥堵比白天还要夸张，几个转弯前车子停停走走，坐得我昏头转向。印度庙前，依旧灯火长明，也有笔直的商业街，却似一晃而过，不甚真实。印度人小车也小，都有着机灵劲儿，突突车、摩托车通通能见机行事，就连笨重的大卡车都敢于横过身子转弯，愣是挤出一丝缝隙来。开着窗户，还是热得汗流浃背，闻着浓浓的汽油味，头晕脑胀，加上不断的兴奋心情，搅得我疲惫不堪。

"我好期待你这次的游记哦。"波波笑道。

经过一个半小时的颠簸，就在我快要呕吐的时候，终于到了目的地。上了会议小屋的二层，一个皮肤深色、脑门泛着光的男人叫住我："你是来自中国的。"

我略带惊讶地看着他脑门正中的一抹黄点，好像是鸡蛋黄在流淌："是的，我就是。"

"我们通过信，我是组织者。"说着，他友好地伸出手来："你是本次会议唯一的国际代表。"

这一说，我已经注意到周边十来人，男人们穿着衬衫，女人们身着印度纱丽，说着印度味道的英语。组织者介绍我认识他的两位女同事，她们笑容十分亲切，每逢说话时都要摇头晃脑（印度人摇头即赞成的意思），好像两个可爱的拨浪鼓。

她们问我是否来过印度，住在何处，然后惊讶道："怎么住那么远，早知道我们帮你安排学校的客房了。"

"没关系的，这样可以体验不同的孟买。"我说。

她们又问起我教什么课程，并介绍了她们所在的国立理工工程学院，这是一所在孟买名列前茅的工科院校，虽然规模不大，却吸引众多优秀的学生。她们说，如今学工科的女生越来越多，不像以前那样性别歧视，她们二人是从别处的工科院校毕业的，对这里的一切都津津乐道，颇为自豪。

开饭了，由于自助餐只写印度名字，一位年轻美貌的商科女教师主动告诉我每样菜是什么。还有个大妈回过头来，笑容可掬道："我见到你先生了，他叫波，对不对。"我正要回答，前后左右却不见了人影，原来我走到了荤食处，而人们多为素食者，盛完蔬菜就去一旁聊天了。

我回来找波波，他正端着盘子和红酒，一口菜，一口酒，不时和周边人说话。

"喂，对不起把你叫到这样的场合，我还以为是高档大餐呢。"

"没关系，挺有趣的。"

我们端着菜走进里屋，领导们坐在一桌，其余人随意围坐，一位皮肤黝黑的印度教授坐在波波旁边，笑容腼腆，被我称为"嘿嘿"哥。同桌的女士们问我们是否习惯印度饮食，会不会嫌太辣。

吃了片刻后，从美国特邀来的生产运营管理协会的领导起身讲话，然后是国立理工工程学院的院长致欢迎词，院长是个略显富态的印度老太太，让我先前错以为是哪位教授的随行家属。每讲上一阵话，人们就摇头以示赞成，如一群拨浪鼓晃动着，发出了如雨般"咚咚咚"的声音。

由于我们事先约好司机接车的时间，所以先行告辞了，夜幕中很快远离酒店，又到了熙熙攘攘的闹市。

豪华的泰姬玛哈酒店

"喂，刚才的场景怎么那么不真实呢？"波波说。

"就好像看了一部宝莱坞电影，自己也客串进去了。"我同意道。

"我真好奇呢，你是怎么打入这个组织的。"波波说。

"我也不知道，明明每个人都收到邀请，为什么只有我一个外国人参会。"我想着，也许正因为是印度的缘故，就像我从书上所读，有人爱之入骨，一去再去，有人却极其厌恶，恨不得一到就立刻离去。而我总是好奇心占据上风的，就像刚才的经历，明知不可能融入如此陌生的环境，却十分享受。

我们一直回顾着，忘却了周遭的拥堵，很顺利就回到了酒店，一股垃圾恶臭袭来，伴着湿湿的海风。我忽而想到隔壁酒店的婚礼也许还在进行中，就和波波前去观看，走过室外的红地毯，一派金碧辉煌的景象出现了，鲜花装点成门廊，旁边摆着一尊闪闪金象。宾客盛装打扮，仪态文雅，姑娘们穿金戴银，发梢别着花，不知道的，还以为个个都是新娘。仪式已经结束，新人家庭成员正在一侧拍纪念照，侍者们在自助餐一旁笔直地站立。我不禁感叹，虽然印度有许多地方远不及中国，但他们上层社会的举止教养，是绝对国际一流水准，这里有传承了几代的贵族，而不是土豪，他们崇洋媚外，算是学到了精髓。

一架飞机飞过，闪着迷离的光，阿拉伯海就在前方，黑暗中，传来隐隐涛声。

2014年12月

海与风的对话

一、堪培拉郊外

经过十余小时的飞行，我们来到了澳大利亚，明晃晃的阳光照着机场，从悉尼再转飞堪培拉，搭乘的是一架螺旋桨式小飞机，每排只能容四个人。我靠着窗子，看着黑色的螺旋桨加速旋转，呜——呜——，机身迅速加足马力，然后猛地腾空。

"开得很狂野嘛！"波波说。

我早已吓出一身冷汗，紧握扶手，每一个转弯，每一次颠簸都心惊胆战。我的耳畔回响起最近听的一首歌，歌颂飞行员之勇敢，说人生要大胆迎接挑战。于是乎，目光愈发坚毅地盯着那飞速旋转的螺旋桨，在它下方，海水泛着粼粼波光，沙滩成金色的弧形镶嵌出城市的边缘。随着飞机的加速，我们很快飞向内陆，我稍稍放松下来，望着无边无际的绿色山峦，大片的无人区，大片的原野，偶尔有一条公路，如小河般蜿蜒而去。我的脑海中不禁浮现出电影《在世界中心呼唤爱》中的情景，还有小时候看的《荆棘鸟》，那时的悲壮之感油然而生。

想着这些，我抛却了飞行的恐惧，很快飞机着陆了。午后的堪培拉吹来干爽的风，机场里空空荡荡，开车驶入公路，也是和空中俯瞰时同样的开阔。车很少，偶有一两辆迎面呼啸而过，吹乱路边一丛杂草。开出几公里外，有小心袋鼠出没的路标，四下不见人烟，天似乎很低，斜阳一览无余地照耀着大地。

"好像美国西部片。"波波道。

"虽没有海，也是难得的体验。"我说。

堪培拉郊外的居民区

　　我们的宾馆在堪培拉郊外，公路两侧是绿色农田。房间不大，却可晒到暖暖的阳光，安顿之后，步行去附近餐馆。田间小路静无人烟，鸟儿不时在树梢歌唱，树林中传来淡淡花香，从大路拐入居民区，依旧静悄悄的，大屋顶的房子相隔一段距离，都有开放式院子，有的屋前排着几棵小树，立着绿色邮筒。路两侧绿意浓浓，十分亲近自然。

　　"想不到在澳大利亚，竟是乡间之旅。"我说。

　　"想起了初到英国的感觉。"波波说。

　　走了近半小时的绿茵小路，一座环岛出现了，像是镇中心，坐落着几家餐馆和一

间超市。周六的晚上，小镇居民来此聚会，小小的餐馆满是欢声笑语，门窗敞开着，可以直接走入室内。刚刚坐下，侍者微笑着递上菜单，再看旁边的年轻人正喝着红酒。

一块滚烫的烤面包配着味道醇厚的黄油，着实舒缓了长途跋涉的辛劳。波波点的鸭子肉略显华而不实，也许这里人从未体验过北京烤鸭吧！而我精心挑选的袋鼠肉只有很小几块，烤得半熟，并配有无花果和橘子酱。

"美食家会怎么形容？"波波看着我。

"嗯——袋鼠肉本来酸而硬，无花果软而甜，二者便各取所长，相得益彰了，最妙的是还有一片绿叶菜，泛着青草味，咀嚼在舌尖，就仿佛感受到袋鼠在澳大利亚草原上跳跃，于是乎整个胃也跟着跳了！"

"妙啊！依咱们的风格，又怎么概括？"

"尝尝味儿！"我不假思索道，两个人不禁大笑。

主菜依然充满创意，波波对鹿肉颇为赞许，嫩嫩的肉配上沙爹牛肉干味道的干菜，竟有些鹅肝酱的口感，越品越是丝滑。而我的菜集合了鱼虾和鸡翅，淋上汤汁，最下方还有少许煎过的米粒。我们细细品味着，环顾周围，旁边的那一对正在吃第五道头牌，对面的老太太也捧着酒杯嬉笑谈天。

"真是太过惬意的生活。"我沉醉在美食和人们的温馨交谈中。

"好的餐馆往往并不起眼，像这样坐落在居民区，没有游客干扰，味道纯正，又有人情味。"波波说。

"在这里咱们再也不用担心吃多了丢人现眼，人人胃口都很好。"我望着侍者高高端起的一盘又一盘美食。也许是沉浸在郊野情趣的缘故，我觉得这里的青菜有一股特殊清香，奶制品味道浓厚，就连普通的水都带着甘甜。

夜不知不觉便降临了，小餐馆的灯光和笑语声依旧，离开镇中心，又走入乡间小道，天气渐凉，两个人不禁紧紧相依，昏暗的路灯之下传来蟋蟀叫声，已经很久没与自然如此贴近了。路上依旧没有人，可以安然大踏步地过马路，转弯时偶有一辆车驶来，车灯晃过，减速停下。

"那司机或许在想，遇见两只袋鼠了。"我说。

"其中一只傻大个儿，一只矮墩墩。"波波道，我们笑作一团。

"喂，咱们好像在谈恋爱呢。"说着，我仰起头，黑暗中看着依旧在笑的波波。星光之下，青草地散发着醉人清香。

二、一个晴朗的周日早晨

堪培拉的早晨，白云如轻纱般在蓝天上飘舞，从美梦中醒来的我们开着小红车，在空荡荡的公路上飞驰。放眼望去，尽是原野，大屋顶的民居在绿树后掩映，于一个小小的镇中心，我们找到了书上介绍的早餐店。

餐厅名为"农夫的女儿"，充满了乡野味道，店面很小，一侧有人在排队，几个居民坐在露天座位上，或晒着太阳，或捧着一本书。遛狗的人经过，还会闲聊一阵子，似乎每个人都认识彼此。我们也悠闲地坐在路边，点上一杯咖啡，慢慢地消磨时光。

"啊，一个晴朗的星期日早上——"我抒情道："多像是文学作品的开篇，小镇上的咖啡屋，超市，花店门口一位女士捧着鲜花。"

早餐是极营养的全麦面包，搭配煮鸡蛋、烤蘑菇和芦笋，分量充实又美味，吃过之后浑身精力充沛，不多时，女侍者又走来，问我们是否需要咖啡。

我点点头，再看看阳光下悠闲品着咖啡的老大爷，惊奇道："本地人可讲究啦，饭前一杯是提神，饭后一杯是回味。"

波波笑道："那你为何喝咖啡呢？"

"尝尝味儿！"我大声道。

吃过丰盛的早餐，向市中心前行，经过一处弯路，发现形形色色的旗子，原来到

了使馆区。堪培拉作为澳大利亚的首都，是一座新兴城市，依功能规划，住宅和行政机构分别而立，这一点和我们去过的巴西利亚很像，只是巴西高原是干旱的红土地，这里则是阳光下的青草气息。外国使馆也聚集在一起，仔细看去，每一家都设计精心，美国使馆戒备最为森严，围了里三层外三层的栏杆；不远处的以色列使馆前也停着两辆警车；德国使馆简约大气；印度使馆则如殖民地时的庄园，隐藏在绿树中。再向小路深处寻去，中国使馆出现了，好像人民大会堂的周身配上故宫的红屋顶，壮观之至，还是太过招摇，与周围景色格格不入。

在使馆区环游，就好像来到了世博会，既领略不同风俗文化，也感受堪培拉城市的多元化。这里不远处还有一片湖，岸边是大片的草坪，大人带着小孩子嬉戏，我们也停下车来。

踩在软绵绵的草地上，就好像走入了悠长缓慢的时光，几棵绿树参天，其后有日本式石灯。原来这里与奈良是友好城市，抽象的五重塔与绿树掩映，既有日本式的禅意，又切合了堪培拉的年轻之美。再向高处走去，还有一座北京公园，几个来参加亚洲杯的巴勒斯坦球员正围着清朝皇家石雕照相。沿台阶走到湖边，波光闪烁，对面的小山上耸立着电视塔，几座红色新型建筑十分醒目。人们在湖畔钓鱼，跑步，更有甚者，躺着骑自行车，暖风拂面，令人心旷神怡。

"老外的生活，有时候幸福得令人发指！"我说。

"这里真不愧为最适合养老的首都。"波波望着湖水，一只鸟儿正慢慢游过。

后来，我们来到对岸山上，在电视塔上俯瞰全城，除了市中心一小片高楼，尽是原野湖泊，蓝天仿佛触手可及。堪培拉没有著名景点，这使得它彻底远离了游客打扰，保持了生活与自然的纯真。

三、海滨小镇

雨后天晴，布里斯班恢复了亮丽色彩，开车经过一个又一个安静的居民区，地势高高低低。我们朝着海的方向一路向东，在一座小巧的火车站后，进入了不知名的小镇。

"哇——好美的海！"我惊叹着。

这是一座可以用"可爱"来概括的海边小镇，家家户户都是两层小楼，露台上有人悠闲地聊天。海边是蜿蜒的步行路，长长的堤岸通向海中，一位老人牵着狗从上走过。

"真有趣，我也想走在水中。"说着，波波脱掉皮鞋，不时踩踩扑上来的海水。

小镇很静，不像是旅游胜地，岸边堆了丛丛海草，碧绿的草坪外停着几辆私家车，大人带着小孩骑车经过，友好地打个招呼。浪花四溅，不时奏出欢乐的旋律，一位大叔停下车，隔着树向我们微笑："今天风很大啊。"

继续前行，阳光照在一排度假别墅上，大屋顶之下，有人晾着蓝白条毛巾。又一片草地出现，传来孩子们清脆的笑声，他们滑滑梯，荡秋千，胆大些的站在喷水圆球上跳。大人们在一旁站着，聊聊天，看样子每个居民都相互认识，也许人们很快会注意到，平静的小镇多了我们两个异乡游客。

海湾处有一小片沙滩，栈道尽头有一颗树，树枝随风摇曳，情侣们坐在阳光下，依偎着面向大海。海泛着柔和的蓝色，虽然有风，却不起巨浪，回看小镇也在阳光下格外宁和。

再向前，一座大型泳池出现了，它与大海紧紧相邻，想必池水与海水相通，圆形的阶梯好似古罗马剧场。两个小女孩抱着花瓣样子的游泳圈，就要下水了，强壮的年轻人在池中比赛潜水，妈妈们带着孩子在水滑梯处玩耍，几只飞鸟浮在水上，望望身边嬉闹的人，安然游过。阳光不十分刺眼，风也不算猛烈，我们坐在岸边，仿佛观看着一场美丽的乡间戏剧。

"有时候，就只有羡慕的份了。"波波说，"人与飞鸟竟可以在泳池里和平共处。"

"也许什么时候我们还会再来，住在度假房子里，出门就有泳池，就像是自家

海上栈道，尽头有一棵树

的。"我说。

　　街对岸有两家炸鱼薯条店，人们晒着太阳，悠哉游哉地喝啤酒，一个小姑娘正美美地舔着冰淇淋。我们也点了两块炸扇贝和虾，也许是心情舒畅的缘故，竟觉得是超级美味。这不知名的海滨小镇，令我留恋不已。

　　再度驱车沿海南下，才开出一段就无路可走，只好回到内陆，不时有袋鼠和考拉出没的标志，我一一拍下来，就当是见过了澳洲奇特动物。到了一个路口，依标志转向维多利亚海角，坡路之下，深蓝色的海尽收眼底。海的前方是绿油油的草地，静得不见人影，几棵热带树木散落路边，旁边则是整齐划一的红屋顶别墅。

　　"哎呀——简直太美了。"我喊道。

286

“美得不真实呢。”波波说。

“像是影视明星住的豪宅。”我赞同道。

停下车，踩在草坪上，草上残留的雨水很快湿了鞋袜，虽然也是海湾，这里却静得没有一丝浪，风仿佛也静止了，唯有阳光和暖地照在脸上。向前走去，海水退潮后留下平缓的海滩，有人站在海中，一只狗在远方奔跑，白色的游艇泊在海的另一方。不一会儿，那海边又走来一人，似乎和先前的人交谈什么。

“喂，像不像《楚门的世界》，一切都是虚幻的，眼前所见所闻是导演安排的。”

“那两个人就是演员说台词。”我说：“我们误闯片场，说不定还被当作群众演员了。”

这一说，我更觉得树木和游艇是精美的道具，蓝天白云如画布一般，此番美景，人间能得几回见？

离开海滨世外桃源，我们行驶在回布里斯班的路上，忽而来了几片乌云，云的边缘闪现着金色丝线，高楼山现了，我不禁长叹一声，重返喧嚣的人间！

四、海风吹拂的悉尼港

离开布里斯班，登上飞机，波波一本正经道：“来一张去悉尼的单程票。”

话音未落，空姐们笑得前仰后合，递上一副耳机：“需要吗？”

“是澳航纪念品？”波波随机应变道，又引得笑声阵阵。

白云在窗外飘过，起飞了，一位空乘走来，许是注意到我们身上的球衣：“你们是来看亚洲杯的？中国队吧，来自什么地方？”

波波想了一下：“叮咚——。”

“什么？”

“对西方人而言，所有中国地名听起来都像叮咚——乒乓——”

"你真是太风趣了，"小伙子笑道，"这趟旅行是去哪里？"

"啊，你是机组人员，难道不知道去哪儿，要不要咱们问问机长？"波波道。

小伙子早已笑弯了腰："你的英语讲得真好，很有澳大利亚风格。"

"哦，那我就权当作赞扬吧（澳音听起来比较土气）。"波波说。

小伙子向机舱后方走去，不一会儿，又神色诧异地回来："有人告诉我，你是博士！"

"看来我不能再开玩笑了。"波波说。

"在大学工作一定棒极了。"小伙子赞扬道，他从高中毕业就工作，现在正准备上大学学航空管理。他娶了个台湾太太，会讲简单的中文词，还很关注中国文化。

如此，一趟短短的旅程十分愉悦，飞机降落在悉尼机场，随着机组人员笑容可掬的告别，我们的脸上洋溢着阳光。

"喂，发现没有，你在澳大利亚极受欢迎，简直是人见人爱。"我望着波波自我陶醉的表情。

乘火车进入市中心，放下行李，直奔悉尼港而去。这是一幅想象了许多遍的画面，海风吹拂，蓝天之下是蔚蓝海水，洁白的歌剧院仿佛张开的蚌壳，对岸是色彩明丽的房子，一座雄伟大桥横跨两岸，组成澳大利亚的著名标志。午后的阳光炙热地晒着海面，海水闪烁着银晃晃的波光，由于是周末，又赶上明日是澳大利亚国庆日，不大的海港聚集了世界各地的游客。街头艺术家们欢快地吹拉弹唱，人们坐在岸边，沐浴着暖暖海风。沿着歌剧院的一侧绕到后方，可见点点白帆，有人在拍摄婚纱，看样子黄昏时将有一场盛大婚礼。

"该怎么说呢，悉尼在我心中是排名前几的城市，终于梦想成真了！"波波说。

"就像朝圣一样。"我补充着。

"咱们就在这儿坐坐，感受海风与阳光。"波波说着，领着我绕过熙来攘往的人群，来到临海的露天餐厅。

288

时光渐渐慢下来，阳光照在盛着果酒的玻璃杯中，淡淡的气泡折射出彩虹的颜色，海的味道和着香水味，不断扑面而来，一艘渡轮离开码头，划出长长的白线，另一艘又泊岸了，繁忙街景与海的平静结合，汇成大都市的迷人风情。

"哎呀，暖风熏得游人醉了——"我喝上一口酒，尝着橄榄，阳光在我脸颊上温热，就好像漾起了红晕。

夏日的悉尼热火朝天，到了晚上依旧和暖，离开海港，乘车去一家名为沙丁的海鲜名店，路过碧绿的青草地，高大的树木依欧式风情的街道两侧而立，住宅楼下有两间小小的餐厅。黄昏在树梢后降临，绚丽的红色散成一片，酒香在空气中散漫。

"像不像梵高笔下的夜幕咖啡馆？"我说。

"嗯，但这里还要再静一些。"

坐在路边，桌子之间相距很近，人们兴致勃勃地交谈，借着晚风，好不惬意。男侍者一面嘘寒问暖，一面熟练地记下菜名。旁边跟着一位小姑娘，许是初来乍到，怯生生地端着盘子，一不留神，叉子掉在地上，惊慌地弯腰拾起。

我们点的头盘是烤扇贝，白而圆润的贝肉上点缀碎小的培根，旁边配有菜花酱，入口时我禁不住再三回味："该怎么形容呢——培根的咸脆，中和了贝肉特有的鲜软，菜花酱不多不少，刚刚增添口味的丰富感。红色、白色，还有一小片绿菜，美观精致。"

"你快当美食家了。"波波称赞着。

"不就是把各种看似极端的感受杂糅在一起吗。"我沾沾自喜道。

正说着，那个实习生小姑娘端着水走来，"再添一些吧，这么热的天，真要多喝水呢！"她的手依旧有些颤抖，边说边羞涩地与我对视而笑。

伴着浓浓的香气，两份鱼也新鲜出炉，其中的招牌鳟鱼是整条炸的，焦黄色立在盘中，瞪着眼睛，这在西餐中是极少见到的。

"哇——"波波琢磨着如何下刀，当他成功肢解出第块鱼肉时，蘸了蘸褐色酱

汁，送入口中，不由连连点头："像我们的红烧鱼。"说着，又递给我一块。

"真的，介于红烧与糖醋之间，又和中式做法不同，妙在炸的火候和酱料搭配。"我说。

我们身边坐着一老一少两位女士，老太太也点了炸鳟鱼，端上的一刻不由惊叫起来，她抬头看侍者，又看看我们，面露难色。

"非常好吃！"波波道。

"可别吃成他这个样子哦。"侍者玩笑道，看着波波盘中被吃得干干净净的鱼骨。

正餐过后，意犹未尽，我们又享用了甜点。

"嗯，冰淇淋的冷，中和了甜点的热度。"我慢慢体味着。

"还淡化了甜度——我也会形容了。"波波笑道："现在来总结一下澳大利亚美食感悟吧。"

"一言以蔽之——尝尝味儿！"我嬉笑道。

缓慢的晚餐之后，天彻底暗了，对面的酒吧里晃动着隐隐灯光，沐着清爽晚风，我们又回到悉尼港。船只安静了，几家意大利餐厅前飘来香浓的芝士味道。歌剧院的周身映着淡淡灯光，欢闹了一天的人们依旧享受着幸福时光，艺人的歌声飘过夜空，情侣们沿着海边散步，仿佛太阳的余温从未散去。

悉尼港之夜，能勾起人们心中所有美丽的憧憬，海水轻拍着堤岸，风里传递着海潮的讯息，俨然是一曲浪漫的交响诗篇。

2015年1月

夜幕下的悉尼露天餐馆，作者也在其中

台北咖啡时光

一、时光

台北的正午，阳光炙烤着大地，街上车水马龙，每当绿灯亮起，便涌来浩浩荡荡的摩托大队，路的两侧绿树成荫，偶有紫色或红色的花，高高挂在枝头，知了声此起彼伏地叫着，送来夏日的意味。

我来到信义商圈，高耸入云的一零一大厦出现在眼前，商厦之后，拐入一条小巷。日光依然强烈，几间破旧的民居前停着摩托车，门多是掩着的，还有暗色的移门，挂着帘子和灯笼，颇有些京都小街的情调，我和婉贞约见的寿司店就在居民楼下。

小心翼翼地拉开门，正待问侍者，隔着木栅栏，只见婉贞正向我招呼。

"你怎么过来的，天好热哦。"她的声音还是那样甜，没有过多的嘘寒问暖，竟感觉我们昨天才从某个聚会中告别，转眼间又在校园的一角遇到了。

"没有变化啊，真看不出是三个小孩的妈妈了。"我细细看着她，瘦瘦的脸庞，聪慧的眼神，齐耳短发，讲话时还会不时惊讶地捂着嘴。

"真的吗？"她开怀笑着："我跟你讲，带着小朋友真没有办法出来吃饭，这家店是朋友推荐的，等下试试看吧。"

这一说，我不由仔细环顾周围，餐厅很小，只能容十人入座，客人围坐在吧台前。墙上挂着几幅写意字画，冷色调，就像空气中飘过的淡淡冷气，正前方摆着几枝菊花，简单中流露着日式禅意。

　　"果然不同凡响。"我不住地点头，细心的婉贞早已和厨师交待起料理的口味，又向我确定有什么忌口。

　　"什么都吃。"面对美景美情，我心中甜滋滋的。

　　餐厅真所谓低调的奢华，服务无微不至，厨师一面烹调，一面和客人交流，助手在一旁毕恭毕敬地等候吩咐，还有一名女侍者，勤快地端茶送水，即便是客人稍有一滴酱油掉在桌上，他们都会在第一时间擦拭干净。在我身边有一对小情侣，姑娘在厨师的鼓励下尝试了海胆，还有一位大叔，几杯清酒喝下，脸色通红，还和厨师碰杯，夸张的表情仿佛戴了浮世绘中的脸谱。

　　我们不经意地看看别人，又继续自身的谈话，忆起从前在剑桥读书的日子，竟是整整十年了。

　　"那时候一到周末，你就拉着我出去玩，去了好多地方。"婉贞说。

　　"可不是嘛，巴斯、利物浦、湖区、利兹古堡、威尔士、苏格兰，很多时候我们都是天蒙蒙亮就踏上火车，一觉醒来，风景焕然一新。"说着，我的眼前忽然浮现出那年同去勃朗特姐妹故乡的画面，一辆蒸汽火车行驶在雾色茫茫的约克荒原之上，离奇的小店，表情怪异的人们，古董店里传来一个苍凉女中音的吟唱："请别忘了我啊……"

　　我正想得出神，婉贞又问："后来呢？"

　　"你走了，就没人肯陪我游英伦，只好转战欧洲了。"

　　谈起昔日的同窗旧友，或事业有成，或家庭美满，更多的都与我们失去了联络。

　　"人与人的相逢真是缘分。"我说。

　　"在外时总会寂寞，所以各种情绪都很虚幻，而回到台北，我才有了真实的生活。"关于故乡的话题，婉贞颇有感悟，她十几岁离家去日本，独自面对陌生环境，考入日本名牌大学，再留学加拿大和英国。如今，她相夫教子，依然是气质优雅又善良可爱的淑女形象。说到教育，出乎我的意料，婉贞和她先生并不打算将孩子早早送到欧美，而是希望他们能去北大清华，感受中式传统。

　　"时间过得真快。"婉贞正叹着，却被厨师听到，"咳"了一声。

　　"是我们在回忆呢，十年过去了，庆幸的是人依然如初。"她继续说着，再看看我，"你真的很适合在学校呢。"

　　美食依旧陆续端上，每一样都精致美观，初品很淡，继而是妙不可言的回味，不知怎的，看着婉贞，我竟想起了小津安二郎镜头中那种淡而纯粹的亲情，岁月之感怀，茶之味……几块寿司过后，又喝了一碗鱼汤，继而是冰凉的南瓜布丁。

　　"好好吃哦！"婉贞像小孩子一样，一口吃下甜点，眼睛里闪动着喜悦，"再添一份吧。"

民居楼下的寿司店

　　一餐中饭，我们慢慢吃了两个多小时，然后不舍地告别，她递给我两个袋子，一个是阿里山茶，另一个是芒果，精心地装在隔热棉袋里。我看着她，又望望民居上方的一零一大厦，许久道："台北没有什么改变。"

　　她莞尔一笑。我很想说，我们也一样，不为生活的悲喜所牵动，而是保留着纯净的心，珍惜，感恩……我提着沉甸甸的袋子，终于汇入了茫茫人海之中，想想在这偌大的陌生城市里，竟有这么一份情谊，不知在何时何地静静地守候，然后再会，一切美丽如初。

二、小巷里的咖啡馆

　　台北是出了名的文艺城市，这里的阡陌小巷中隐藏着许多咖啡馆，以咖啡为主题的文学影视作品也屡见不鲜，如《第三十六个故事》、《等一个人咖啡》，还有波波常提到的《爱尔兰咖啡》，都有小资情调，青春的惆怅与浪漫。到台北的第二天，波波去开会，而我和小妹嘉敬及她的男友一起，徜徉在小巷咖啡馆之中。

　　午后阳光灿烂，透过高大的树木，投下片片阴影，安静的民居前停着自行车，几束明媚的花垂在墙上。

　　"好似鼓浪屿的感觉呢。"我想着上个月和嘉敬同游厦门的经历。

　　"嗯——"嘉敬应道，"这里更好，有生活气息，没有刻意的装饰。"

　　日本式的宁静，加之闽南民居的风情，成为台北小巷的独特魅力，家家户户的大门上嵌着邮箱，还有红红的春联，偶有自行车驶过，传来清脆铃声。小店和咖啡馆就坐落在其中，没有想象的云集，找起来颇费些功夫，而不经意的邂逅，往往成为旅途中的亮点。比如在一家名为"河边小店"的工艺品店里，我们被满室精美的布艺作品所吸引，女店员端来凉茶，清凉口感配着屋内柔和的音乐声，着实令人惬意。

　　"这边有咖啡馆吗？"我问道。

　　"有，也不是很多，那边左转有一条永康街，你会有新的发现。"

"真的？"带着几分欢喜，继续散步。我享受着午后的悠闲，树梢上传来知了的声音，将狭长的小巷唱得更加幽深。

嘉敬又憧憬着她的文艺小店梦想了："刚才真是我期待的样子，好像这里的店铺不以盈利为目的，而是诠释着对生活的喜好……"

我望着她陶醉的表情，喉咙里似乎还回荡着凉茶之味，许是临近师范大学的缘故，周边总有一种淡淡的人文气息。嘉敬的男友一路上为我们拍照，小姑娘这次动了真心，不时回眸而笑，或是俏皮地扮个鬼脸。

果然，见到永康街的路牌，有了几间咖啡屋，门面很小，里面人不多，有一间在居民楼下，侧面墙上有鲜艳涂鸦。小巷里传来一阵狗吠，杂货店的伙计们在烈日下忙碌着，再向前还有日式茶舍和居酒屋，都关着门，一切安安静静的，仿佛欣赏一部年代久远的默片，每个镜头都拉得很长。

"想好了吗，小——小天鹅？"我望着嘉敬可爱的白裙子。

小姑娘嘟着嘴，似乎在思考："刚才那家，就它了。"

我们回到那家有可爱涂鸦的小店，恰在一个转角处，枝繁叶茂的大树为其遮荫。推开门，有如法国香颂的轻柔音乐飘来，伴着浓浓的咖啡香气，一下子令我陶醉了。店内没有过多装饰，墙壁甚至维持本来的水泥样子，上面挂了充满台北气息的水彩画，许是学生所做。几盏悬着的餐灯下，年轻人春风满面地笑谈着，还有独自看书的，零零落落，好不和谐。

"在台北上学，应是很好的经历。"我说。

"可不，比我们那时候上自习条件好多了。"嘉敬的男友赞同道。小伙子长得浓眉大眼，笑起来憨憨的，满口的京腔味儿十分亲切。

点上咖啡，小妹观察着牛奶从冰块间往下渗漏的场景，又兴奋地拍摄起来，说是艺术创意。小伙子呆望着她，作为护花使者，时刻无微不至地照顾。

"酸的——"嘉敬抿着咖啡，皱起了眉。

台北小巷里的咖啡馆

"啊？"话音未落，小伙子跑去前台，不一会儿端来苹果派和芝士蛋糕。小姑娘顿时喜上眉梢，品着甜滋滋的蛋糕，漫不经心地玩着不锈钢勺子，又侧身看看窗外："刘征姐姐，巴黎的咖啡馆也是这样吗？"

"也许吧，再多一点雨。"我也细细地环顾周围，有这么一个午后，可以不为生活所操劳，为旅途而奔波，而是悠哉游哉地享受和友人在一起的时光，无论在哪里都是美好之事。再看那些安静读书的台北年轻人吧，真不知那是怎样的书，怎样的情节，每个人又藏着怎样的心事，在何时何处寻到了共鸣与感动。于是，我心中也开始构思，一段关于台北咖啡馆的文字……

三、淡水河畔

从台北搭乘捷运北上，很快远离了高楼，青山连绵，带来淳朴的乡土气息。到了淡水，更有城乡结合部的氛围，美食摊子飘来香气，摩托车队呼啸而过，街道拥挤，花花绿绿的广告牌子铺天盖地而来。

我们沿着河边前去码头方向，阳光照在淡水河上，漾着波光，这里与其说是歌中所唱的浪漫情调，倒不如说是生活的韵律。

"咱们去对岸巴里吧，听这名字就好像是巴黎塞纳河左岸，颇有文艺色彩。"我说。

一听到"文艺"二字，嘉敬顿时激动起来。一艘小船载着我们四人，轰隆隆地离了岸，水面略显浑浊，远处飘来海的味道，却不见入海口。

很快到了巴里，左顾右盼，除了几间海鲜馆子，其余店铺都关着门，怎么寻都没有小巷咖啡馆的踪影。

"和想象的不一样，怎么这么原生态呢？"嘉敬看着荒芜的海滩，空气中传来臭豆腐的味道。

"也难怪，有了台北这样小资的地方，别处再怎么模仿也难以企及，倒不如返璞归真，享受农家之乐。"我这么说着，愈发明白了城里人钟爱淡水的缘故。

沿着河岸散步，过了小吃街，人烟稀少，脚下有修葺一新的木板地，偶有骑行的人经过，风吹来海水气息。在清新的自然怀抱中，小姑娘很快来了精神，对男友喊道："我在前面跑，你快来拍我哦。"说着，花色小裙已经在阳光下飘动起来。看着九零后们无忧无虑的快乐样子，我心中陶醉，也跑到岸边，和小姑娘一起摆姿势照相。酷暑之下，乐而忘返，直到感到几分疲倦，巴里的水岸风景也已一览无余，于是，我们又踏上小船，返回了淡水。

说起淡水，除了难得一见的乡情野趣，便是周杰伦电影中《不能说的秘密》，青春校园，加之郊外宜人风景，向来合我口味。想想七年前初到台湾，便和婉贞在镇上散步，还刻意吃了一份周杰伦鸡腿饭和油豆腐。如今故地重游，心中甚是怀念。

"姐姐带你们爬山吧，看看周杰伦的中学。"我的建议立刻得到响应。

上坡的路颇为艰辛，然两侧绿树丛丛，西洋风格和闽南风情的小屋交错着，令人不禁总要停下来欣赏。等到走得气喘吁吁，再回望远方，淡水河呈现出蓝宝石一样的颜色，美得静而纯粹。我心想，同样的风景，置身其中和远远观望，竟是不同感受。高山上的淡水城也是如此，有西洋人留下的遗迹，有静谧的中式校园，还有更多农家小吃店，红墙与树荫交映，一排排摩托车整齐地停放在墙边，几个女学生走过，马尾辫随着上山的节奏一晃一晃。

在如此优雅的环境中，淡江中学出现了，从门口可见参天大树和古朴的红砖建筑。正待走进，却被门卫老大爷拦住了去路："干什么去？"

"我们找人。"波波不假思索道。

"找谁？"

"找——马老师。"波波随即答道。

"你等着，我给马老师打电话。"说着，大爷拨通了电话，递给波波。

波波面不改色，用南方口音和电话那头对了几个来回，看来对方已经云里雾里

的，他便说："奇怪啊，我认识的马老师是一位男士，叫——马——马世豪。"

不知他从哪儿想出的台湾式名字，逗得我强忍着笑。挂了电话，进校园的企图被揭穿了，老大爷怒火中烧，又不便对我们发泄，只冲着后来的几个日本人呵斥道："走开，不许参观！"

离开淡江中学，回想刚才一幕，甚是好笑。还是身为北方人的嘉敬讲话最为实诚："爱看不看无所谓，反正我不喜欢周杰伦。"说着，她又凑到我身边："刘征姐姐，别看你现在笑得欢，倘若刚才只有你和波波哥哥在，没准儿你又跟他生气了。"

"哦？"

"嗯，其实波波哥哥才算脾气好，有涵养呢。他用旁人不大能理解的幽默方式对

淡水河边

300

待生活，有火也不冲着你发，你说对不？"

这一说，还真有几番道理，我不由欣赏地仰视着波波："对的，特别好！"

我们晃晃悠悠地下山了，回到淡水河边，找了一家海鲜馆，点上大鱼大肉，狼吞虎咽起来。

"这顿吃着真叫自在。"嘉敬的男友说道，小伙子几日来对我们尊敬有加，"哥哥""姐姐"地不断喊着，倒让我有些不好意思了。如今在淳朴的淡水乡间，面对可口美食，热闹友好的风土人情，人们的距离也拉近了，我又一次想，难怪这里广受台北人青睐呢。

"可不——按东北人的说法，这里老舒坦呢——得劲儿。"我说。

沐浴着湿润的空气，小吃的味道在周边混杂，街上行人渐多，都是趁黄昏之前，从城里前来感受乡下的，想想华灯初上之时，灯火并江中渔火一片通明，人们觥筹交错，海阔天空，无边无际地谈着，喝着，该是何等畅快。我不禁想，这都是缘分，与自然，与亲人，恋人，还有年轻的小伙伴们，懂得付出并包容，珍惜缘分，便是真的享受了人生。

2015年6月

槟城合家欢

一、槟城之家

早晨醒来，揉一揉惺忪睡眼，湿润空气中传来几声鸟鸣，洗漱完毕，我们笨手笨脚地下楼。

刘爸爸靠在客厅沙发上，漫不经心地看着中文频道，听到"咚咚"的脚步声，抬起头来："波波来了，快帮咱们弄弄微波炉，热牛奶。"

我毫不客气地坐到餐桌前，刚吃完煮鸡蛋，心灵手巧的杨妈妈就来帮我梳头了："今天从这一侧编辫子吧。"

"叮"，又一声微波炉响，刘妈妈端出热气腾腾的红薯，脸上笑眯眯的："刚出炉的，趁热吃。"

刘爸爸闻讯，赶快过来抓了一块，抹着嘴："味道好极了。"

杨爸爸吃着方便面，边扭过头来，边再次清点道："还剩下三包，明天一包，后天，大后天……"

波波站在我对面的玻璃窗前，仰着头，咕咚咕咚地只管喝水，昨夜被空调吹坏了嗓子，整个人都文文静静的。

这便是我们全家六口人在马来西亚槟城的悠闲假期，入住一座三层别墅，外观洁白素净，内部客厅明亮，餐桌和小小的吧台上摆着丰富的饮料小食，几盒红彤彤的月饼，增添了节日气氛。二楼和三楼是简洁舒适的卧室，从三层的某扇窗户使劲探出头去，还能看见一小片海。

每一天，吃过健康早餐，一行人驾车游览槟城山水名胜，午后归来，经由盘山路，车子开上坡，一幢幢白色小楼夹道排列，绿树丛丛，空气里带着花草和雨后的清香，顿时有了家的感觉。

天气晴好的下午，我和波波还为妈妈们准备露天按摩池，蓄好水，备上两杯苹果酒。她们换上泳装，一头一尾相对坐下，水池翻涌着浪花，连同杯子里酒的气泡一起，宛如奔腾泉水声。波波从厅里伸出脑袋窥探，妈妈们天南海北地聊着，不一会儿工夫就叽叽喳喳的，好似炸开了锅。见我走过来，她们又俏皮地翘起脚来。

"咕噜咕噜的，太舒服了。"杨妈妈说。

"简直是五星级服务。"刘妈妈称赞道。二人举起酒杯，高喊着："干杯咯！"

看着她们喜上眉梢的神情，我冲着依旧张望的波波拌了个鬼脸。自从我们今年一月在槟城游玩时经过这片别墅区，就幻想能举家前来，有福同享，如今美梦成真，比想象的还完美。

由于共处同一屋檐下，家人间的交流比住宾馆自在许多，饮食也是，天一黑，我和波波驱车去附近的夜市采购小吃，回来后摆上一桌，什么炒粿条、蒸河粉、烤大虾、煎生蚝……再倒上超市选购的红酒、果汁，大家欢聚一堂，举杯同饮。

杨妈妈大口吃着煎生蚝："我最喜欢小吃，比大餐强多了，最喜欢，最喜欢。"

"没有大餐。"我和波波异口同声道。

"严格来讲，这不该叫小吃的，因为一吃就饱了。"杨爸爸说着，又夹了几根自备的学生榨菜增添口味。

波波不能放声多说话，只好憨憨地笑，一双穿着棉袜的脚丫在餐桌下颠来颠去，一不留意打到我的胖腿肚上，软软地一弹，两个人相视而笑。中秋夜的槟城，天飘着细雨，身在异国他乡，没有明月当空照，然而有这一屋的欢笑与祝福，就仿佛沐浴在最温情的月光之中。

二、乔治镇的旧时光

乔治镇是槟城的老城，从初见的刹那，我就彻底爱上了它。初入雨季，天阴阴的，总觉得似有小雨淅淅沥沥地飘过，这种时候，我总是想起《初恋红豆冰》中悠长的怀旧时光，一首歌谣缓缓地唱道：你轻轻柔柔地细述着槟城下的雨，淋湿你的长发，几十年来抹也抹不去……

教堂周围的草坪上有几株鸡蛋花，风吹过的时候，花朵相互碰撞，就像一群妙龄少女，在嘻嘻地说笑。走上几步，又有气派的华人会所和香火缭绕的佛堂。印象中，东南亚的寺庙总是人气颇旺，不大的殿堂里满满当当供奉着各路神仙，许多看似不相干的宗教信仰，也都融合在一起。也许，这便是海外华人难以割舍的精神寄托，久别故土，更珍视家乡文化，细看看，红色的标语上有关于中秋佳节的，有恭迎某某菩萨和土地公公的，更有甚者，还有庆祝孙悟空千秋的，真是五花八门，无所不有。配着红砖绿瓦，更有了京剧般的舞台效果。

而一街之隔，我隐约听到了小印度的欢快歌曲，几个皮肤黝黑的印度人在街边卖鲜花，抬眼望去，金灿灿的洋葱头屋顶映入眼帘。看看顶端的新月标志，原来是一座清真寺。由于是平日，前来祈祷的穆斯林不多，只有几个马来姑娘围着花花绿绿的头巾，在街角轻声嘀咕。

拐入一条小巷，道路狭窄，两侧是古老的民居，百页格子窗和拱形门廊带着浓浓的葡萄牙风情，而木门上红红的对联和屋角下的红灯笼，又如中国南方小镇。店铺门前装饰精美、老旧的裁缝店、当铺、冰棍店、自行车行触目皆是。

"好像回到了小时候。"刘妈妈感怀道。

我们放慢了脚步，每路过一间小店，都不由驻足观望，老街上不时有人力车经过，还有双人自行车，传来阵阵清脆的铃声。车上的人望着路边，却不知自己也成了风景的一部分，点缀了旁人的梦。某个不起眼的角落里，还能找到上海滩的明星海报，一瞬间，仿佛时光倒流，停滞在那个风花雪月的时代，耳畔隐约传来了一个女子的哼唱：人生难得几回醉，不欢更何待，今宵离别后，何日君再来……

"有壁画！"一个洪亮的声音将我从遐想中拉回，循声而去，两位爸爸正兴致勃勃地站在墙边欣赏。妈妈们欢蹦着拍照，只有波波，嗫着塑料杯里剩下的冰咖啡渣，撇撇嘴，不以为然地远远观望。

壁画可谓乔治镇的一大特色，它们往往藏在小巷里，画与现实巧妙结合。其中最有名的一幅是姐弟共骑自行车，车子是真的，姐弟俩绘得顽皮传神。除了彩色水粉画，还有铁塑漫画，诠释着街头故事，如卖面条的、拉黄包车的。观赏老街的同时，

姐弟共骑自行车是乔治镇最有名的壁画

和壁画不期而遇，真有道不尽的乐趣。

逛了大半个老城，我们来到了美食大排档，杨妈妈急切道："槟城的叻沙（米粉），号称亚洲第七大街边美食哦，一定要尝尝。"在她兴奋的表述中，女士们一致点了叻沙，而稳扎稳打、不求标新立异的爸爸们选了砂锅面。至于波波，口干舌燥外加小破嗓未愈，只能喝肉汤。

琳琅满目的美食摊子依次排列，各家都有一招鲜，各挣各的钱，各收各的碗筷，如此竞争并合作，形成了大规模的集群效应。华人们素以勤劳干练著称，凭借锅碗瓢盆交响曲，调和酸甜苦辣人生味。

叻沙端上来了，黑乎乎的大粘汤上漂着几片葱花和红姜丝，两位妈妈先是愣住，尝了一勺汤，相继皱起眉头。

见二人不言不语，我也端起碗来，一股浓郁的酸臭味扑鼻而来，咦，什么味那么熟悉？啊！就像波波的臭袜子在行李箱里捂了三天！我硬着头皮尝上一口，那股奇怪的味道在喉咙中滑过，然后真如脱了线的袜子在肠胃里长久缠绕。许久，我点点头，故作镇定："美！"

"忘不掉的滋味哦，吃后还挺舒服。"杨妈妈说。

"回去吹吹牛，不然显得咱不懂美食呢。"我使劲点头。

杨爸爸笑道："估计评选美食的都是女同志。"

刘妈妈依旧面带愁容，捞着叻沙，欲咽又止，她抬头环顾周围，终于忍不住了："再来两个馅饼吧，压一压怪味。"

刘爸爸呼噜呼噜地喝干了砂锅汤，自鸣得意道："还是咱的选择明智。"

馅饼和春卷的加入，总算让女士们的心情多云转晴了，饱食之后，又去旁边的包子店拍照。就着惟妙惟肖的壁画，妈妈们开始了即兴表演，一只手把着扶手，一只手扬着，春风满面地吆喝道："卖包子喽——"路人经过，送上羡慕的眼神。

"全槟城就属你们俩最开心了。"我说。

"那当然啦！"妈妈们接着寻找壁画，不时欢呼雀跃。

十月的乔治镇游人不多，店铺也很低调，看不到过多的商业气息，有时路边静静坐着一个沉思的老大爷，或是身着蜡染布裙、梳着马尾辫的姑娘，都让人错以为是画中人活脱脱地走了出来。

"真是鲜活的古城，没有围墙，没有刻意修饰，耐人寻味。"我指着老房子斑驳的墙壁，深沉地品咂。

"嗯，同样的房子到了武汉啊，苏州啊，有人就不觉得稀罕了。"刘爸爸一语中的道。

我吐了吐舌头："咱崇洋媚外呗。"

从小巷回到主街，快到路尽头，便是我与波波曾避雨的咖啡馆。小店的天顶上悬着彩色雨伞，露天处和屋内恰到好处地衔接，木头桌椅古朴自然。每人吃上一杯椰子冰，甜甜的，在舌尖融化，再看看外面五颜六色的房屋，和缓缓走过的人影，我心中一阵甜蜜，又想起邓丽君唱的《南海姑娘》：椰风挑动银浪，夕阳躲云偷看，看见金色的沙滩上，独坐一位美丽的姑娘……如今，这首歌依然是对槟城最诗意的描绘，特别在华人聚集的地方，怀旧旋律中总伴随着一丝苦，一丝甜。

咖啡馆的老大爷在一旁憨笑，他忽而想起了什么，拿来两张鲜艳纸板，写着"爱上了槟城"，我们举着标语，端着冰淇淋，欢喜拍照。

"像拍电影一样呢。"妈妈们乐得合不拢嘴。是啊，在这样如梦如幻的小城，阡陌小巷，楼台庙宇，民居，店铺，壁画，都像是舞台。戏里戏外，我们都成了备受瞩目的主角。

傍晚的乔治镇依旧散漫着文艺气息，爱情巷中尽是手持地图、寻找壁画的年轻情侣。古老的客栈外点着大红灯笼，一墙之隔，往往又是静静的观音寺。入夜后，西式酒吧里传来懒懒的旋律，几个老外坐在街边畅饮啤酒，夜市灯火通明，几百米外便闻到小吃的香味。福建炒、海鲜烧烤、粤菜馆陆续开张，老房子的门廊下，人们悠闲地走走看看，这一切仿佛已经过了几百年，生活着，回味着，如今依然不紧不慢地继续。

诗意咖啡馆

三、高档的……

车停在东方大酒店门前，我冲着后面喊："你们稍等，我上个洗手间啊。"说着，和波波机敏地跳下车。这里真不愧是英国殖民时期的酒店，一进大厅，就感受到古典氛围，且不说钢琴、古董家具，单是前台的一部老式电话机，就把我带入电影中。

办好入住手续，波波再将大伙带来，都睁大了眼睛："住这儿啊——"

"对呀，本导游看大家购物消费表现不错，临时决定住高档的。"我嬉笑道。

冰爽的梨汁滋润着喉咙，一位华裔姑娘走来，腼腆一笑，领着我们去客房。东方大酒店距今已有一百三十年历史，它曾接待过众多名流政要，两年前在旧楼旁边又建

东方大酒店是槟城的一座地标

造了新楼，新旧风格统一。爸爸妈妈们住在老楼，能体验最纯粹的老酒店文化，我们则住相对经济实惠的新楼。

随着房门开启，一股古董店特有的暗香弥漫而来，高高的天顶上悬着几盏吊灯，仿佛是繁星缀在夜空，红木家具久经年代，泛着沧桑，墙上油画，床头台灯，洗手间的彩色玻璃，都是典型的欧式风格，精美却不显浮华。更有特色的是，床头有两个按钮。

"左边是灯，后边是管家服务。"姑娘介绍道。

"就像《唐顿庄园》一样。"波波轻声和我说道。

妈妈们像欢乐的小鸟，一边好奇地观赏，一边忙不迭地拍照。而最惊喜的当属走入阳台时，温热的海风吹来，几棵高大的椰树在面前摇曳，海景一览无余，侧面可俯瞰蓝色的游泳池，草地上，一条小路曼妙地延伸。

"满意吧？"待姑娘走后，波波问道。

"满意！"大家会心笑着。

我清了清嗓子，开始端起老师的架子，拿出讲稿，介绍背景知识："东方大酒店建立于一八八六年，不对，是一八八五年，它被誉为亚洲排名第一的古董酒店，曾获奖无数哦，它还是乔治镇唯一一家六星级酒店，六星级，六哦——"说着，在头上比起了"六"的手势。

"六六顺。"刘妈妈接应道。

念完稿子，又演示咖啡机的用法："咖啡是高档的，香喷喷的，嗯——"我挥着小胖手，扇出一阵风来，满脸陶醉的样子，引得大家欢笑。

"牛奶也高档吗？"杨妈妈将信将疑道。

"高档的，"我应声道，"写的可都是意大利文。"

刘爸爸一如平日在自家一样，坐在角落里，一手叉腰，一手端着茶杯，眉头紧蹙，似在思考：意大利牛奶是个啥味儿？

310

到了晚饭时间，我们外出去吃海鲜，路过一楼长廊，看到茶室里人影晃动，门口还写着"泰国公主下午茶"的标志，问问工作人员，果真是诗琳通公主驾到，可惜远远的看不到房间内部。忽而，刘妈妈发觉落了手机，让我回房间取，如此耽搁了一阵子，天色渐晚，我们正待开车，只见酒店里走出一列军人，浩浩荡荡上了大巴。

"莫不是泰国公主的宾客？"我一个闪念。

"是的，是的！下午茶刚结束。"波波确认道："安保、红地毯、闪光灯……"

"真的？那咱可真见世面，高档了！"我端起相机，隔着车窗，在雨刷起起落落的间隙中捕捉着珍贵瞬间。过了一阵子，走出一位女士，自己打着雨伞，我赶忙"咔嚓"连拍。

"这公主也太平易近人了。"杨爸爸说。

见安保人员和媒体依然不散，我才意识到先前那位是随从人员。终于，千呼万唤中诗琳通公主终于驾到，身着深色军装，由保镖保护，出乎我们意料，她没有上专车，而是走上几步，和众人一起乘坐大巴。

"就是她，就是她，我在电视上见过的。"杨妈妈喊着。

诗琳通公主今年六十岁，是国王的次女，在泰国颇受拥戴，她精通中文，在历史和文学上颇有造诣。如今看到她如此朴素大方又亲民的形象，我心生敬慕，一不留神拍了二十多张照片。再看看面前的东方大酒店也是一样，并非多么富丽堂皇，它有着深邃内涵，越品越有味道，或许这才是真正的贵族气质吧。

大巴开动了，由警车开路，救护车断后，夜幕降临，我们满怀欢喜，追随着公主的脚步，仿佛经过的路，都充满了高档情调。

四、英式下午茶

自从那日偶遇泰国公主宴请政要，我就萌生了全家人一起享用下午茶的念头，尤其在这个历史悠久、深得英式文化精髓的古董酒店里，下午茶一定别有情致。经波波

细致入微地咨询，三番五次地确认，总算预定成功。

午后两点，一行人约见在酒店大厅，刘妈妈换上了我们婚礼时的鞋子，杨妈妈披着一袭淡绿色，脸颊红润润的，好似出水芙蓉。未等交待下午茶的细节，妈妈们已经擅自离队去拍照了，长廊的灯映着笑容，中式的红木家具也仿佛焕发了新的色彩。

茶室坐落在长廊尽头，名曰"一八八五"，以纪念酒店成立的时间，门口总会摆着一小块牌子，前日是泰国公主宴会，今日又写着某某诺贝尔文学奖得主举办沙龙的消息。

波波彬彬有礼地为大家开门，温暖的客厅一览无余，沙发和壁炉旁还有一架钢琴，其后不大的空间里摆着茶桌，铺着素洁的桌布。女侍者迎来，核对我们的房间号，一脸疑惑："没有预定啊。"

波波道："我们前后嘱咐了五次，不可能错。"

姑娘让我们先等候，一面又招呼其他客人，波波在文明高雅的环境中强忍着情绪，我站在旁边默不作声，爸爸们安然坐在沙发上，只有无忧无虑的妈妈们，一个欣赏旧照片，一个坐在钢琴旁假装弹奏。

过了十分钟，女侍者将我们领到靠窗处坐下，递上茶单，我翻译了几种耳熟能详的红茶，为爸爸妈妈们点好，轮到波波了，依旧语气不快："我要一杯爱尔兰威士忌茶，外加你们酒店经理的致歉。"姑娘不断道歉，又帮我们拍合影，看她诚恳且忙碌的样子，波波心软了，隔着一瓶金色的花，露出了笑容。哎，矫情又可爱的波波！

杨妈妈两手交叉在桌前，托着下巴："也没有特别的仪式感哦。"说着她环顾周围，又轻闭上眼睛："想象一下外国小说里的情景。"

周遭很静，每个人都刻意压低了嗓音，良久，杨爸爸道："受洋罪呢。"

茶壶端上了，白瓷上印着东方大酒店的名字，打开壶盖，伯爵茶的清香扑面而来，我心中一阵欣慰，正是那一年在剑桥的格兰切斯特果园初闻的味道，那时的午后阳光，淡淡的苹果花香，还有英国姑娘贝蒂灿烂的笑容，一瞬间在记忆中浮现。下午茶原是英国贵族太太小姐们的最爱，她们打扮精心，谈吐优雅，时至今日，伦敦的高级酒店仍保留了茶会的华贵气氛。还有小一些的茶室，如格兰切斯特果园，则悠闲舒适许多。如今在东方大酒店，既传统，又不至于太多繁文缛节，深合我等心意。

我正在思索中，茶点已经陆陆续续端上，金黄的司康饼，精致可爱的小甜点，银色的架子上还有两层三明治，色彩诱人，好似油画。众人早就饥肠辘辘，又犹豫着相互看看："该用手呢，还是刀叉呢？"

"上手吧。"我说着，抓起一块鸡蛋三明治。

"老外都喜欢用手，还舔手指呢。"杨爸爸补充道。

"鸡蛋炆香，和在英国超市里买的打折三明治一个味道。"我边回味，边淘气地望着刘爸爸："找好自己的位置哦，别偷吃我的。"

妈妈们灵巧地将司康做成草莓酱夹心饼，细嚼慢咽。我则煞有其事地将其切开，一口奶油，一口果酱地慢慢涂抹。

"发面饼不错呢，里面有碱味。"刘妈妈说着，又往我盘里递了一块，"以后去我家，我给你发一个。"

刘爸爸好奇地把玩着茶具，不时眨眨眼。他已经被我和波波私下里评为小分队的模范标兵，观景不大声喧哗，行动不拖泥带水，吃饭不挑肥拣瘦，最重要的是，从不抢镜头，除了在我和波波与当地人交涉时会冷不丁地跑过来瞧瞧热闹，基本上安分守己，听话、省心、好养活。

"这和香港的平民早茶比，哪个更好？"杨妈妈忽而问道。

"那还是早茶，选择多，又自在。"刘妈妈不假思索道。

"起初还担心下午茶不够吃，现在甜得反胃了。"我说。

"我完成任务喽。"刘爸爸指着面前的空盘子。

"真想吃点儿咸的，哪怕是一碗肉汤。"波波盯着甜点，也犯了愁。

听到"吃"字，杨妈妈一下子正经起来："还吃？丫头以前多苗条啊，现在这胳

膊——"

"最粗！"刘爸爸直白道。

"喂，咱们这顿吃了整整四十分钟。"心细如发的杨爸爸看了看表。

"慢慢来，要品味的……"杨妈妈的语气情怀十足："古代人的生活真精致。"

"中国古人也是，红楼梦里讲究得令人发指，到了现在又粗制滥造得一塌糊涂。"我说。

"这次下午茶纯属意料之外。"波波说。

"太难忘了。"刘妈妈说着，手里不时揪揪司康饼周边的葡萄干。

"就是得多喝些茶，解解腻。"爸爸们说着，熟练地将茶壶盖错开放置，示意侍者续水。

随着下午茶在满室的馨香中结束，我们的马来西亚旅行也步入尾声，我提议每个人用一个词概括心中感受，便有了"好吃的"、"开心的"、"混搭的"、"高档的"等一系列形容词。与此同时，我决定将此行游记题目定为"槟城合家欢"，以纪念家人共享的幸福点点滴滴。用文艺女青年杨妈妈的话讲，时光就像一面筛子，筛去了琐屑小事，沉淀下的，是满满的金色回忆。

2015年10月

斐济，漫长的约会

一、夜

许多次，我们的飞机都在黑夜到达目的地，看着窗外星星灯火，我总在想，那是怎样的地方，我又为何来此？

我清晰地记得八月里到札幌的夜晚，飞机上放了一曲演歌，忧伤愁绪一下子让我眼前模糊，一个空姐走过来："您需要些什么？"

"不——哦，还是一杯绿茶吧，加冰的。"

凉凉的口感，凉凉的心境，便是北海道夏夜特有的意境。

还有孟买的夜，从高处看去，昏暗中闪动着一串串灯火，分不清是集市，海滨，还是大片的贫民窟，流动着卑微的生命。那时候，我正听着宝莱坞情歌，欢快的旋律让我心情舞动，印度，是怎样的世界，怎样的人间啊！

如今，在广袤的南太平洋之上，黑乎乎的，看不清是大海还是陆地，我们经过近三十小时的辗转，终于来到了斐济，这个唯有在电影中才会偶尔提及的岛国。

机场坐落在楠迪郊区，从这里去首都苏瓦需要三个半小时的车程，我们先前想当然地认为国际机场必然毗邻首都，等到知道实情时，已错过酒店退款期限，只好硬着头皮，继续漫长的陆战。

"简直就是铁人三项！"波波伸着胳膊，长途飞行后我们筋疲力尽，坐在车中，每一个转弯，都会头晕目眩。道路崎岖不平，偶尔还迸溅出石子，打在车底噼里啪啦作响。

斐济之夜，让我想起许多年前去加那利岛，那时候很固执地向往三毛式的流浪，独自一人，心中又畏惧又兴奋，那也是一个茫茫不知所踪的荒芜小岛，和陆地隔着一段距离，夜晚时，看不清路灯，四下无人烟。所不同的是，如今的夜行有人陪伴，虽然不知将去何处，心中却很安稳。

"这么艰辛，真考验两个人同甘共苦，风雨同舟呢。"我正说着，只见波波的长睫毛正无精打采地垂下，不一会儿口水淌出，他猛地惊醒擦擦嘴："这是哪儿？"

车停靠在加油站前，四处黑灯瞎火，远方是密密丛林，几座房屋凌乱散落，屋檐下点着一盏灯。除此之外，再无别的景象，天则如黑丝绒幕布一般，缀着繁星。

"你们从哪儿来，上哪儿去？"加油站前的老大爷问道。

"上海——苏瓦——"波波简练地回答。

"哦，那还有很长的路。"大爷说："祝你们好运吧。"

继续前行，在狭窄曲折的路上，荒郊野地让我心生敬畏，忽然一个急刹车，原来是几匹马当道，如此，整个斐济都像是建在乡村和丛林之间。我不由激动地想，我们可是飞跃了大半个地球，到了一个与世隔绝的地方，此生这也许是唯一的经历！

星很亮，很低，让我错以为是民居门前的灯光，对面偶尔一辆车驶来，车灯分外晃眼。没有路灯，月下是苍凉的丘陵剪影。仿佛宇宙间只有我们在行进，伴着星与月，还有不知来自何方的大海的味道。

"我觉得那就是海。"波波指着窗外，因黑漆漆的看不清楚，又像是荒原，抑或是几棵树在摇晃。

过了一座又一座村庄，晕晕乎乎中，车慢下来，有了夜市的灯火，电影院和夜总会的招牌陆续闪现，我们终于到了苏瓦。

二、苏瓦的午后

从三十个小时的旅途中醒来，已是午后，苏瓦风和日丽。在网上找到一家颇受好评的餐馆，便开始上路。这是一座位于南太平洋上小岛的首都城市，说是城市，却极其袖珍，从政府大楼到市中心商业区，步行只需十分钟，再向远方，便可称为郊区了。

晴空如洗，使馆区的房屋彩旗飘摇，绿树环绕，扶桑花点缀其间。行人不多，车辆也零零星星，绿油油的草坪上，有人在晒太阳。民居多是大屋顶别墅，涂着清爽颜色，门前有环绕的走廊。

"这里的房屋就像澳大利亚一样，度假的感觉。"波波说。

我不时看看手绘地图："这郊外居民区，也会有著名餐厅？"

路过又一户人家，只见庭院里芳草欣欣向荣，两个皮肤棕色的当地人正在长廊上悠闲地喝咖啡。

"不会是这儿吧？"波波仔细寻找，不见门牌号，更无餐厅名称。

我们走了近半小时的路，郊外小路很快到了尽头，一辆亮黄色的大巴驶过，冒起一阵黑烟。

"凭直觉，应是刚才的地方。"波波道。

"明明是居民家。"我说。

幸而路边有一位胖胖的大爷，问问他，果然咖啡座就是我们要找的餐馆。再度返回，早已饥肠辘辘，看看那赏心悦目的殖民风情大屋顶，我们径直走上台阶，推开一扇红色的门。

"哇——"我不禁惊叹起来，室内的墙上，桌上，处处摆放着旧时代的照片，电影海报，还有古董装饰："简直就像博物馆一样。"

一位身着裙装的男士笑嘻嘻地走来，头上别着鸡蛋花，怪声怪气道："下午好，我是乔治，很高兴见到你们。"说着伸出手来。

翻阅着精致的菜单，波波的视线很快被牛排俘获，而我则看着奇奇怪怪的菜名："请问今日现钓的鱼是什么？"

"马黑马黑——是一种很大的鱼。"

"好吧，反正我也没吃过，就它了。"我说。

不一会儿，乔治扭着腰，端来了斐济啤酒和矿泉水，这里的水口感甘甜，号称没有一丝污染。在七十年代的乡村音乐中享用美食，简直就醉在陈年的艺术味道中。

"牛排丝毫不输澳大利亚的，尤其是秘制胡椒酱汁，能搭配任意食物。"波波说。

"鱼也很特别，咖喱味和柠檬酸味，肉质鲜嫩，你尝尝。"说着，我们像平素一样，互换一大块食物，然后齐声称赞。

饱食之后，徘徊在海报之间，惊喜地发现还有一幅《荒岛余生》，原来剧组漂洋过海，竟在如此人间天堂拍摄。走到户外长廊，我们也坐下喝咖啡，扶桑花在庭院

苏瓦的家庭餐馆

里娇艳地绽放，外面车子经过，从木栅栏间传来一阵好风。忽而飘来一朵云，下起雨来，花草在稀稀落落的雨点中欢乐起舞，很快又风停雨住，叶子间闪烁着晶莹的水珠。一切都在转瞬之间，给了我无限享受。

"为了这颇有风情的一餐，千辛万苦来苏瓦也值了。"波波说。

离开餐厅，已是下午四点，政府大楼前的草地上，年轻人正在打橄榄球，海湾就在不远处，很快凉风袭来，空中镶着金色的乌云线。再走上不久，就到了市中心，车辆行人渐多，妇女们在海边市场支着小摊卖工艺品，她们穿着花花绿绿，神情愉悦，十分富态。看看服装店里的模特，也是前凸后翘的丰满形象，看来斐济人以胖为美。

波波见此情形，笑道："无论相貌还是身材，你都是货真价实的斐济公主呢！"

苏瓦的晚上不乏娱乐项目，在我们的宾馆露天餐厅，就有乐队演奏，间歇时，上来个老头儿，抱着吉他，和乐队和起歌来。一位老太太全神贯注地聆听，不时拍照并微笑，我方才明白，那老头儿是游客，歌是唱给心上人听的，如此独特的告白，真有勇气！

我望着老夫妇含情脉脉的神情，抑制不住心中的激动，我们的蜜月之行就在青草和大海的气息中开始了。要像歌里常唱的那样，永远作一对热恋中的伴侣。

三、斐济时间

自从来到岛国，就常听人们说："放松点儿，享受斐济时间吧。"所谓斐济时间，俨然是世上最无忧无虑的光阴，有蓝天大海的眷顾，鸟语花香的陪伴，远离尘嚣，远离一切烦忧。

可正是这斐济时间，让一向遵从规则的我们吃尽了苦头，比如飞机临时改时间，排队无秩序，酒店支付错误百出，效率低下。好在人们温和友善，一个微笑足以缓解我们的焦虑："没关系的，斐济时间嘛！"

经过又一次三个半小时的车程，我们从苏瓦回到了楠迪机场，准备搭乘直升飞机

去特库里奇岛。称过体重，坐在沙发上休息，刚要喝水，工作人员道："现在可以拼机出发了，怎么样？"于是，兴高采烈地系上救生袋，向停机坪走去。

白色的直升机机身上绘着红色扶桑花，我和波波坐在前排，三个西方游客在后，带上耳机后，我瞄着身边的飞行员，古铜色皮肤，尖瘦的下巴，提拔的鼻梁上戴着深色墨镜。

"澳大利亚帅哥耶！"隔着嘈杂的声音，我向波波喊道。

直升飞机上俯瞰离岛

直升飞机带来新的客人

　　起飞了，还来不及反应，身体就轻飘飘地上升，螺旋桨在头上飞快加速，稳稳的好像坐电梯一样，很快，楠迪的海岸线在身侧远去，大海在我们脚下幽蓝一片，起伏的波浪折射着点点阳光。我们在云和水之间，像太空人一样自由飘浮，想到这里，我屏住呼吸，激动地心跳加速。

　　机长通过麦克风开始讲话，这一带有三百多个岛，有的有村庄，有的一岛一酒店，还有的景色秀丽，却因缺乏淡水无人居住。从空中俯视，一座座岛闪着光亮，仿佛是晶莹的珍珠，我不禁想那里的居民如何世世代代生活，那些陡峭山崖上又会飞过什么样的鸟儿。还有几座岛屿，几乎要被海水淹没，只看到淡色浅滩，仿佛是晶莹剔

透的眼泪。

很快，飞机临近特库里奇岛，岛上有两家酒店，后排客人在喜来登酒店停机坪下机，再度起飞，绕过丛林，降在了我们酒店的青草地上。飞机停稳后，两个胖乎乎的当地人一路小跑，出了舱门便在我们的脖子上挂上木头项链。

"布拉，布拉（斐济语你好之意）！欢迎到特库里奇！"

一杯果汁，一曲欢迎之歌，节奏欢快，人们声情并茂，一下子有了宾至如归的感觉。每唱完一句就有人喊道"布拉！"弹吉他的老大爷耳朵上别着红花，女士们扭着胖胖的腰肢，酒店主管露着豁牙，还有一位黑脸大高个儿提着箱子，原来那也是器乐的一种，可以弹拨出类似低音贝斯的音色。

一曲过后，我方从梦中醒来，环顾周围，花木丛生之中，一汪平静的游泳池正对着大海，几个西方游客在躺椅上看书，多么悠闲的斐济时间啊！

在主管的引领下，我们绕过大厅，来到先前停机的草坪，这里有一座古朴的礼拜堂，背后是起伏小山。林间小道旁坐落着一幢幢木屋，屋顶垂下稀稀落落的茅草，周围有高大的椰子树。一朵紫色睡莲在池塘里静静开放，鸡蛋花、扶桑花、三角梅，还有诸多叫不出名字的小花点缀在绿意融融之间。

"这就是你们的家了，欢迎回家！"主管在二十一号门牌前停下来。

步入房间，顿时被斐济风格的装饰所吸引，高高的屋顶呈尖状，木桌上摆放着新摘的扶桑花，床单帷帐也于朴素中透着自然。房间深处的木门拉开后，大海立刻呈现在面前。隔着几棵椰子树，海浪声声，椰林沙沙，真是美妙的意境。

由于是蜜月旅行，酒店特意赠送了香槟和椰子护肤品，枕着夕阳的柔光，喝上一口冰凉的香槟，气泡就像不断涌上沙滩的海浪沫沫一样，在舌尖轻爽地融化。换上泳装，在自家门前的泳池里戏水，然后趴在池边，望着树梢后缓缓移动的斜阳，池水晃动，心中也波涛起伏。我忽而想，如果这就是人们所说的斐济时间，我愿忘却这世上所有的时间，醉在此时此刻。

四、特库里奇晴天

早晨，大海如明镜，映射着没有云翳的蓝天，按当地人说法，这是特库里奇的晴天。在户外美美地淋浴，椰子沐浴露的甜香似乎浸透了全身，阳光照在水帘上，闪出两道彩虹。

"啊，多么亲和自然啊。"波波梳理着湿淋淋的长发，光着脚丫回到海边。

躺在吊床上，大海仿佛唱着一首恬静的歌，旁边的屋子门敞开了，走出一对情侣，遇见时相互点个头："好天气啊！"

我们来到午餐的地方，阳光照在游泳池上，池水平静清澈，仿佛连通着大海。这是我见过的最美的海，蓝得透彻，远处的小岛仿佛海上仙境，近处雪白的浪花亲吻着金光闪闪的沙滩。几个年轻人潜水归来，一个姑娘蹲在沙滩上，拍摄着海浪翻滚的瞬间。

"嘿，波，征，你们好吗？"每个经过的工作人员都微笑地和我们招呼。

很快，音乐响起，"红花老大爷"嗓音深情沧桑，让人忆起旧时光里的爱恋，"箱子哥"忙里偷闲，懒洋洋地靠着树桩，还有一个瘦小伙儿（"小二黑"），自顾自地弹着吉他，绵绵歌声里带着忧伤。

"真陶醉！"我品着甜甜的草莓朗姆酒，望着宁静深邃的大海。

一个服务员姑娘走来，大眼睛忽闪忽闪，俏丽的脸蛋上，粉色口红十分妩媚："再点些什么吧？"

"好啊，面对如此风景，什么都愿意点。"波波道。

姑娘莞尔一笑，身姿一摇一摇，在崇尚丰满美的斐济，她真是最苗条的一个。

酒店的菜单和鸡尾酒每天都变换，让人充满期待，就餐环境也是美到极致，可以在泳池边，阳光下，亲切耳语，也可在小溪边，看看睡莲和游来游去的鱼儿。有一次，我们找到一个静谧的角落，经由树林小径，直面大海。一盘海鲜河粉和新鲜出炉

的炸鱼薯条，足以调动起味蕾。

"太新鲜了，就像从海里刚捞出一样。"波波说。

"连大白水都有海的味道，椰子的甜味。"我说着，又闻闻胳膊上新涂的椰子霜。

特库里奇的晴天下，时光如此平和，海浪仿佛是女子的水袖，左一下摇来，右一

特库里奇岛的晴天下，享受斐济时间

下荡去，在很远的地方翩翩起舞。一只帆船驶来，好似水鸟游弋。不远处，亮黄色的皮划艇上一男一女正在划桨，到了海深处，一个跃身，跳进水里游泳。还有更多客人和我们一样，捧着书，喝着咖啡，在沙发上小憩，聆听浪涛声，如此，度过午后的时光。

当然，这宁静也会被偶尔的轰隆隆声唤醒，抬头一看，又一架直升飞机来了，载着新的客人，不久之后，耳畔又传来热情的"欢迎之歌"。待到日照稍过，又有丰富的文体活动，如下午茶，点火把仪式，排球，钓螃蟹。即便是呆在躺椅上，一动不动地观看，也可以体会到其间乐趣。到了黄昏，赤足走在沙滩上，夕阳先是散成一片云霞，继而出现了蛋黄一样的亮点。端着香槟，我们也融入这美景良辰中。

入夜，青蛙在石头上跳来跳去，虫鸟在林间轻轻呢喃，就餐时，乐队逐一向客人问候，到了我们面前，一首斐济情歌缓缓唱起。小二黑的高音吟出遥远的相思，红花老大爷忘情地弹奏，箱子哥龇牙咧嘴傻笑着，还有一个帅小伙儿，炯炯目光里透着温情。

"歌词是什么呢？"波波问。

"一对年轻的恋人，相恋了，又分别——"红花老大爷解释道。

"最终还是在一起了？"我说。

"是的！"

"早恋故事，写得好了是有情人终成眷属，写得不好就成了未婚先孕。"波波总结道。

旁边桌上一对新西兰老夫妇听到，也会意笑笑。他们住在隔壁的喜来登酒店，特意步行来我们的酒店就餐："这里有很多绿树，更像传统的斐济。"

月夜之下，海浪荡漾着碎银一样的光芒，星星在树梢晃动，如此如梦如幻，枕着涛声就可以睡去。梦中全是花香和椰子的甜香，期待着，明天又是一个特库里奇的晴天。

五、海边的晚宴

在特库里奇小岛度假村，除了户外餐厅，我们还享用了浪漫的私人海鲜宴。晚餐地点设在临海的平台上，夜幕降临后，由专人引领我们，走过一片青草地，只见黑茫茫的大海边，一盏烛光跳跃。桌边两株椰子树，在月下摇曳。

"好浪漫啊，单是远望就陶醉了。"我说。

我们坐下来，刚要欣赏夜景，一阵风猛地吹来，白天艳阳高照的特库里奇，一下子凉意逼人。波波缩着脖子，重新梳理头发。我也哆哆嗦嗦地裹上披肩，喝了些红酒，方才有了暖意。此时风小了，海浪声一波一波地涌起，看不清却感到海的拥抱无时不在。隔着星星烛火，远方的云层隐约可见，除此之外，一片漆黑苍茫。

说来也怪，经过一阵风吹，我们的食欲也被召唤回来。第一道冷餐还没看清，就一股脑吞下，酸酸甜甜的甚是开胃。后来的大虾也是凉的，也许是情景别致，波波觉得是最好的佳肴，吃完后不过瘾，又把扔弃在盘中的虾壳捡起来，嘬了又嘬，良久，一回头，发现侍者就站在身后。

"这下丢人了。"波波冲我吐了吐舌头。

第三道被我们称为海鲜三拼，有日式金枪鱼片、西式炸鱿鱼圈和中式甜辣酱腌章鱼须。如此多元化，可见厨师费了一番心思。

灯塔在远方闪烁，又一只小船点着灯火缓缓离了岸。我不禁想，这么晚了，船驶向何处？或许是去海中探险？中国古人说"江枫渔火对愁眠"，这里则是绝对的融于自然的喜悦呢。

"喂，还记得我们第一次旅行共进晚餐吗？"波波说。

"当然了，巴厘岛的金巴兰海滩有最美的日落——"我回顾着，"美则美也，只是人多了些，常常被蜂拥而至的游客或小贩打扰，这里真是太静了。"

"那时候人们都错以为我们是来度蜜月的，现在真的度上了，满意吗？"

"满意，还是结婚好，有这么多可以庆祝和挥霍的理由呢。"

我们正回忆着过往的旅行，乐队不知何时来到了身边："波，征，你们好啊。"

"老兄，你真是一天比一天漂亮了。"波波看着老大爷鬓角新别的花，"就像大姑娘一样。"

小伙子们也笑了，在静静的烛火前，一曲披头士的老歌响起，帅小伙儿羞涩地垂着眼帘，箱子哥摇着装着沙子的塑料瓶，敲一下树，发现我在看他，又"咯咯"地怪笑，小二黑和红花老大爷最为投入，眼睛瞄着夜空，用力弹着吉他。我也仰起头来，只见半圆之月挂在树梢上，月影朦胧，灯影婆娑。

一曲终了，暮色四合，回望身后，客人已陆续离席，而我们的第四道龙虾方才端上，虾头像化装舞会的面具，虾肉则保持了鲜美原味，搭配蔬菜和菠萝沙拉，十分清口。侍者在一旁殷勤服务，树下的灯也仿佛化身为萤火虫，一闪一闪，带来许多温情。

六、荒岛探秘

英国帅哥开着快艇，水浪刷刷飞溅，如瀑布般横扫着船身，我们正在离开特库里奇，前往《荒岛余生》的拍摄地莫诺里奇岛。大海是深蓝色的，橡皮船像黄色的小鸭子摇头摆尾，一架水上飞机在不远处停驻。

"是这座岛吗？"波波正说着，一个飞速转身，快艇从旁边绕过，又过了几处险滩，金色沙滩出现了，伟岸的山石上攀着高大树木。

"别了，四年后见吧！"驾驶员幽默道，因为影片的主人公就是在一次空难后漂流至荒岛，独自生存了四年，终于重返人间。

刚一上岸，同伴们争先恐后地抱着一只破烂的小排球拍照。排球的牌子叫"威尔逊"，是电影主人公唯一的伴侣，陪他度过煎熬的时光。据说影片上映后，小岛就成了旅游名胜，每天人们都会带着自己的"威尔逊"前来，沙滩上不知什么人还用椰子壳摆出了"帮帮我吧，威尔逊！"的字样，逼真得仿佛故事再现。

我们的导游是个风趣的小伙子，他说："汤姆·汉克斯（影片主演）是个懒惰胆小的人，片中他爬上山顶，其实是乘坐直升飞机，就连翘椰子这么简单的事情，也是我们斐济人先凿出口子，再给他演戏。"

"你这么一说，完全破坏了影片形象啊。"一个西方游客道，众人皆笑。

"我也觉得是，以前很喜欢电影，自从《荒岛余生》在斐济开拍，我就不爱看了，电影都是假的，什么风啊，雨啊，雷电，都是人造的。"导游继续讲述着电影拍摄时的趣闻，那时剧组住在楠迪，每天乘坐快艇往返片场，住宿交通的开销都极其可

《荒岛余生》的拍摄地——莫诺里奇岛

观，当然最后也获得了票房丰收。

"早知道，我们应多收他们钱。"小伙子愤愤不平道。

赤足走在岛上，落叶、贝壳铺满了小路，芒刺扎得我脚心疼痛，浑身冒汗。这里至今还是荒地，没有居民，椰子树下到处是残落的果实，经过长年累月的日晒，树叶枯黄，走在其间，我不禁回想着影片情节，这就是人类在毫无援助时的生存之法。树枝、石壁，都成了求生工具，自然界可以如此残酷，也可以磨练意志与智慧。

"疼不疼？"波波不时停下来关切地问问。

"只当是足底按摩吧。"我乐观道。

绕岛半周，导游不知从哪儿捡来了椰子，就着地上竖起的枯木，三下两下拨起了椰子皮，看着他熟练的样子，我不禁感叹劳动人民的智慧。在荒岛上品尝如此天然的椰子，真是再独特不过的经历，椰汁淡中带甜，多得仿佛永远也喝不完。

"这么多，再喝要就地上厕所了。"波波说。

"那可得小心地上有蛇啊。"导游坏笑道。

我们继续向高处走去，远远的山顶上竟有几个人影。那是影片中汤姆·汉克斯于绝望中企图自杀的地方。

"哦，太恐怖了，我可不能让你们去那儿。"导游说。

又一片椰林过去，脚下多了沙子，回到了先前下船的沙滩。大伙儿纷纷带上泳镜，前去浮潜，我坐在岸上，用衣服包住头，从缝隙间远望波波。有了几日来与水和睦相处的经历，波波愈发喜好潜水，还勇敢地翘起脚蹼，翻着跟头。

不远处，又一只船在泊岸，传来人们的欢声笑语，划船的，潜水的，岸边戏水的，晒日光浴的，全都汇集在一起，忘记了荒岛的主题，只记得享受自然与人生了。

2015年7月

狂欢巴西世界杯

一、狂欢世界杯

从到圣保罗机场的一刻起，我们就感受到世界杯的氛围。由于在累西腓将有一场墨西哥和克罗地亚的小组赛，大批的墨西哥球迷和我们搭乘同一班飞机。他们体态魁梧，身着绿色球衣，头戴大草帽，领头的几个吹着喇叭，俨然将候机大厅当作了自家领地。当一位身穿红格子球衣的克罗地亚人走入机舱时，招来全体嘘声，那场景，真是有趣极了。

三个小时后，飞机抵达黑夜中的累西腓，休息一晚后，我们迫不可待地加入世界杯赛事。由于球场在郊外，我们想乘酒店出租车前去。

"两百五十里尔，包接包送。"司机说。

"我们要阿米够（朋友）的价钱。"波波说。

"那就一百七十里尔吧。"阿米够回应着，正要成交，他又补充道："我要一点半出发，因为交通太拥堵了。"

球赛是晚上五点的，提前三个小时到实在太早，波波说："两点半出发？"

谁知阿米够摆摆手："不行，不行！你们还是坐火车吧。"

"对，球迷都这么去！"酒店前台人员也附和着："出酒店左转，走上十分钟就有车站。"

这一说，我们心中欢喜，既方便，又经济，还能融入大众球迷，犹豫什么，当然是火车！饱饱地吃过午饭，体内储满能量，开始向车站走去。起初，我还留恋周围的草木，可过了一座桥，景色骤变。道路两侧渺无人烟，只有零散的破旧房子，水沟里泛着臭烘烘的味道，步行路坑坑洼洼，有几段根本无法下脚，车辆几乎与我们贴身驰过。巴西人说话真不靠谱，十分钟的路，走了半个小时也不见尽头。这荒郊野岭的，突然冒出个坏人来，劫财劫色也罢，要是抢了我们的宝贝球票，可怎么办啊！

我们不言不语，只顾急匆匆赶路，直到又走过一段崎岖的路，才有了人影，远远望见一座破烂火车站，总算舒了口气。不知从何处冒出了球迷大军，让我们顿时有了归属感。

火车到了累西腓市中心，再随人群转乘地铁，叽里呱啦的声音和汗臭味一起，充斥在密不透风的车厢里。颠簸了半个小时，进入蛮荒的乡下，大批本地人扛着大麻袋下了车。到站了，在志愿者引领下，我们排队上了接驳大巴。耳畔全是球迷们的吵嚷，窗外有几处贫民窟，小孩子光着脚丫在土地上跑来跑去。

我不禁感慨道："看世界杯真是不易，光是去球场的路就足够艰难。"

下了车，放眼尽是披着墨西哥国旗的球迷，个个人高马大，雄纠纠气昂昂，以压倒性的势态一路高歌。相比之下，克罗地亚人少得可怜。还有像我们一样的散兵游勇，于是乎，在这里能见到各式国家队和俱乐部的球衫，而我们两个一红一白，都穿着印有波波大姓"杨"的曼联球衣。

"你好啊，杨先生，你支持谁？"忽然，从我们身后过来一个热情的墨西哥男孩。

"曼联，小豌豆！（曼联球员，是墨西哥国家队的）"波波答道。

"那就是墨西哥了！"那人很开心，端着相机与波波合影。

球场外鼓号震天，球场之内，更是绿色的海洋。当墨西哥国歌奏响的时候，全场齐声高唱。那情景，身为局外人也颇为感动，要是我们的国家队在场上，该有多好啊。

这是小组赛的最后一场，关乎双方的生死存亡。在球迷震耳欲聋的助威下，墨西

哥队英勇奋战；克罗地亚队也不甘示弱，有条不紊地控制节奏，双方可谓势均力敌，在一攻一守间试探着对方的实力。而节奏稍有松弛时，看台上就有人发起人浪，一浪一浪顺势滚来，到了我们这边，全都"哦"地高喊着，站起来挥臂。

"这可是正宗的墨西哥人浪啊。"我说。

现场观战，比看电视更加紧张，因为每一秒都有改变局势的可能，错过之后就没有重播。墨西哥人包围在我们身边，几个大哥嗓子沙哑了，依然扯着脖子，卖命程度丝毫不亚于球员。每当克罗地亚门将开球时，全场又会响起"呜呜"的嘘声。

上半场双方战成零比零，互交白卷。中场休息时，人们排长龙买饮料，等轮到我们，下半场已经开始了。匆匆回到座位上，捧着大杯的可乐，继续观战。开场后不久，墨西哥队要求换人。

"是小豌豆。"随着比赛进程，波波不时向我解说。

我的目光紧跟着小豌豆敏捷的身影，果然，他的出场给球队注入了活力，几分钟之后，墨西哥队凭借一次角球机会，率先攻入一球。队员奔跑着庆祝，球迷们欣喜若狂地欢呼，他们用抑扬顿挫的声音齐喝道："墨西哥，墨西哥——"

赢球后的墨西哥队趁热打铁，愈战愈勇，前场配合更加精妙，很快梅开二度。这下子，观众席彻底沸腾了。欢庆声经久不衰，白花花的啤酒，黑乎乎的可乐，早已如骤雨般自上而下地泼洒，酒味充溢在空气中，那酣畅豪放之大手笔，看得我目瞪口呆。球迷的呐喊声又汇成了嘹亮的歌声，山呼海啸般撼动着整个球场。

前排一个大胖子转过身来，用力和我击掌："知道最后一句唱的是什么吗？——克罗地亚人，你们到底在哪里？"

"他们埋没在人群中了。"波波说。

"哈哈，他们都去度假了，我们却来力挺自己的球队！"

正说话的工夫，人群中又爆发出新一轮的欢呼，我还没反应过来，一浪高过一浪的啤酒就从四面八方而来，如喷泉般绚烂，如海浪般汹涌，向着空中尽情抛洒。男人

巴西世界杯，造型夸张的墨西哥球迷

们扔了帽子，脱了上衣；小孩们在凳子上欢蹦乱跳；情侣们抱作一团亲吻。真令人难以置信，墨西哥队又进球了！这一次立功的正是小豌豆。可惜我们错过了，只能通过球迷的庆祝来想象那一精彩瞬间。

"太震撼了！快告诉我，咱们这是在看什么？"我喊道。

"世界杯！"波波兴奋道，"我们真幸运！"

"太过瘾了，我还要看！"我实在禁不住情绪感染，才说了几句就快流泪了。

虽然身处下风的克罗地亚人努力扳回一分，比赛还是以墨西哥的大胜而告终。欢宴依旧持续着，歌声、口号声、炫耀声，响彻归来的大巴与火车，它们就像大啤酒的味道一样，浓浓的，烈烈的，弥散在累西腓城的大街小巷。想想吧，球迷们是多么单纯，多么可爱，满腔热忱，无怨无悔地奔波，有的不惜高价购买黄牛票，为的就是能见证国家队攻城拔寨！

回到酒店，我心中依旧难以平静，再一看，先前的阿米够司机居然还站在大厅里。见到我们，他激动道："我们巴西队赢了，四比一！"

我这才恍然大悟，之前他执意提前三个小时把我们送到球场，根本不是怕堵车，而是急着赶回来看巴西与喀麦隆队的比赛。为了足球，连生意都不做了！正想着，耳畔又闹哄哄的，第一批墨西哥球迷回来了，他们神采奕奕，挥着拳头，舞着国旗，那股亢奋劲儿，像打了鸡血似的。我心中的热情再度被鼓舞着，今夜，是他们的胜利，也是我们的盛宴。

是啊，球迷们真够伟大的。赛前兴奋，千方百计搞门票，为喜爱的球队祈祷祝福，竞猜比分；观赛揪心，一面为球员呐喊助威，千辛万苦，一面为比赛节奏提心吊胆，坐立不安；赛后宣泄，或为胜利欢呼，或为失利叹惜，或为精彩雀跃，或为慵懒愤懑，千喜万怒发泄一通，希望又被下一场赛事激活，一切从头再来。其实，人生的许多事情，不也是如此吗？

334

二、巴西时间

南美人的懒散是出了名的，才到巴西几日，我们就深有感触。这里人的做事节奏不紧不慢，就连网络也时断时续。

波波说："这就是典型的巴西时间，人们总说，不要着急，过一会儿就好了。"

这不，十点过了，银行还关着门，路边小贩一边烤着鸡翅，一边闲聊。阿米够司机端着茶，徘徊在酒店门口。受环境影响，我们也无所事事，就是否去市中心的问题讨论了许久，最后波波说："去吧，咱们在巴西还没见过一幢像样的葡式建筑，说出去多丢人啊！"

果然，当车载着我们来到累西腓的老城中心，眼前一亮，多么绚丽的西洋建筑啊，华美的雕饰，精致的阳台。世界杯期间，步行路上满是儿童彩绘。这里从前是葡萄牙人居住地，临水而建，处处是炫目的色彩。

殖民者真会挑地方，总是能于劳苦大众不堪的生活之外，营造出一方醉生梦死的乐土！我不禁又想，巴西真是多元化，短短三天，我们就领略了圣保罗的富人区，海滨高级公寓、破烂的贫民窟，还有这梦幻般的欧式古城。到底什么才是真正的巴西呢？这里的人们毫不掩饰生活的真实，每一样都原原本本地展现。

水边的广场上，正有乐队演奏，音乐是没有国界的，给人以感染。瞧，几个女游客正随着旋律扭动。一旁的工艺品店引发了我们的兴趣，南美人天生富有想象力，他们的艺术色彩明快，形象夸张，许多是从原生态生活中抽象而出。

由于我们要看中午的球赛直播，而老城的餐馆多数尚未开张，只好返回熟悉的海滨，选了家人气最旺的海鲜店，面对电视屏幕，悠然自得地喝果酒。看看周围，人人面前都有一个小杯子，津津有味地用小勺喝着什么。

"巴西人好奇怪啊，怎么饭前喝咖啡？"我纳闷道。不对，分明是海鲜香气，我使劲用鼻子嗅了嗅，耳聪目明的波波更是凭"机灵劲儿"确认了猜测。翻开菜单，两

个人研究了半天，就是找不到相应的菜名。

波波又环顾一圈，起身问旁边一桌人："你们喝的什么啊，闻着特别香？"

"哦——这个是鱼汤，这个是虾汤，都非常棒。"热心的人们叫来侍者，用葡萄牙语帮我们点了两份。

汤的味道果真又浓又鲜，里面藏有一颗鹌鹑蛋，吃下去胃口大开。这家店的虾也个个肉身厚实，无论烧烤还是油炸，都让人味蕾疯狂地跳动。品着美酒美食，看着精彩球赛，吃吃喝喝中，三个小时过去了，多么惬意的巴西时间！

酒足饭饱，到海边散步，天气清爽宜人，情侣们手拉手，在石台上窃窃私语。姑娘们身着性感比基尼，还有一位小伙儿，裸着黝黑色的健美上身。波波冲他竖起了大拇指，那小伙儿也颇为暧昧地抛了个媚眼。

"喂，小心人家看上你了。"听我一说，波波不好意思了，忙拉着我向另一侧走去。

"你有没有觉得，在巴西随时都要怀疑，是不是又到了周末？"波波说着，看着三三两两散步的行人。

"嗯，看这情形，一年得有上百个假日吧。"我说。

可不是嘛，当我们经过早晨的路，卖烤鸡的小贩早就收了摊，银行大门依旧关着，看样子许久无人问津。

"是不是倒闭了？"波波道。

隔着一条马路，另一家银行更为可爱，门前赫然用葡萄牙文和英文写着"世界杯期间，如有巴西队比赛，本银行只在上午营业"。而现在明明是工作日，依然关门。这自由散漫的"巴西时间"，让我等忙碌奔波的俗人看在眼里，既无奈，又羡慕。

三、烤肉初体验

在巴西有一家家喻户晓的烤肉店，标志是个"大猪头"，地位相当于北京烤鸭

"全聚德"，我们自诩以食为天的吃货，一到首都巴西利亚，就直奔主题而去。

餐馆坐落在湖边，厅里宽敞气派，足足能容纳百人就餐。烤肉无限量供应，并配有自助冷菜。关于吃巴西烤肉的诀窍，我上网做过研究，总结为：冷菜尽量不吃，啤酒坚决不喝，要点开胃酒，越喝越开胃！

谁知，因为太饿的缘故，波波未能坚守计划，一上来就连吞了两个奶酪果。我一边批评他，一边自己也忍不住伸手抓薯条。真是渴时一滴如甘露，于长途旅行后能安稳地享用一顿大餐，实在美哉！

侍者在我们身边切柠檬，一会儿工夫，调好了巴西人钟爱的甘蔗酒，冰爽的口感中带着酸甜味道，到了胃里很舒适。我们的桌上有一张纸牌，一面绿色，代表要添肉，另一面红色，表示暂不需要，如此在客人众多的高峰期，方便侍者有效地服务。还有一张图，标出了牛身上的不同部位，如牛腿，牛肚，牛峰……每一处肉质不同，烧烤的火候和工艺也有所区别。

"真想不到，牛肉还有这么多花样和讲究。"波波赞道。

之前我看别人写吃巴西烤肉的文章，说鸡心好于鸡肉，猪肉好于鸡肉，牛肉好于一切，而牛峰肉是贵中之贵，不过初来乍到的我们还是想全都尝试。在满心期待中，第一炉烤肉来了，挂在铁签子上，由侍者精心片在餐盘里。来不及询问是什么肉，也没添加酱料，急迫地一口下去，美味已经将我俘获。

"真是名不虚传！"我抬起头，看见第二串烤肉向我们接近，心里和胃里都笑开了花。就这样，侍者轮番轰炸，我们来者不拒，短短几分钟，盘子里堆满了牛肉。肉的生熟程度不尽相同，生一些的有撕奶酪时的黏感，熟一些的又如嚼牛肉干，乐趣无尽。

最精华的牛峰肉终于到来了，颜色略浅，质感较厚，肉间有细丝相连。刚吃下去又酥又嫩，继而在齿间慢慢咀嚼，有一种原汁原味之香。

"这是我吃过最好的牛肉！"波波赞不绝口，

继续品尝牛腿和羊排，也都是上乘佳肴，可它们始终无法超越牛峰肉的绝妙口感。我继续回味，又看看周围，西方人在天台上悠闲地喝酒，还有几个亚洲面孔的年轻男女。

"日本人！"我说。

"你怎么知道？"波波问。

"我有特异功能，方圆几十米内，一眼就能辨出日本人。"

看他们"小肚鸡肠"的身材，应该食量不大。而素以实力派自称的我们，也在接二连三的添肉后，感到微饱了。我起身活动筋骨，到自助餐吧巡视一圈，其实这里的菜肴也堪称精品，寿司刺身、蔬菜沙拉，还有香气诱人的蒸河虾、烤扇贝，若是在别的餐馆，已然是主打美食了！可惜我们食量有限，将更多的空间留给了至尊烤牛峰。遗憾，真是遗憾！

我取了少许蔬菜，回到座位上，一看波波正熟练地挥舞刀叉，盘子里又多了油亮亮的鸡翅和香肠。

"傻孩子，这可是便宜货。"我说。

波波继续埋头吃着："我不管了，任别人怎么看，喜欢就是喜欢。"

看着他任性而可爱的样子，我忍俊不禁。吃过太多大肉，牙齿咬得很累，有蔬菜调剂，轻松了许多。对此，波波颇有同感："美食不能一味贪多，而在乎搭配。"话虽如此，看他那滚瓜溜圆的肚皮就知道，又吃撑了。

我喝着又一杯柠檬汁，一个饱嗝涌上来，脑子胀胀的："喂，咱们不能堕落了，以后再也不暴饮暴食！"

"对，再也不吃烤肉了！"波波信誓旦旦道。没想到，接下来的三天，我们又连续吃了三顿。不是意志薄弱，而是巴西烤肉实在精妙！

时间渐晚，客人陆陆续续多了，从穿着来看，有些是当地的高端人士。虽然首都巴西利亚的生活较为无趣，但能于一天工作之后，和亲朋好友来上一顿传统大餐，也是难得的幸福吧。

四、巴西利亚的后现代生活

我该如何形容巴西利亚呢？年轻，抽象，空旷……这座只有五十年历史的城市，从荒野中拔地而起，它完全依照规划师和设计师的构思，充满人们对未来的憧憬。

巴西利亚大教堂

来到巴西利亚电视塔，仅仅登上四层楼，就可以清晰俯瞰全城。整个城市像一架飞机，机头是政府大楼，我们的宾馆位于机尾，两条伸展的大道是机翼，机身则保留了原野的空白。天蓝得不切现实，云很低，仿佛伸手可触，刺眼的阳光烘烤着赤色土地，几棵被晒蔫的小树点缀在一览无余的空地上。

"好像来到了外星球！"波波用手指着远处造型怪异的白色建筑。

"简直是乌托邦。"我说，"估计设计师本人也不愿在此居住，只是找个契机，发挥前卫的想象力。"

巴西利亚的抽象感有些像我们去过的迪拜，可迪拜还有一条生生不息的小河，沿岸渔民保留了生活传统。这里则是"无中生有"，由于设计时倡导未来理念，公共交通很少，也没有考虑行人空间，没有车简直寸步难行。城市依功能布局，工作在一端，居住在一端，餐馆和娱乐设施也聚在一起。人们穿梭在不同功能部门之间，就好像零部件在工厂的传送带上移动。这样的生活难免单一乏味，于是不少新兴的巴西利亚人会在周末飞到里约和圣保罗，感受真正的都市狂欢。

走在街边，每一条车行道都宽阔得如高速公路，汽车或飞驰而过，或停在大片的空地上。于是奇怪的现象出现了，除了几座政府大楼，市中心全成了停车场。我不禁想，巴西利亚建成后，最初是怎样运营的？五十年过去了，人们到底有没有习惯所谓的后现代生活？

抽象的建筑与城市风格相得益彰，如赫赫有名的大教堂，像一顶洁白的皇冠，还有议会大厦前的两口大碗，他们都出自天才艺术家奥斯卡的灵感，也是这里为数不多的游客汇集地。

既然有游客，就有了商机，于是在大教堂前，口干舌燥的我们终于看到了卖水的小摊，还有一辆流动的外币兑换车。走上前看看汇率，二点零九，是几日来最划算的，在幅员辽阔的巴西，银行不是因假日关门，就是根本寻不到踪影，之前我们在机场换钱还收取额外服务费。

波波上前询问，这里不收服务费，他果断地从皮夹里抽出一张美元，满意道："咱稳稳当当地拿两百零九元！"

工作人员慢吞吞地结算着："一共一百七十三元。"

"不是没有服务费吗？"波波道。

"对，但是要交税。"

"去他的，"波波要回美元，拉着我，"走！"

我们在烈日下惊心动魄地又过了一条"高速公路"，高架桥下民工们正在等候公交，路面纸屑乱飘，暴露出这座高端大气的城市中，一方不为人知的阴暗角落。由于巴西利亚在建造时过于强调功能概念，城内只容得下少数的"达官贵人"，老百姓们住在郊区，每天乘公交进城。过了黄昏，市中心就人迹稀少，只剩下孤零零的电视塔和那些后现代建筑。

在城里，我们的生活寡淡而有序，每日中午吃一顿烤肉，看两场球赛，一天的物质和精神食粮都丰足了。等到傍晚时分，去高速公路旁散步，偶遇路边的烤肉摊子，只见肉串在炉火上翻腾，白烟阵阵冒出，散到很远的上空。音响里奏着令人食欲振奋的旋律，几个本地彪形大汉，一手举着肉串，一手端着啤酒，"嘎啦嘎啦"地聊天。很快，馋虫上身的我们也加入了食肉大军。

路边烤肉很像新疆羊肉串，可块头却是我们在国内吃到的四倍之大。在炉子上烤熟之后，人们还蘸些白花花的木薯粉。那口感真是妙极了，丝毫不亚于名店里的烤肉，鸡心嫩嫩的，香肠油汪汪的，还有鸡翅，连碎小的骨头节都能连嚼带嚼，享用很久。再配上本地人钟爱的豆饭和瓜拉纳饮料，美味且便宜得一塌糊涂。

我们正在陶醉，来了一位老大爷，背着吉他，拖着行李箱，坐在一旁的小凳上："你们是巴西人吗？"

"不是，中国人。"

"啊，中国！"他继续用并不甚流畅的英文问长问短。和许多人一样，老大爷是

外来打工的，每个周五晚上，他都要乘九个小时的大巴，回到贝洛奥里藏特市与妻子团聚，今晚也不例外。

"真是辛苦啊。"我感慨道。

"是啊，可是一想到又能陪伴家人，我就在车上安心睡了，忘了疲倦。"他说。

老大爷很健谈，讲起他年轻时去美国的经历，又问问我们对巴西利亚的印象。

"说实话，我还是很传统的，接受不了巴西利亚的后现代生活。"波波想了想，咀嚼着嘴里残余的牛肉，"能这样大饮大吃，才是我想要的。"

说罢，我们哈哈大笑。夜色越来越暗，老大爷的长途大巴停靠了近半个小时，直到开车前最后一分钟，他才站起身来，和周围的新朋旧友逐一打了招呼，不慌不忙地上了车。留下我们，在这后现代城市的一角，继续享受着实实在在的人间烟火。

五、海边球迷盛宴

离开巴西利亚，奔赴梦想中的里约热内卢。上飞机后不久，波波忽然和我说："刚才走过去一个人，好像刘建宏呢。"

"谁？"

"就是央视体育频道的解说主持人，行李上还有五星红旗和中央电视台的标志。"

借去洗手间的机会，波波去后排寻找，不一会儿，兴高采烈地回来了："就是他，我说照张相呗，他说等下飞机后。"

于是等到飞机降落，我们快速走出机舱，在外面等候。

"喂，你再整理一下睫毛吧，大眼睛怪好看的。"我建议道。

波波揉了揉眼睛，使劲眨眨。刘建宏来了，他个子不高，衣着朴素，脖子上挂着耳机，笑容里带着一丝疲劳。和我们嘘寒问暖了几句，便与波波合影。

球迷盛会现场

　　"名人并非想象中那样不可接近。"波波说，看着刘建宏拉着箱子，匆匆离开的背影。

　　"很低调，和普通人一样，为工作而努力。"我说。

　　初见里约，果然赏心悦目，连绵的远山，高大的棕榈树，邻近海滨是一排排气派的高楼。它像任何一座国际化都市一样包罗万象，从整洁的大道，到餐馆林立的小街，车水马龙，人来人往。

　　在一家露天小馆子里，我们点了两人份的混合烤肉，谁知端上来竟有四人分量之多。巴西物产丰足，人们饮食随性，令我们自叹弗如。而冰镇瓜拉纳是巴西自产的碳

酸饮料，甜中透着酸，越喝越是上瘾。

我狠狠地切下一块猪排，又看看盘中冒着热气的牛排，心想这些上等美食又要浪费了，叹道："要是建宏兄在此同吃该有多好！"

餐馆离著名的科帕卡巴纳海滩很近，步行几分钟，就到了滨海大道。满眼车辆拥堵，行人如织。世界杯期间，里约出动了大批警察，警车随处可见，俨然是世上最安全的城市。刚刚结束了一场阿根廷与瑞士的比赛，接下来又有美国和比利时的对决，不少媒体在路边采访。一个小伙子高举着美国星条旗，冲上前，对着话筒大喊道："我相信，我们会赢的！"

海景被一道临时搭建的围墙拦住，从里面传来乐队的演唱，高处有一面巨大的电子屏幕。原来，这里是世界杯官方组织的球迷节庆场所，既可观看电视直播，又有嘉年华娱乐项目。随着晚间比赛即将上演，全里约的球迷都赶赴科帕卡巴纳海滩，他们穿着夸张，造型各异，许多是成群结队而来，高喊口号，且歌且舞。

我们随热闹的人群来到大海面前，科帕卡巴纳海滩呈新月型，向两侧缓缓延伸，踩在沙滩上，脚底软软的，整个人都跌跌撞撞地陷了进去。海滩真是最平等自由的地方，无论贫穷富贵，都可尽情享受。这里有勇敢冲浪的西方人，游手好闲的流浪汉，身材性感的比基尼女郎，浑身肌肉的纹身男，野餐的，遛狗的，踢沙滩足球的……再看看我，依然长裤在身，不禁叹道，还是老外会疯呢！

黄昏将至，海滩人潮汹涌，海水呈暗蓝色，一个浪花拍上来，打湿了我的裤管。回望远处，山影与晚霞交映一片。我们原本打算回宾馆消磨时光，但此时再也按捺不住欣喜，和大部队一起涌向了欢庆场地。

我赤足踩在沙滩上，于成千上万的人墙中寻找缝隙，大屏幕在渐渐暗淡的夜色中闪亮，人头攒动，人声鼎沸，淹没了音响声。赞助商的巨幅海报荧光闪烁，卖饮料的小贩一刻不停地忙碌，美国球迷满布沙滩，有三个小伙子身上分别涂着象征美国国旗的蓝、红、白色，还有人扮成蜘蛛侠模样，紧裹着脑袋。大家齐喊口号，就像亲临球场一样，还对着屏幕不停招手。

比赛在啤酒味，汗臭味，烟味，还有不知从何处传来的似是大麻味道中进行。我伸着脖子，时而踮着脚，变换姿势，人们不停舞着，喊着，挤着，潮湿的海水气息浸在身上，黏黏的。一个小女孩回过头，羞涩地向我递上一包零食。旁边还有一位大哥，胳膊上的假纹身被汗溶掉了，黑乎乎散成一片。抬眼望去，热气球在飘，直升飞机在盘旋，勇者们玩起了高空冒险游戏。这意外的海边观球经历真是太妙了！

比利时的黄金一代齐心协力，创造了历史奇迹，而美国队的勇敢坚持，更让我感动得热泪盈眶。在这里，没有所谓的强弱，场内场外，充斥着热血、执着，和永不言败的青春。

"太刺激了，大千世界真精彩，我要好好体验，写在文章中。"我激动道。

波波看着我，似乎在酝酿什么奇思妙想："结尾时，别忘了加上这么一句——海滩、美女、酒精、毒品，在夜色中结合在一起，挡不住的诱惑，连一向淑静的作者本人都有了放纵的欲望！"

我听后大笑，继续舞动着手臂，满腔热血在黑夜中流淌燃烧。

六、里约热内卢，上帝之城

巴西人说，上帝用六天时间创造世界，第七天创造了里约热内卢，由此可见这座城市惊为天人的美丽。

由于在里约时间短暂，我们报了旅行团，一大早就向基督山出发了。山在城市之中，处处是郁郁葱葱的树林，几处精美别墅建在高处。一个转弯，阳光灿烂，对面半山腰上惊现大片的贫民窟，它们颜色繁杂，密密麻麻地堆叠在一起，规模令人震惊。我不禁想，上帝对里约的安排真令人匪夷所思，既给它无与伦比的自然景色，却又让它贫富悬殊，充斥着动荡危机。

沿着盘山路爬行，再换乘景区巴士，在云雾缭绕中，我们到了山顶。抬头仰视，

基督像近在咫尺，可雾气中只能看到庄严的影子。静静地等候，终于有那么一瞬，雾稍稍被风吹散，露出了清晰的圣严。游人赞叹着，纷纷举起相机，很快，又一阵雾飘来，模糊了视线。

人们在狭小的空间里，继续盼着神像显灵，我们又巧遇早晨宾馆大厅里碰到的小娄夫妇，他们也随团游览里约。聊上几句，得知他们曾在纽约居住了十年，现在又搬到伦敦。他们看上去与我们年龄相仿，很和气，还邀我们共进晚餐。

"好啊！"波波欣然答应，约好时间，又回到各自的旅行车中。

下山的路起初有薄雾，后来天彻底晴了。波波念着与小娄的对话，喃喃道："纽约，真不知是什么样子呢。"

我乐观道："里约来了，纽约还会远吗？"

我们的车返回市区，葡式风格的建筑与现代化高楼交错，马拉卡纳球场前，一个街头艺人扮作马拉多纳，表演花哨的球技。过了一片宁静的湖，来到面包山脚下。不同于树木茂密的基督山，面包山光秃秃的，一高一矮两座，中间有缆车相连。由于旅行团有优先权，我们顺利地乘上缆车，里约热内卢在我们脚下，视野越来越开阔。

"哇，世上真有这样的城市！"当我们登临山顶，不由惊呼。

青山跌宕起伏，大海湛蓝明丽，柔美的海岸线将山连起，楼房和树木点缀其间。我看着面前的优美画面，泪花在眼中翻滚，里约热内卢，真不愧是上帝之城，壮丽与秀美并存，狂野和时尚融合，超乎一切的想象。

"哎呀，那么多沙滩。"波波眼力好，由近到远一一数着，城中竟有十几处海滩，还有更多的在远山之外。海滩在白色浪花的渲染中闪着醉人之光，仿佛一位美女，飘洒着满头金发。

又一辆缆车载着欢乐的游人上了山，我们也依依不舍地下山。回到宾馆，休息一个午后，等到夜幕降临后，到大厅和小娄夫妇会合。

穿过一条小街，来到了一家寿司店。在淘金时代曾有大批日本渔民从冲绳漂洋

在面包山上俯瞰科帕卡巴纳海滩

过海来巴西，这里的日本料理店相对正宗，又经过几代人的摸索，成为独特美味。入座后，刺身最先端上，口感新鲜，梅酒也回味甘甜。才说上几句话，我们就有诉不尽的惊喜。原来小娄与波波是经济学同行，他毕业于耶鲁大学，如今在伦敦教书。小娄夫人可谓才貌双全，谈吐大方，她从小随父母移居美国，喜欢旅游和简·奥斯丁的小说。相似的经历和爱好，让我们一见如故，在异国他乡倍感亲切。话题从足球、巴西、经济学，到海外华人的生活，越说越有共鸣。等到晚餐结束，夜已深了。告别时，波波与小娄相约九月在伦敦再会。

我心中很是温暖，在上天眷顾的里约热内卢，缘分这般奇妙！

2014年6月

图书在版编目（CIP）数据

征行万里 : 游历从剑桥开始 / 刘征著. —— 南京 :
江苏人民出版社，2016.9
ISBN 978-7-214-19576-0

Ⅰ. ①征… Ⅱ. ①刘… Ⅲ. ①游记 – 作品集 – 中国 –
当代 Ⅳ. ①I267.4

中国版本图书馆CIP数据核字（2016）第219581号

书　　　　名	征行万里——游历从剑桥开始	
作　　　　者	刘　征	
责 任 编 辑	石　路	
责 任 监 制	王列丹	
出 版 发 行	凤凰出版传媒股份有限公司	
	江苏人民出版社	
出版社地址	南京市湖南路1号A楼，邮编：210009	
出版社网址	http://www.jspph.com	
经　　　销	凤凰出版传媒股份有限公司	
照　　　排	江苏凤凰制版有限公司	
印　　　刷	江苏凤凰新华印务有限公司	
开　　　本	718毫米×1000毫米　1/16	
印　　　张	22.25	
字　　　数	200千字	
版　　　次	2016年9月第1版　2017年3月第2次印刷	
标 准 书 号	ISBN 978-7-214-19576-0	
定　　　价	48.00元	

（江苏人民出版社图书凡印装错误可向承印厂调换）